仰望星空

蔡永洪 ● 著

团结出版社

图书在版编目（CIP）数据

仰望星空 / 蔡永洪著. -- 北京 ： 团结出版社，
2023.4
　　ISBN 978-7-5126-9967-0

　　Ⅰ．①仰… Ⅱ．①蔡… Ⅲ．①幻想小说－中国－当代
Ⅳ．①I247.5

中国版本图书馆CIP数据核字（2022）第242692号

出　　版	团结出版社	
	（北京市东城区东皇城根南街84号　邮编：100006）	
电　　话	（010）65228880　65244790	
网　　址	http://www.tjpress.com	
E－mail	65244790@163.com	
经　　销	全国新华书店	
印　　刷	成都市兴雅致印务有限责任公司	
开　　本	145mm×210mm　　1/32	
印　　张	7.75	
字　　数	195千字	
版　　次	2023年4月第1版	
印　　次	2023年4月第1次印刷	
书　　号	978-7-5126-9967-0	
定　　价	68.00元	

一个民族总要有一些仰望星空的人，才有希望！

——黑格尔

小说看点：王子与女神的真爱拯救地球！

作者青年时代

科幻与现实

　　人类的终极浪漫——仰望星空；人类的终极理想——日月同辉；人类的终极梦幻——天地并存！

　　人类无限向往的宇宙，辽阔、浩瀚、深邃、神秘，时间上无始无终，空间上无边无际，是神奇、诗意和真理的源泉，是科幻小说取之不尽、用之不竭，可以不断开采的超级富矿。人类异想天开、天马行空式的想象力在此纵横驰骋。

　　科幻小说《仰望星空》宗旨：

　　向青少年和喜欢科幻的读者普及科学知识、传播科学精神、提高科学素质和了解人文历史等，承前启后、继往开来，了解科学的发展，知晓科学的巨大作用：科学改变世界，科学推动人类社会的进步，科学刷新人类对宇宙的认知，科学开创人类美好的未来！科学总是在寻求、发现和了解世界的新现象，研究和掌握新规律，不懈地追求真理，需要人类不断努力奋斗，勇攀高峰。

　　纵观人类发展史，科学技术的每一次重大突破，都会引起生产模式的深刻变革和人类社会的巨大进步。科技是第一生产力。发达国家经济增长点、现代化战争、通讯传媒日益发达，处处体现高科技的威力。科技改变人类思想观念，使得人类对科学知识向往之至，充满了强烈的渴求。

小说期望能让青少年心中种下向往宇宙、热爱科学的种子。让人们在学习、工作和生活之余，能更多地抬头仰望星空，追求梦想，在浩瀚星海间感知人类历史的绵延，感叹恒河沙数的磅礴，感受无限宇宙的广阔。让人们知道：我们在地球这银河系中暗淡蓝点上生存繁衍，人类足够独特，却并不孤独。

青少年一代是国家的未来、是民族的希望、是世界的未来，既仰望星空，又脚踏实地、志存高远，做有理想、有本领、有担当、有情怀的时代新人；"为天地立心，为生民立命，为往圣继绝学，为万世开太平"，为实现伟大的中国梦、伟大的世界梦、伟大的宇宙梦而贡献青春和力量！

作为人类的一员，在解决好自身生存条件后，还要想到国家、想到民族、想到世界、想到宇宙，为人类做出力所能及的贡献。

科幻小说三个功能是：对未来的预期、娱乐，表达作者对当下的关注。科幻把时间、空间、能量、智慧推向极致，让我们超越现实的语境，甚至穿越时空。

幻想作为科学活动的一部分，星际幻想小说持续参与星际旅行探索。科幻小说作为单独文本参与科学活动。

小说是借科幻曲折地表现和反映现实世界，观照社会人生；小说中人物实际上是现实社会芸芸众生相，是对人类的诗化、幻化、理想化，试图拓宽视野、激发探索精神，培养青年一代对科学的巨大热情。

小说的科学性、科幻性、人文性、历史性、哲理性、文学性、现实性和未来性熔于一炉，小说人物栩栩如生，情节曲折动人，环境虚无缥缈。知识性、可读性极强，颇具前瞻性，颇值一读！

目 录

楔子　拯救世界

　　人类何其幸运，亿万分之一的概率，诞生在浩瀚宇宙中最漂亮、最美丽的星球——地球！

　　人类又何其不幸，人口增多、滥垦滥伐、资源枯竭、环境污染，地球母亲不堪重负，日渐衰微；兼之地震、海啸、飓风、火山喷发、瘟疫流行、核大战一触即发，全球变暖或变冷、战争、能源紧张、粮食危机、太空小行星撞击地球、不友好外星人侵略等，严重威胁人类的生存，最严重恶果：人类文明终结！

　　2022 年汤加海底火山喷发的破坏相当于一千颗原子弹爆炸的能量，触目惊心，举世震惊。

　　人类将目光投向浩瀚的宇宙，投向星辰大海。茫茫宇宙，肯定还会有一颗适合人类居住、适合人类休养生息的美丽星球，为人类保留火种，永恒不灭！

　　人类精英，特别是顶尖科学家的目光率先瞄准了月球与火星。

　　移民外星，保护人类文明的种子！

　　美国科技狂人马斯克口出狂言：移民 100 万人口到火星定居！可惜是雷声大，雨点小！

　　中国科技英才号称"东方王子"的周龙腾博士不甘人后，后来居上，既仰望星空，又脚踏实地，雄心勃勃地汇聚中国科学家、世

界顶尖科学家的大智慧，计划移民 1000 万人口仙居火星，在火星城堡过着日出而作、日落而息的生活，人类文明火种熊熊燃烧、代代相传，直到永远……

中美科学家同台竞技，巅峰对决，谁胜谁负？狭路相逢勇者胜！勇者相逢智者胜！

中美两国人民、中美科学家，谁先踏入火星，全世界人民拭目以待！

不管怎样，无论世界上哪一个国家、哪一位科学家，率先实现移民外星计划，都是人类世界的胜利！

人类文明种子得以薪火传承，人类文明火种得以永远燃烧！

相信未来，人类仍将繁衍生息，人类文明火种不灭！人类走向永生！

是以有非常之人，然后有非常之事；有非常之事，然后立非常之功！

东方古老的国度，王子与公主的爱情火花在古老的国度闪亮，擦亮了世界的天空！

人类能够想多远就能够走多远。人类受好奇心驱使，科学发展日新月异，世界百年未有之大变局加速演变。为实现人类的太空梦，天赋异禀的"东方王子"周龙腾博士敢为人先，天马行空、异想天开，聚集天下之精英，创办"英才学院"，聘请世界顶尖科学家、军事家、经济学家执教，为中国乃至世界培养一流的科技、军事、经济人才；创建"天佑"科技集团，汇聚多人特别是诺贝尔奖获得者的智慧，颠覆人们的认知，破天荒研制以下一些科技含金量极高的产品：

一是"无缝天衣"。此"天衣"是据雄鹰、蝴蝶、敦煌飞天、气囊等元素综合研发而成，人们穿着"天衣"可以低空自由飞翔，缓解交通压力，破解能源紧张。"岂曰无衣，与子同袍"是中国古老的诗集《诗经》呐喊了几千年的梦想，天衣诞生之日起，就有希望在世界实现了。

二是人脑对接智能机器人，实现人类意念上真正的永生！适合高空、深海、矿井等危险作业。走向医护、抗疫一线、餐饮服务等行业，战争爆发，英勇杀敌也很不错。

三是智能无人驾驶汽车。"北斗"导航，能够识别行人、红绿灯，没有盲区，360°无死角，舒适安全、服务一流。

四是智能无人机。可以穿梭在城市、乡村上空，快速准确传送外卖与快递，及"察打"（侦察、袭击）一体的无人机；可以实施"群狼"战术，可以"蜂群"作战，可以精确打击，可以防止外敌入侵，可以防止带有恶意的外星人对地球的攻击，可以预警太空垃圾和小行星对地球的撞击。

五是宇宙飞船"飞天"。全球顶尖科学家参与移民外星、星际旅游、建造"月球城"（人类探索浩瀚太空的起点）与"火星城"（人类保护文明种子的绿色家园，人类探索浩瀚太空的中转站）顶层设计，想前人之未想，大胆推出太空旅游项目，实现每个人的太空梦。太空旅游的形式有：失重旅游、高空旅游、亚轨道旅游、轨道旅游以及太空行走旅游、太空旅馆旅游等。

六是人造"大米"。经顶尖科学家从化学元素提取有益成分研制而成的雪花"大米"（内含丰富的蛋白质），解决世界粮食危机和"移民外星"的粮食问题。人类的生存需要阳光、空气和水，要有粮食和蔬菜，离不开电力等。

七是发射预警卫星阻挡小行星撞击地球。

八是建造太空发电站，供全世界和"月球城"与"火星城"用电，解决世界能源紧张。

九是设置龙王1号和龙王2号，解决"移民外星"的用水问题。

第一章　曲星下凡

天地玄黄，宇宙洪荒。日月盈昃，辰宿列张。寒来暑往，秋收冬藏……中国古老的《千字文》石破天惊，横空出世，穿越时空。有华人的地方几乎都有《千字文》。

宇宙，上下四方曰宇，古往今来曰宙。宇宙辽阔、浩瀚、深邃、神秘，时间上无始无终、无穷无尽；空间上无边无际、广阔无垠。璀璨的星空令人类无限着迷、无限遐想、无限向往、无限眷恋，生生不息、孜孜以求。人类不知疲倦地对星空进行探索。套用诗人屈原的《离骚》中的名句是："路漫漫其修远兮，吾将上下而求索。"

日月经天，江河行地。人类生活的地球，自转一周是 24 小时，固有白天与黑夜，人们日出而作、日落而息，生活有条不紊；地球环绕太阳公转一周是 365 日，分春、夏、秋、冬四季。"天下熙熙，皆为利来；天下攘攘，皆为利往。"人们披星戴月、早出晚归，一年四季劳碌奔波，谋生存、求发展。四季更迭，昼夜更替，周而复始，这是亿万年亘古不变的定律吗？生生不息的人类与所生活的地球在宇宙长河中能得到永生吗？在茫茫的宇宙空间，除了地球，还存在与人类一样有着高等智慧的外星文明吗？

承载 70 多亿人口的地球，在浩瀚的宇宙空间，在太阳系、银河系版图上渺小如尘埃，是悬挂在天幕上的一颗小星星而已。生活在地球上的人类只不过是历史上的匆匆过客，渺小如蝼蚁，卑微得如同沙滩上的一粒小沙子。

但是，世界文豪、英国伟大的作家莎士比亚借《哈姆莱特》丹麦王子之口，旗帜鲜明，亮出自己的观点，如一声惊雷，在天空炸响："人类是一件多么了不起的杰作！多么高贵的理性！多么伟大的力量！多么优美的仪表！多么文雅的举动！在行为上多么像一个天使！在智慧上多么像一个天神！宇宙之精华！万物之灵长！"

在历史长河之中，在人生的层面上，在探索人生意义的角度上，每个人的一生都是一部波澜壮阔的史诗，一部长长的二十四史，风雷激荡，令人感慨万千！

西方《圣经》传说，人类的文明始祖是亚当和夏娃，他们生活的伊甸园传说在神秘的东方古国。历史长镜头聚焦这个古老而又年轻的国度，在这个神圣而又古老的大地上，诞生了一位含着"金钥匙"出生的英俊潇洒、风流倜傥、玉树临风的王子；孕育了一位仙女般盛世容颜，魔鬼般火辣身材，含珠而诞的女神。

王子与女神，或曰王子与公主，发生了"量子纠缠"，缠缠绵绵，恩恩怨怨、是是非非，爱恨交织，演出了一部惊天地、泣鬼神、撼河山、动人心的爱情故事。

王　子

王子是诗意、灵性的象征，是女子崇拜的偶像，心中的太阳，花季雨季梦季的一帘幽梦。东方王子孔武有力、高大威猛、智勇双全，肩负起大展雄风、重拾山河、重振家风、重整乾坤的责任，承担着挽救家族、救助人类、拯救地球的重任。

王子是东方某神秘古国国君后裔，也是中国某著名军事家的后代，留有先祖正义爱国的遗传基因，腹有良谋，有包藏宇宙之机、吞吐天地之志，文韬武略；上马能打江山，下马能治理天下，集虎将之雄风、儒家之文采于一身；文能治国，武能兴邦，功盖寰宇，誉满天下。才华横溢、深谋远虑、顶天立地，热血男儿，素有家国情怀、国际视野、宇宙意识，悲天悯人，秉承教育救国、科技救国、军事护国理念，心怀拯救人类理想。

王子聪明伶俐、智慧过人，读书一目十行、过目不忘。自幼熟读兵书《孙子兵法》《孙膑兵法》《战争论》等，孙武的军事思想"知己知彼，百战不殆""不战而屈人之兵，善之善者也"渗入他的骨髓与灵魂。在创办英才学院、创建天佑科技集团之中灵活运用，发挥到极致，打出一片新天地，成为世界教育思想领头羊，世界科技之灯塔！

历史长河，波澜壮阔、汹涌澎湃、风雷激荡；时代浪花，跳跃着恒河沙数的英雄人物；如椽巨笔，记录一篇篇悲欢离合的故事，书写一部部动人心魄的伟大史诗。

王子形象，众星捧月，永远在人类历史上的天空中闪烁。

中国《红楼梦》"贾宝玉"式王子：

面若中秋之月，色如春晓之花，鬓若刀裁，眉如墨画，面如桃瓣，目若秋波。虽怒时而若笑，即瞋视而有情。

面如敷粉，唇若施脂；转盼多情，语言常笑。天然一段风骚，全在眉梢；平生万种情思，悉堆眼角。

曹雪芹有《西江月》二首，批宝玉极恰，其曰：

无故寻愁觅恨，有时似傻如狂。纵然生得好皮囊，腹内原来草莽。潦倒不通世务，愚顽怕读文章。行为偏僻性乖张，那管世人诽谤？

富贵不知乐业，贫穷难耐凄凉。可怜辜负好韶光，于国于家无望。天下无能第一，古今不肖无双。寄言纨绔与膏粱。莫效此儿形状！

英国《哈姆莱特》（又名《王子复仇记》）"哈姆莱特"式王子：

朝臣的眼睛，学者的辩舌，军人的利剑，国家所瞩望的一朵娇花，时流的明镜，人伦的雅范，举世瞩目的中心。高贵理智，青春貌美，伟大崇高。

法国圣埃克苏佩里的《小王子》"小王子"式王子：

来自"B612号小行星"，象征着希望、爱、天真无邪和埋没在我们每个人心底的孩子般的灵慧。是一个神奇人物，具有随意在星际之间遨游的超人能力。他满头金发，身着长袍，既无国籍，也无家园，生活在人类社会之外，不受任何陈规陋习束缚，是无牵无挂而又天真的传奇式王子形象。他是永保童真的天使之化身、是智慧和真理之源泉、是理想之象征。

童话大师安徒生笔下的"王子"：

凡夫俗子，拥有一切让女人投怀送抱的条件，"英俊，家世显赫"。如《小美人鱼》亚力克王子：英俊、机智、聪明、善良，非常勇敢；再有《白雪皇后》英俊王子汉斯：极其聪明，善解人意。

格林童话世界的"王子"：

《白雪公主》中的白马王子，又称佛罗里安王子。白雪公主吃了毒苹果后，被七个小矮人放在镶金的水晶玻璃棺材中，他听闻后骑着白马赶来，用深情的吻使白雪公主复活了过来，后二人相爱。

《绝对迷宫》中的青蛙王子，又是梅西恩王国的王子，因为诅咒而被变成青蛙，需要亲吻别人才能变回原样。其实他本人是一个非常有风度的绅士，总是以女性优先的浪漫主义者；气质非凡、举止优雅、模样俊美，有着一头淡蓝色短发。性格温柔、宽容大度，总能说出一些有哲理的话，也常常无意制造冷笑话。

《睡美人》中的菲利浦王子，英俊潇洒，从小就与爱洛公主定下了娃娃亲。在得知公主被诅咒之后，在仙女的帮助下，杀死了由黑女巫变成的恶龙，亲吻了沉睡中的爱洛公主，将她救醒。

古老东方古国神秘王子，清俊英挺，儒雅内涵、高雅气质、王者之风，叱咤风云，人类懿范，世界灯塔。又是科技王子、诗歌王子、钢琴王子，集人文理想、知识财富、美貌智慧于一体，为实现中华民族伟大复兴中国梦、世界人民伟大世界梦，为人类开展宇宙探索做出了非凡卓越的贡献！

当今之世，舍我其谁？东方王子的英雄霸业、丰功伟绩，前无古人、后启来者，惊天动地、可歌可泣，在神秘古国和人类灿烂的星球上，演绎一部波澜壮阔的英雄史诗。

经国之大业，不朽之盛事，英雄之壮举，英才之盖世，英风之伟烈，盛世之容颜，惊天地、泣鬼神、撼河山、动人心！与山河同在，与日月同辉，与天地并存！是永垂青史的史诗级王子。

一是创办英才学院。学院培养世界一流科技、军事、企业管理人才，是新时代科学技术革命的"黄埔军校"，是世界科技、军事、企业管理领域先进理念的"思想灯塔"。东方王子秉持科技救国、军事护国、企业富国的伟大思想、伟大理论，指导伟大实践。以拯救人类世界为伟大理想，办学理念大刀阔斧，打破常规。崇尚中国亚圣孟子穿越时空的伟大教育思想："得天下英才而教育之，三乐也！"不分种族、不分肤色、不分信仰，面向全世界挑选录取德智体劳美全面发展的人才。面向全世界，聘请世界一流科学家、军事家、企业家担任学院教授，打造新时代的"哈佛""西点""剑桥"和"黄埔军校"。具体而言，学院科技开设的专业有：量子技术、人机对接机器人、无人机、无人驾驶汽车、宇宙探索；军事科专业：综合作战、无人机蜂群作战、量子激光武器；企业管理专业：世界 500 强企业管理模式与实践；综合科：科幻小说研究、艺术沙龙、哲学政治思想。

识时务者为俊杰。东方王子崇尚科学、爱好艺术，多才多艺，兴趣广泛。"淡泊明志，宁静致远"，热衷中国书法艺术，把中华民族博大精深的文化代代传承，发扬光大，并发挥至极致。从前，中国人自豪地说：天下思想出"北大"！新时代，中国人骄傲地说：天下思想出"英才"！英才学院，世界一流的办学理念，成为世界的"思想灯塔"，世界宠儿。

二是创立"天佑科技集团有限公司"。公司挺进世界500强企业，傲视群雄，跃上世界科技之巅，科技王国新科状元，顶层设计，王者之风，科技产品，世界标杆，是世界"科技灯塔"。

总裁东方王子有政治家远见、军事家谋略、企业家才干，深谋远虑，追求卓越，汲取世界500强企业经营智慧精华，站在时代科技巅峰，倾囊打造世界名牌，把企业锻造成可以媲美高科技企业公司如美国的"苹果"，中国的"华为"，韩国的"三星"等伟大企业、伟大公司。

东方王子作为科技公司的领头雁，雷厉风行，脱胎换骨改革，带领公司蓬勃发展，盛产世界标杆的科技产品系列有：

1. 生活类：人机对接机器人，无缝天衣，无人驾驶汽车；

2. 军事类：无人机（蜂群作战），量子雷达；

3. 宇宙探索类：宇宙飞船材料，太空城材料（月球城、火星乌托邦平原科幻城）。

三是仰望星空，宇宙探索。地球是人类的摇篮，人类不可能永远生活在摇篮里。人类居住的地球只是浩瀚宇宙中的一个小小星球，目前人类对太空的认识，就像在海滩上玩沙子的儿童对大海的认识一样。人类对太空的求知欲望，对太空的好奇心，将是太空探索的永恒动力。无疑，人类也只有通过太空探索，才能最后回答"宇宙是从哪来的""人类是怎样产生的"（即人类的起源）等这些长期困惑人类的哲学问题。

太空探索具有深远的意义，目的是更好地保护和开发地球。当前地球面临一系列天灾人祸的严重挑战，这就迫使人类考虑未来是否需要移民到外星球去。人类把深情的目光投放到茫茫的宇宙、浩瀚的星空！

拯救人类的诺亚方舟在哪里？

中国有句极富智慧的话语：居安思危；生于忧患，死于安乐。

东方王子以天下为己任，积极投身宇宙探索，积极参与移民外星计划：

参与在月球上建永久基地，在火星乌托邦平原上建太空城，移民 100 万人至月球居住，移民 1000 万人至火星居住；人类文明种子撒向茫茫的宇宙，在浩瀚的宇宙扎根、萌芽、开花、结果。人类文明生生不息，代代相传，永恒不朽。

当然，将整个人类都移民外星现在看起来不现实，即使移民也只可能是少数人。因此，唯一使人类社会永续发展的办法，就是解决地球的生态保护和能源的持续利用问题，并开发利用太空资源来不断改善人类生活。

在人类开展太空探索的进程中，也必将抛弃以人类为中心的"人定胜天"的理念，努力保护太空的生态，达到"天人合一"的终极目标。

伟大的背后是苦难！历经劫难的人类终将走向星辰大海，走向伟大与崇高！

世界上有两种东西最美：一是女人；二是书法。因为她们都是具有线条的曲线美。中国书法，龙飞凤舞；女人，天生尤物，柔情似水，温柔贤惠，珑剔透的曲线美，美至极致！震撼灵魂！

女人，燕语莺声、天仙容颜、柳眉杏眼、秀发飘飞、肤如白雪，巧笑倩兮，美目盼兮，是夜空中最亮的星！

天地间的钟灵毓秀似乎只钟情于女子！女子是天地间的尤物！

是人类的母亲！是世界的未来！

每一个成功的男人背后往往有一个温柔贤惠、善解人意、默默奉献的伟大女人！

作为一名成功的男人，东方王子头顶"科技王子"光环，似夜空的星星熠熠生辉、光芒四射。其成功的背后概莫能外，有一个伟大的女性支撑，此一震撼世界的女神，举世瞩目的公主，"千呼万唤始出来，犹抱琵琶半遮面"地登场亮相。

女　神

女神是美好、智慧、高雅的代名词。是对女性的神明或至尊的称谓，特指神话传说中的女性至高者。后来引申为善良、纯洁、高素质、气质脱俗以及容貌美的女性。在现代社会，女神常用来定义男性心中的喜爱，但还未成为真正恋爱对象的女生。古代指女性的神明，如女娲娘娘、王母娘娘等。当代指是被倾慕、暗恋甚至明恋的女性，她们通常因为具有清新气质而受男性欢迎。

世界级女神标准：柳眉凤目，齐发及腰，身量窈窕，艳压群芳，倾城倾国；以花为貌，以鸟为声，以月为神，以柳为态，以冰雪为肤，以秋水为姿，以诗词为心；一身汉服，飘逸出彩，颜值与才华齐飞。

世界史诗级经典作品中的经典"女神"形象：

中国古典小说巅峰之作《红楼梦》"林黛玉"式女神：两弯似蹙非蹙罥烟眉，一双似喜非喜含情目。态生两靥之愁，娇袭一身之病。泪光点点，娇喘微微。娴静时如娇花照水，行动处似弱柳扶风。心较比干多一窍，病如西子胜三分。

中国文学源流《诗经》中的"女神"："窈窕淑女""巧笑倩兮，美目盼兮"。

英国伟大作家莎士比亚伟大作品《王子复仇记》中"奥菲利娅"式女神：像冰一样坚贞，像雪一样纯洁。眼睛清澈得如一泓潭水。纯朴、善良、美丽、忠贞、天真、乖巧、天然魅力，绝世样貌，是个纯粹的干净的不经世事的女子。

格林童话《白雪公主》中"白雪公主"式女神：皮肤像雪一样白，嘴唇像血一样红，头发黑得像乌木一样。

安徒生童话《海的女儿》中"人鱼公主"式女神：为了追求到一个人高洁的不死的灵魂，放弃了海底自由自在的生活和300年长寿的生命，把美妙的歌喉丢弃在恶毒的巫婆手里，忍受住把鱼尾变成人腿后所带来的巨大痛苦。用她的爱、她的心和她年轻的生命，去追求那永生的而崇高的人的灵魂。并通过"善良的工作"去分享人的一切永恒的幸福。小人鱼对爱情、灵魂、理想的执着追求，具有善良纯洁的品格、坚强的毅力和牺牲精神。

童话《睡美人》中的爱洛公主：一个16岁的少女，阳光般的金发，嘴唇如红玫瑰，紫罗兰色的眼睛，皮肤白皙。身材修长，风度优雅，最甜蜜、最美丽，俏皮温柔而有教养的公主。

童话《灰姑娘》中的仙蒂公主：一位美丽聪明的姑娘，气质高贵，头脑敏捷，品格高尚。

童话《美女与野兽》中的贝儿公主：智慧、善良和勇敢，美貌娇集一身，思想独立，可爱的女强人。

东方王子的女神神秘莫测、非同凡响，非一般人物可比。

一袭九凤旗袍艳压群芳，倾城倾国；一身汉服飘逸出彩，仙女下凡。

中国中央美院画技精良的高才生对王子的女神做如下粗线条勾勒：

柳眉杏眼，明眸善睐，清澈的眼眸含情脉脉，鹅蛋脸、琼瑶鼻，鼻梁高耸，一副迷人小酒窝，樱桃小嘴，秀发飘飞，乌黑亮泽的秀发如山涧飞泻的瀑布。肌肤雪白，身材高挑，风情万种，气质优雅，清纯朴实。穿一袭洁白连衣裙，飘飘欲仙，似劳斯莱斯的车标——飞翔女神。如婀娜杨柳、春风小树，如出水芙蓉，亭亭玉立、楚楚动人，完美无瑕。是"窈窕淑女"，合乎古代美人标准，"肤若凝脂，云发丰艳，领如蝤蛴，螓首蛾眉，杏脸桃腮，樱唇贝齿，杨柳细腰，手如柔荑，软玉温香"；有"沉鱼落雁之容，闭月羞花之貌"。是水做的骨肉，天地间的尤物。人比花俏，国色天香，为爱而生，凤舞九天。汇聚天地间的钟灵毓秀，智慧与美貌娇集一身，是秉天地之灵气、沐日月之精华、吸山川河岳之仙露含珠而诞的女神！天仙颜值，傲人魔鬼般身材，迷倒众生！

中国顶级画师则做如下素描：

黑鬒鬒赛鸦鸰的鬘儿，翠弯弯星月眉儿，水灵灵星眼儿，香喷喷樱桃口儿，直隆隆琼瑶鼻儿，粉浓浓红艳腮儿，娇滴滴鹅蛋脸儿，轻袅袅花朵身儿，玉芊芊葱枝手儿，一捻捻杨柳腰儿，窄星星尖跷脚儿，白皙皙肤儿，娇莺莺嗓儿，窈窕窕身段儿，袅婷婷模样儿，苗条条人儿，俊俏俏个儿，小妞妞贞儿，好一个美人儿！

王子的女神"花不足以拟其色，蕊差堪状其容"，花颜月貌，绝世容颜，人比花俏。温柔岁月，惊艳时光，穿越时空，照亮世界！

东方王子与女神，你是风来我是沙，缠缠绵绵走天涯，追求星辰大海，地老天荒、天长地久。

王子与公主的爱情火花在古老的诗意的国度闪亮，擦亮了古老而又年轻的中国的天空！世界的天空！

木有本，水有源，万事万物皆有本有源。追根溯源，中华民族源远流长。

作为中华民族一分子的东方王子不是一个数典忘祖的人。羊有跪乳之义，鸦有反哺之恩，人有感恩之心。王子很懂感恩，工作之余经常翻阅《大族谱》，看看自己的源流在哪里，看看自己是怎样来到这个世界上的，看看历朝历代的祖父辈们的奋斗史，看看先辈们的光辉业绩成就。历代祖先的奋斗史，开荒拓土的精神时常激励着他、鼓舞着他！在这个人生世界上顽强拼搏、奋勇前行、有所作为。

水有源，木有根，人人皆有始祖。《大族谱》清晰地记载：中华民族的人文始祖是炎帝和黄帝。中国人自称炎黄贵胄或炎黄子孙。

黄帝，姓公孙，号轩辕氏，又号有熊氏。生于轩辕之丘，故称轩辕氏。黄帝是传说中上古帝王轩辕氏的称号。据传他出生几十天就会说话，少年时思维敏捷，青年时敦厚能干，成年后聪明坚毅。

建国于有熊（河南新郑），亦称为有熊氏。当时，正处于氏族社会后期。为了各自的发展，部族之间不断发生战争。

黄帝族发祥于今陕北地方，后来沿北洛水向东南迁徙，渡过黄河又向东北发展，终于定居于今河北涿鹿附近。这时黄帝族已逐步由游牧转为从事农业。

与黄帝同时期的还有炎帝族和以蚩尤为主的九黎族，以及江淮流域以三苗等为主的苗族。炎帝族也发祥于陕北，后来沿渭水、黄河东下，到达今山东地区。炎帝姜姓，其先祖为神农氏，大约是最早从事农业的民族。传说炎帝牛头人身，大概以牛为图腾。九黎族活动于今山东至安徽中部地区，史称"东夷"。

蚩尤为首的九黎族向西发展，夺取了炎帝族共工部落的土地，共工便决河放水以阻遏九黎族入侵。洪水危害了九黎族的利益，他们进而与共工大战于涿鹿，即今太行山东麓。共工战败，土地全归九黎族占有。共工"怒而触不周山"，致使"天柱折，地维绝"，天向西北倾斜，从此日月星辰都向西落去；地向东南塌陷了，从此江河都向东南奔流。

共工向黄帝求援，黄帝族和炎帝族结成联盟，与蚩尤族大战于涿鹿之野（相传在今河北涿鹿县东南）。蚩尤善造兵器，黄帝蓄水抵挡蚩尤；蚩尤请来风伯雨师助战，黄帝则请来旱神女魃帮忙；蚩尤兴浓雾，黄帝坐指南车以破之。双方的战士英勇无畏，战斗十分激烈。黄帝在大将风后、力牧的辅助之下，终擒蚩尤而诛之，诸侯尊其为天子，以取代炎帝，成为天下的共主。此战史称"黄帝战蚩尤"。

不久，实力尚存的炎帝侵凌诸部，与黄帝争做盟主，双方又发生激烈的冲突。诸部都归于轩辕黄帝部下。黄帝收服民心，整治军备，多积五谷，并教熊、罴、貔、貅、豹、虎参战，与炎帝大战于阪泉之野（相传在今河北境内）。三战之后，黄帝得胜，炎帝大败。

从此，黄帝天下共主的地位最终确立，号令天下，凡是不顺从的部落都以天子的身份加以讨伐。

黄帝在位时间很久，国力强盛、政治安定、文化进步。传说黄帝发明了舟车、宫室，又命伶伦制作乐器，大挠制定干支，仓颉创制文字，黄帝的妻子嫘祖教人养蚕。相传尧、舜、禹、汤等均是他的后裔，因此，黄帝被尊奉为中华民族的共同始祖。

《大族谱》记载，祖先"尝为宋朝枢密使，主管全国军事，大有功德于国家"。这是每一个后代子孙引以为傲的辉煌历史。承前启后，继往开来。东方王子身上留有先祖正义爱国的遗传基因！英俊挺拔、伟岸霸气的他肩负起振兴家族、重整乾坤，建设人类美好家园的重任。

王子为中国清华大学计算机博士研究生毕业，国家公派到美国哈佛大学和西点军校学习，取得哈佛大学博士学位后回国，走马上任英才学院院长一职；秉持"自强不息，厚德载物"（清华大学校训）理念，为实现中华民族伟大复兴中国梦、世界梦，为中国经济、世界经济伟大腾飞，为人类探索宇宙、移民外星，开拓美好未来鞠躬尽瘁、死而后已，做出了非凡卓越贡献！

与王子有瓜葛，发生"量子纠缠"，爆发出爱情火花，擦亮中国天空、世界天空、宇宙星空的女神公主是中国清华大学经济学院研究生毕业，美国哈佛大学经济专业博士学位。

《诗经》云："窈窕淑女，君子好逑。"

震撼世界的王子和公主的爱情史诗在古老而又年轻的国度轰轰烈烈上演！

天上无云不下雨，地上无媒不成婚。

一个生在江南，一个生在江北；一个是寒门子弟，一个是将门虎女；一个是白面书生，一个是金枝玉叶；一个上无片瓦，一个豪宅大院。门不当户不对，地缘政治相距十万八千里，公主与王子是如何激烈碰撞，擦出爱情的火花，闪亮中国的天空、世界的天空、宇宙的星空的呢？

个中缘由，不说可能还明白，越说可能越糊涂。

公主与王子历经九九八十一难，在一个童话般的城堡幸福地生活在一起。有偶然性，也有必然性。偶然性寓于必然性，必然性寓于偶然性。量的积累引发质的飞跃，自由王国进入必然王国。公主与王子的爱情史观充满唯物辩证法，渗透浓浓的哲学意味。

英才自古出寒门，将门无犬女。王子与公主的伟大爱情史诗一波三折、悬念迭出、扣人心弦、曲折动人。

花开两朵，各表一枝。

话说诗意江南，一个古老的村庄，一天夜晚，一个寒门之家，一声婴儿啼哭声打破了古老村庄夜空的寂静，惊醒了村庄左邻右舍村民的美梦，啼哭声似乎向全世界宣示：一个不凡的王子诞生了！王子出生那一天夜晚群星璀璨、星光熠熠，有一颗特别明亮的流星划破天际，降落在古老村庄的旷野上。村中懂得麻衣相法的风水大

16

师桂芳伯的第三代传人天明叔那天晚上与几个好友"开轩面场圃，把酒话桑麻""青梅煮酒论英雄"，他看到村庄夜空出现这一个奇异天象，瞬间站起惊呼："武曲星下凡了！武曲星下凡了！太祖（曾任宋朝枢密使，主管全国军事）显灵了！太祖显灵了！村庄要出大贵人了！村庄要出大贵人了！"天明叔语惊四座，亲朋好友面面相觑，惊愕得说不出话。经天明叔点破天机，他们才恍然大悟，随声附和。无巧不成书。那天夜晚，王子恰逢其时诞生，天明叔一锤定音，百分百断定，此小子就是天上的"武曲星"下凡人间！村民一传十、十传百，人们把这一个天大的喜事奔走相告，把最热烈的祝福送给小王子的父母！村庄喜庆热烈的氛围不亚于新春佳节！

王子满月那一天，按村庄传统习俗，父母为王子摆满月酒，村民比过新年、娶媳妇还要高兴，扶老携幼，拖儿带女上门祝贺。村民争先恐后，一睹为快，争相一睹"武曲星"小王子的奇异风采！

眼睛如星星般明亮，炯炯有神，精神十足，悬胆鼻、国字脸，英气逼人，手在动，脚在移，睡在简易摇篮里，一股英气逼人眼帘，小嘴微微嚅动，似喃喃自语，十分可爱的小王子形象。

小王子肤色白里透红，不安分的小手小脚似乎"手舞足蹈"，形状"珊珊可爱"。

上门凑热闹的村民几乎把小王子家门槛踏破！小王子父母热情好客，来者不拒，虽有点应接不暇，但是无怨无悔！小王子含珠而诞，令他们脸上挂满笑容！生命有意义，人生有奔头，最苦最累都是值得的！

王子诞生，薄酒一杯，举村同庆，欢乐祥和气氛撼天动地！村庄树上的鸟儿上蹿下跳，叽叽喳喳，引颈高歌；村庄田野上的禾儿在微风吹拂下，似乎在向人们挥手。热情的村民在高谈阔论，推杯换盏、觥筹交错之中把喜庆热闹气氛推向高潮！

天降异象，天生贵祥。小王子红扑扑的脸蛋闪着亮光，像九月里熟透的苹果，脸形有点清瘦，上面长着一双会说话的大眼睛，闪耀着智慧的光芒。眉毛形似一弯新月，鼻子小巧玲珑，一双耳朵酷似菩萨，一张肉嘟嘟的小嘴微微嚅动，似喃喃自语。嘴巴下面有一个圆鼓鼓的小下巴。小手嫩乎乎的，十指又短又小，形似下凡人间的小天使。真是人见人爱，花见花开，可爱极了。

小王子乖乖地躺在爷爷亲手用青青翠竹编织的简易摇篮里，亮晶晶如星星般闪烁的眼睛，好奇地打量着陌生的世界。

小王子肚子饿了，就躺在妈妈怀中一边吮吸甘甜的乳汁，一边听妈妈轻轻哼唱摇篮曲《月光光》：月光光，照地堂；年卅晚，摘槟榔；槟榔香，摘子姜；子姜辣，买菩达；菩达苦，买猪肚；猪肚肥，买牛皮；牛皮薄，买菱角；菱角尖，买马鞭；马鞭长，起屋梁；屋梁高，买张刀；刀切菜，买萝盖……

小王子眉毛打架，眼睛困了，就被妈妈放在摇篮里，妈妈一边轻摇小摇篮，一边唱起催眠曲《落雨大》：落雨大，水浸街，阿哥担柴上街卖，阿嫂出街着花鞋，花鞋花袜花腰带……

花开花落，冬去春来，寒来暑往，斗转星移。时间长河奔流不息，日新月异，岁月不居，时节如流。光阴似箭，日月如梭。小王子不知不觉，渐渐长大了！小王子开始懂事的时候，一双好奇的大眼睛深情地注视世界，脑海里有十万个为什么纠缠着妈妈爸爸、爷爷奶奶作详尽的回答。打破砂锅问（纹）到底的勇气换来硕果累累。

第二章　崇文尚武

　　妈妈温柔甜美的声音轻轻为小王子讲述格林童话《白雪公主》《灰姑娘》《青蛙王子》，安徒生童话《丑小鸭》《海的女儿》《卖火柴的小女孩》，中国神话《女娲造人》《女娲补天》《精卫填海》，外国神话《亚当与夏娃》《诺亚方舟》《巴别塔》。惟妙惟肖、绘声绘色地叙述"墨池记"故事：王羲之从小向卫夫人学习书法，非常勤奋地习书，把一方清池变墨池，一番"池水尽墨"的功夫，终成中国书圣；其作品《兰亭序》字字珠玑，"清风出袖，明月入怀"，"飘若浮云，矫若惊龙"，"龙跃天门，虎卧凤阙"（梁武帝萧衍语），是天下第一行书。妈妈要求小王子向爷爷学习书法。

　　爷爷指导小王子学习书法从楷书入手。小王子跟着爷爷学习书法，临帖的书法字帖有楷书：天下第一楷书《九成宫》（欧阳询），楷书四大家之一柳公权的《玄秘塔》、颜真卿的《勤礼碑》《多宝塔》、赵孟頫的《胆巴碑》；行书：天下第一行书《兰亭序》（王羲之）、天下第二行书《祭侄稿》（颜真卿）、天下第三行书《寒食帖》（苏轼），行书入门《圣教序》（唐代，怀仁）；草书：天下第一草书《自叙帖》（怀素），还有王羲之的《十七帖》，孙过庭的《书谱》，张旭的狂草《古诗四帖》，智永草书，王铎草书，林散之草书等。爷爷要求小王子每天抽时间临帖，虽然没有像王献之写尽十八缸水，但是有一番清池变墨池的功夫。小王子书法进步很快，几乎达到以假乱真、炉火纯青的地步。

妈妈言传身教，教导小王子声情并茂地朗读背诵中国古诗词。

静夜思
李白
庆前明月光，疑是地上霜。
举头望明月，低头思故乡。

登鹳雀楼
王之涣
白日依山尽，黄河入海流。
欲穷千里目，更上一层楼。

悯农二首
李　绅
其一
春种一粒粟，秋收万颗子。
四海无闲田，农夫犹饿死。
其二
锄禾日当午，汗滴禾下土。
谁知盘中餐，粒粒皆辛苦。

坚毅的爸爸用极富磁性的男中音为小王子有条不紊地开启了一扇神奇的知识大门，打开一扇扇瞭望宇宙星空的窗口。爸爸为小王子讲述的故事有：中国神话《盘古开天辟地》《夸父追日》《大禹治水》；外国神话传说《普罗米修斯》《神奇世界的诞生》《阿里巴巴与四十大盗》；宇宙探索《十万个为什么》中挑选精华问题来讲解，满足小王子的好奇心：（1）太空为什么是黑的？（2）太阳为什么会发光发热？（3）为什么天空中的星星会组成图案？（4）为什么会出现流星？（5）为什么天空中的云多姿多彩？（6）为什么暴雨后会形成五彩斑斓的彩虹？

小王子印象清晰的是"北斗七星"：它是由天枢、天璇、天玑、天权、玉衡、开阳、瑶光七星组成的。中国古代人民把这七星联系起来想象成古代舀酒的斗形。天枢、天璇、天玑、天权组成为斗身，古曰魁；玉衡、开阳、瑶光组成为斗柄，古曰杓。"北斗七星"在不同的季节和夜晚出现于天空不同的方位，所以古人就根据初昏时斗柄所指的方向来决定季节：斗柄指东，天下皆春；斗柄指南，天下皆夏；斗柄指西，天下皆秋；斗柄指北，天下皆冬。东南西北，春夏秋冬，四季更迭，周而复始。

小王子信奉爸爸的说教："学成文武艺，货与帝王家。"听从爸爸的安排：年方6岁时到中英文武学校学习，学文习武，学习英语达到八级水平；习武练习"十八武艺"："矛、锤、弓、弩、铳、鞭、铜、剑、链、挝、斧、钺、戈、戟、牌、棒、枪、扒"十八种武器。民间传说谁武功厉害，经常会说一个人的武艺真是十八般武艺样样精通，形容一个人很有才华多才多艺，是一个夸奖人的好词语。

小王子看了《亮剑》《少林寺》《少林小子》《太极张三丰》，他懂得了什么是亮剑精神，什么是行侠仗义，什么是英雄好汉。他跃跃欲试，强烈要求爸爸在放寒暑假期间陪他到华山学习剑法，湖北武当山学习太极拳，河南嵩山少林寺学习少林武功。天下武功出少林。在嵩山少林寺他勤学习武，一套少林拳法成竹在胸，运作起来虎虎生威，似龙吟虎啸，山谷长鸣；似狂风骤雨，飞花落叶。在河南嵩山少林寺听方丈讲述"十三棍僧救唐王（唐太宗李世民）"的故事，他如痴如醉，敬佩少林僧人的侠义行为，对少林武功顶礼膜拜。

根据《少林寺志》和有关史料记载，十三僧洛阳救驾的时间在唐高祖武德三年（620）。李世民兵出潼关，进兵洛阳，以除掉自称郑王的王世充，这是大唐统一的关键一战。当时，李世民刚刚平定了在金城建立的秦政权薛举、在武威建立凉政权的李轨、在晋北建立天兴政权的刘武周之后，乘胜而来黄河南岸。当时的王世充也是刚占据殷州、邓州，并有唐州长史田瓒来降，侵夺了当年隋文帝赐给少林寺僧的柏谷庄园，实力亦相当雄厚。尤其地处洛京八关之中，可以据险与李世民决一雌雄。李世民初来乍到，进兵不利，又在观察作战地形时被郑兵所获，囚禁在洛京王城牢中。李世民的弟弟李元吉带兵来救，又被王世充打得落花流水。这时，在柏谷庄上屯田的少林僧徒不甘心再受郑军之欺，听到唐王被囚于洛阳城的消息，十三棍僧便凭着浑身武艺和对洛京地形了如指掌的优越条件，夜入洛阳城救出了李世民，为大唐统一创立了功勋。

传说，那天半夜，十三棍僧来到洛阳城外，去掉了平时的练功"重身"，便身轻似燕地顺着城墙拐角，使出平日练就的本领，没费多大周折就爬上了城头。幸好和尚志操以往出入洛阳次数最多，大街小巷道路最熟，大伙跟着他左拐右转，不一会儿就在王城里找到了监牢。只是此处戒备特别森严，巡逻兵丁来来往往不时走动，志操便在这里安排武艺高强的昙宗，由惠玚掩护，溜着墙根向牢门口爬去。在距离牢门不远的地方正好碰上一个巡逻兵丁走来，惠玚一跃而起，从背后卡住了这个兵丁的咽喉，像提小鸡一样，毫无声息地将他提到了僻静之处。惠玚接着又如前法一连除掉了几个。昙宗从俘房口中间出囚禁李世民的地方和掌管钥匙的情况之后，率领惠玚、普惠、明嵩三人一同进监，见机行事，其余在外面守候。昙宗和尚轻手轻脚到了内监门口。果然，数盏油灯照得满屋明亮如昼，又有三个兵丁在门口把守。昙宗丢了个眼色，惠玚三人飞身就上了屋檐。没等兵丁看清，三人便一齐蜻蜓点水般飞将下来，卡住三个兵丁的脖子，捆了起来。

昙宗一看三人得手，便转弯到了掌管钥匙的百总门口，一个倒挂金钩就把头垂在窗上，舐破窗纸一看，那百总正在打呵欠。昙宗翻身而下推门进去，飞步抓住百总的衣领。这一下吓得那家伙面如土色，赶紧乖乖地交出了钥匙。昙宗将那百总也捆了手脚，嘴里塞上东西，提到暗处。当他来到内监门口时，惠玚等早已等候在那里。昙宗打开监门，留下普惠、明嵩在门口把守，同惠玚一起进了内监。转了两个弯子，就看到李世民带着一具大枷正靠着墙根坐在地下。李世民听到脚步声，抬头看到两位年轻和尚到了跟前，正待发问，昙宗连忙摆手示意，止住了问话。随手拿出钥匙开了大枷，蹲下身去背起李世民就出了内监。门口普惠、明嵩接上，一齐离开了内监。

没到牢房门口，志操等人已迎了上来。十三棍僧拥着李世民一齐向东城门跑去。城门近了，只见一队兵丁把守甚严。这时，天已微明，志操就带领大伙一声呐喊着冲了过去，杀散了守城郑军，打开城门，昙宗和尚背着李世民急急朝正东而去。

十四个人出城不远，一匹快马从城内领着兵追了上来。看看将近，志操回身一个"只燕穿云"就把那郑将掀下马来，夺过马匹，一齐拥扶唐王李世民上马。昙宗转身又抓起棍棒，一人断后。十四人这样且战且走。刚刚转过一个山头，忽然前面又闪出一队人马，为着一员大将挡住了去路。十三棍僧正感腹背受敌、进退无路之时，忽然面前那员大将带着兵冲散了郑军。李世民高兴地告诉十三棍僧，来者正是唐将秦叔宝。李世民就这样又回到唐营。

唐、郑两军对垒时，十三棍僧又从寺内带来五百僧兵，从轩辕关直抄王世充的后路，活捉了王世充的侄子王仁则，后来王世充被迫归降李世民。

李世民登基后，在给少林寺僧人的敕封圣旨中，高度赞扬了十三棍僧救驾和助战的赫赫战功。每人赐给紫罗袈裟一袭，封昙宗和尚为大将军僧，赐地四十顷、水磨一具，并刻石以记。这座石碑至今仍巍然屹立在少林寺大雄殿前面……

爸爸苦口婆心地点燃小王子智慧火花。

人生导师蔡世可名言："无论在什么地方，无论干什么工作，都是振兴中华，实现中华民族伟大复兴的中国梦的一个组成部分！"

大学中文系司徒俊杰教授："作为人生的一员，在解决好自身的生存条件之后，还要想到国家、想到民族、想到世界、想到未来！"

清华学子与北京的哥的对话：打车到清华，车上聊某人前几年就买房了，真是人生赢家。出租车大爷默默听了很久说："我家拆迁分了几套房子，但我就是一开车的，你们才是国家的未来和希望，如果你们从清华北大毕业，人生目标就是在北京买套房，而不是思考这个国家的未来，那这个国家就真的没有希望了。"

德国哲学家黑格尔说过："一个民族总有些仰望星空的人，才有希望。如果一个民族只是关心眼下脚下的事情，这个民族是没有未来的！"

有一首诗《仰望星空》：

> 我仰望星空，
> 它是那样寥廓而深邃；
> 那无穷的真理，

让我苦苦地求索追随。

我仰望星空，

它是那样庄严而圣洁；

那凛然的正义，

让我充满热爱、感到敬畏。

我仰望星空，

它是那样自由而宁静；

那博大的胸怀，让我的心灵栖息依偎。

我仰望星空，

它是那样的壮丽而光辉；

那永恒的炽热，

让我心中燃起希望的烈焰，响起春雷。

    该诗平白质朴而又意味深长，诗中所透露的对真理、正义、自由、博爱的思考，对国家民族人类共同命运的关怀令人动容，发人深省。从这首诗中可以读到一位作者的所思所想。

    人生来也匆匆，去也匆匆。三万多个日日夜夜，既脚踏实地，也要仰望星空。一个只满足现状，不思进取，不仰望星空的民族是一个没有希望的民族；厚德载物、自强不息、励精图治、崇文尚武，敢于亮剑精神的民族才能永远跻身于世界先进民族之林，才能永远屹立于世界民族的东方！才能汇聚中华民族伟大复兴的磅礴力量！

    人生最好的生存状态：日出而作，日落而息。淡泊明志，宁静致远。有所为有所不为。品德高尚、建功立业、著书立说，即《左传·襄公二十四年》云"太上有立德，其次有立功，其次有立言，虽久不废，此之谓不朽"。就是说"立德、立功、立言"乃人生三大不朽！

榜样的力量是无穷的。为激励小王子从小树立远大志向、奋发有为，成为国家的栋梁，世界精英，是有家国情怀、国际视野、宇宙意识的英才，爸爸忙里偷闲、见缝插针、煞费苦心地为小王子讲述了几个故事。

司马光砸缸救人

司马光，字君实，陕州夏县人也。光生七岁，凛然如成人，闻讲《左氏春秋》，爱之，退为家人讲，即了其大旨。自是手不释书，至不知饥渴寒暑。群儿戏于庭，一儿登瓮，足跌没水中，众皆弃去，光持石击瓮破之，水迸，儿得活。（元末·阿鲁国《宋史》）

现代汉语意思是：

司马光字君实，陕州夏县人。司马光7岁时，已经像成年一样（古代成年指弱冠20岁，并非如今的18岁），特别喜欢听人讲《左氏春秋》，了解其大意后回来讲给家人听。从此，《左氏春秋》爱不释手，甚至忘记饥渴和冷热。一群小孩子在庭院里面玩，一个小孩站在大瓮上面，失足跌落瓮中被水淹没，其他的小孩都跑掉了，司马光拿石头砸开了瓮，水从而流出，小孩子得以活命。

这就是中国家喻户晓的故事——司马光砸缸。司马光一生主要成就是花十九年时间编撰皇太子必读书《资治通鉴》。

伊甸园

伊甸园，是地球上的乐园。根据《圣经·旧约·创世纪》记载，神耶和华照以自己的形象创造了人类的祖先男人亚当，再用亚当的一根肋骨创造了女人夏娃，并安置这对男女住在伊甸园中。伊甸园在《圣经》中含有乐园、神的花园的意思，指《圣经》中上帝为亚当夏娃创造的乐园，后世用以比喻幸福美好的生活环境。《圣经》记载，伊甸园在东方，有四条河从伊甸之地流出滋润，这四条河分别是幼发拉底河、底格里斯河、基训河和比逊河。

亚当和夏娃是中东和西方人传说中人类的生命之初，是人类原始的父亲和母亲，是人类的始祖。

上帝在东方的伊甸为亚当和夏娃造的乐园，地上撒满金子、珍珠、红玛瑙，各种树木从地里长出来，开满了各种奇花异草，非常好看；树上的果子还可以作为食物。园子当中还有生命树和分辨善恶树。河水在园中淙淙流淌，滋润大地。作为上帝的恩赐，天不下雨而五谷丰登。

上帝让亚当和夏娃住在伊甸园中，让他们修葺并看守这个乐园。上帝吩咐他们说："园中各样树上的果子你们可以随意吃，只是分辨善恶树上的果子你们不可吃。"

亚当和夏娃赤裸着绝美的形体，品尝着甘美的果实。他们或款款散步或悠然躺卧，信口给各种各样的动植物取名：地上的走兽、天空的飞鸟、园中的嘉树、田野的鲜花。

他们就这样在伊甸园中幸福地生活着，履行着上帝分配的工作。

他们因受蛇的引诱违背了上帝的命令偷吃了伊甸园的禁果，而被上帝惩罚，逐出伊甸园。

偷食禁果被认为是人类的原罪及一切其他罪恶的开端。根据魔鬼（蛇）所说，吃了禁果后，便能如上帝一样拥有分辨善恶的能力。起初亚当、夏娃二人体赤身露体，并不羞耻，吃过禁果后，他们害怕被看见赤身露体，便拿无花果树的叶子做衣服。

伊甸园的秘密：上帝的性别、血红色的泥土与人类出走的真相。

数学王子高斯

轶事典故"快速求和":

传说 1+2+3+……+100 ＝? 即 1+2+3 一直加到 100 等于多少?
答案 5050,是最先由高斯提出的。高斯用很短的时间计算出了小
学老师布置的任务:对自然数从 1 到 100 的求和。它所使用的方法
是:对 50 对构成和 101 的数列求和(1+100,2+99,3+98……),
同时得到结果 5050,这一年高斯 9 岁。全世界广为流传的一则故
事说,高斯 10 岁时算出布特纳给学生们出的将 1 到 100 的所有整
数加起来的算术题,布特纳刚叙述完题目高斯就算出了正确答案。

一道困扰数学家 2000 年的难题:用圆规和无刻度直尺画正
十七边形。此道历时几千载难题,难倒无数大家。19 岁少年高斯
一夜破解。

高斯有"数学王子""数学家之王"的美称,人们还称赞高斯
是"人类的骄傲"。

爸爸从科技改变人类社会生活,推动世界向前发展的角度,向
小王子分别讲述科学王子法拉第、中国"5G 之父"任正非、"活
着就是为了改变世界"原美国苹果公司总裁乔布斯的感人事迹。

科学王子法拉第

法拉第——从装订工到科学王子,毛遂自荐的年轻人。

1791 年 9 月 22 日,迈克尔·法拉第出生在一个铁匠的家里。
他父亲体弱多病,铁匠铺开不下去了,最后只好盘给人家,自己去
当帮工。为了维持生活,法拉第 12 岁当报童,13 岁去里波先生的

书店里当学徒学装订手艺。从此，法拉第走上了生活的道路。

从 13 岁到 21 岁，法拉第在书店里当了 8 年学徒。这正是他长知识、长身体的时期。在将近 3000 个夜晚，法拉第把时间都用在读书和实验上了。

为了装备自己的小实验室，法拉第到药房里去捡别人扔掉的瓶子，花半个便士买一点最便宜的药品。他抱着捡来的、买来的东西，回到书店里的阁楼上，心里乐开了花。从此，每天下工以后，法拉第埋头在自己的小实验室里，点上一支蜡烛，进行实验。

里波先生的书店里到处是书。这里是智慧的源泉、知识的海洋。法拉第像一块巨大的海绵，在知识的海洋里贪婪地吸吮着。劳动了一天以后，他在微弱的烛光下拼命地读书。书里讲的那些电的现象和化学实验，把法拉第迷住了。他渴望把书上讲的那些实验都能做一遍，可是一个穷学徒哪来的钱买仪器和药品呢！

里波先生的书店在伦敦是很有名气的，加上法拉第手艺出众、态度和气，赢得了顾客的好感。因此，皇家学会很多会员都乐意把自己的科技书籍送来装订。顾客中有位当斯先生很喜欢法拉第，有一次他送给法拉第 4 张入场券，让他去皇家学院听大化学家戴维的讲座。

1812 年 2 月的一个晚上，法拉第生平第一次跨进皇家学院的大门，坐在阶梯形的讲演厅里。他的心情紧张而又焦急。戴维终于出现了，大厅里响起一阵阵热烈的掌声。戴维讲的题目是发热发光物质，讲得那么轻松，却又那么透彻。他精神抖擞，神采奕奕，天才的光华和热力似乎正从他的身上向外辐射。法拉第被深深地吸引住了，他飞快地记着，笔记本翻过一页又一页。

法拉第一连听了戴维的四次讲座，好像游历了美丽、庄严、圣洁的科学殿堂，那里阳光灿烂，照得他心里光明、温暖。他把四次听讲的笔记仔细整理以后，用漂亮的皮封面装订成册。他经常轻轻地翻阅，多么渴望能从事科学研究工作啊！

遗憾的是，在那个时代，命运对穷人从来不露出笑脸。它总是一副威严、狰狞的面孔迫使你对它膜拜和屈服。然而，也有许多穷人并不屈从，他们顽强地和命运搏斗。法拉第就是其中最顽强的一个。这个铁匠的儿子，从小爱看父亲挥舞大锤，一下一下地锻打烧红的铁块。铁块变冷变硬以后，父亲把它放在炉火里重新烧红。经过千锤百炼，铁坯终于按照人的意志变成各种工具。父亲曾经自豪地对他说：铁匠面前永远没有顽铁。多少年来，父亲的话一直激励着他。

于是，他决定写信给当时的英国皇家学会会长班克斯爵士，要求在皇家学院找个工作，哪怕在实验室里洗瓶子也行。他心神不宁地等了整整一个星期，音信全无。他忍不住跑到皇家学院去打听，得到的回音只是冷冰冰的一句话："班克斯爵士说，你的信不必回复！"

受到这个屈辱的打击，法拉第感到伤心。但他毫不气馁。他想起自己学画的经历。法拉第从小就练得一手好字。至于绘画，他是从一个名叫马克里埃的法国画家那里学来的。那位曾经给拿破仑皇帝画过像，后来横渡英吉利海峡流亡到伦敦的画家，恰好借住在里波先生铺子的楼上，和法拉第成了邻居。画家看到法拉第学画心切，答应教他。作为交换条件，法拉第要替画家擦皮靴和收拾房间。画家心眼不坏，教得也很认真，可脾气不好，经常责骂法拉第。法拉第逆来顺受，坚持跟他学画，终于学会了投影和透视，能够逼真地、艺术地把眼前的东西画下来。从这段经历中，他体会到：只有忍辱负重，敢于向命运挑战，才能把本来不属于自己的东西追求到手。

法拉第又一次向命运挑战了。他鼓起勇气给戴维写信，并且把装订成册的戴维四次讲座的笔记一起送去。法拉第巨大的热情、超人的记忆和献身科学的精神感动了这位大化学家。法拉第到皇家学院化学实验室当了戴维的助手。科学圣殿的大门向学徒出身的法拉第打开了！

中国5G之父

华为公司总裁任正非，行伍出身，大智大勇，敢于亮剑，敢于和美国科技在巅峰上对决，秉持理念是："万物互联，没有人是一座孤岛。"

1987年，43岁的退役解放军团级干部任正非与几个志同道合的中年人，以凑来的两万多元人民币创立了华为公司。当时，除了任正非，可能谁都没有想到，这家诞生在一间破旧厂房里的小公司，即将改写中国乃至世界通信制造的历史。

任正非把华为从边陲小镇的小公司培育成了叱咤全球的跨国巨头，成功的背后是拥有大量科学家，其中有800多个物理学家，100多个化学家，600多个数学家，1000多个基础研究专家和6万多位工程师。

人才即钱财。科技是第一生产力。科技发展关键是人才。任正非重视人才，爱才之心体现在其"不惜代价"，直接给两百万美元天价年薪"挖人"，聘请俄罗斯一位年轻数学家，2G到3G被突破。于是有人说此年轻数学家是"5G之父"；后来，又有人说"5G之父"是董文。其实真正的"5G之父"是任正非，没有任总，就没有"5G技术"在全世界的推广与发展。

活着就是为了改变世界

美国苹果公司总裁乔布斯传奇一生。

史蒂夫·乔布斯（Steve Jobs，1955 年 2 月 24 日—2011 年 10 月 5 日），出生于美国加利福尼亚州旧金山，美国发明家、企业家，苹果公司联合创始人。

1976 年 4 月 1 日，乔布斯签署了一份合同，决定成立一家电脑公司。1977 年 4 月，乔布斯在美国第一次计算机展览会展示了苹果 II 号样机。1998 年苹果推出 iMac，创新的外壳颜色、透明的设计使得产品大卖，并让苹果度过财政危机。2011 年 8 月 24 日，史蒂夫·乔布斯向苹果董事会提交辞职申请。

乔布斯被认为是计算机业界与娱乐业界的标志性人物，他经历了苹果公司几十年的起落与兴衰，先后领导和推出了麦金塔计算机、iMac、iPod、iPhone、iPad 等风靡全球的电子产品，深刻地改变了现代通信、娱乐、生活方式。乔布斯同时也是前皮克斯动画工作室的董事长及首席执行官。

乔布斯说过："活着就是为了改变世界，难道还有其他原因吗？"

慈眉善目、和蔼可亲、两鬓斑白的老奶奶，从做人做事做学问做智慧丰盈充实的人生立场，把中国较有名气的民间故事、民间传说，声情并茂地向小孙子小王子娓娓道来。

精忠报国

这是一个成语，出自中国历史人物（南宋爱国名将岳飞）的典故。

岳母刺字：岳飞十五六岁时，北方的金人南侵，国家处在生死存亡的关头。岳飞投军抗辽。不久因父丧，退位还乡守孝。1126 年，金兵大举入侵中原，岳飞再次投军。临行前，姚太夫人把岳飞叫到跟前，为了激励岳飞，把"精忠报国"这四个字刺在儿子的背上，让他永远铭记在心。从此，"精忠报国"四个字就永不褪色地留在了岳飞的后背上。

岳飞投军后，很快因作战勇敢升秉义郎。这时宋都开封被金军围困，岳飞随副元帅宗泽前去救援，多次击败金军，受到宗泽的赞赏，称赞他"智勇才艺，古良将不能过"。后来岳飞成为南宋著名的抗金英雄，受后代所敬仰。岳飞出仕之前，其母在其背上刺上的"精忠报国"四字，是以期望岳飞日后能够为国家尽忠诚。成语"精忠报国"就是表示精心忠诚，报效祖国，为国家竭尽忠诚！

孟母三迁

战国的时候，有一个很伟大的大学问家孟子。孟子小的时候非常调皮，他的母亲为了让他受到好的教育，花了好多的心血！有一次，他们住在墓地旁边。孟子就和邻居的小孩一起学着大人跪拜、哭嚎的样子，玩起办理丧事的游戏。孟子的母亲看见了，就皱起眉头：不行！我不能让我的孩子住在这里了！

孟子的母亲就带着孟子搬到市集旁边住。到了市集，孟子又和邻居的小孩学起商人做生意的样子。一会儿鞠躬欢迎客人，一会儿招待客人，一会儿和客人讨价还价，表演得像极了！孟子的母亲知道了，又皱皱眉头：这个地方也不适合我的孩子居住！于是，他们又搬家了。

这一次，他们搬到了学校附近。孟子开始变得守秩序、懂礼貌，喜欢读书。这个时候，孟子的妈妈很满意地点着头说：这才是我儿子应该住的地方呀！后来，大家就用"孟母三迁"来表示人应该要接近好的人、事、物，才能学习到好的习惯。

数星星的孩子

科学家张衡的经典故事。

晚上，满天的星星像无数珍珠撒在夜空中。一个孩子坐在院子里靠着奶奶，仰着头，数着天空的星星。一颗、两颗，一直数到几百颗。

奶奶笑着说："傻孩子，又在数星星了。那么多星星，一闪一闪地乱动，眼都看花了，能数得清吗？"

孩子说："奶奶，能看得见就能数得清。星星是在动，可不是乱动。您看，这颗星和那颗星总是离得那么远。"

爷爷走过来说："孩子，你看得很仔细。天上的星星是在动，可它们之间的距离是不变的。我们的祖先把它们分成一组一组，还给起了名字。"爷爷停了停，指着北边的天空，说："你看，那七颗星连起来像一把勺子，叫北斗星。离它们不远有颗最亮的星，叫北极星。北斗星总是绕着北极星在转。"

爷爷说的话是真的吗？孩子一夜没睡好，几次起来看星星。他看清楚了，北斗星果然绕着北极星慢慢地转动。

这个数星星的孩子叫张衡，是汉朝人。他长大以后，刻苦钻研，发明了地动仪。

老奶奶在繁星满天的夜晚，非常有耐心地给小王子讲述中国古代民间四大传说：《牛郎织女》（一说是《天仙配》）《孟姜女哭长城》《梁山伯与祝英台》《白蛇传》（四大民间爱情传说）。

牛郎织女

牛郎只有一头老牛、一张犁，他每天刚亮就下地耕田，回家后还要自己做饭洗衣，日子过得十分辛苦。

一天，几个仙女下凡洗澡。老牛（老牛之前是神仙）叫牛郎去偷织女的衣服，因此织女留下来和牛郎结为夫妇。过了几年，他们生了一男一女两个孩子，一家人过得开心极了。一天，突然间天空乌云密布、狂风大作、雷电交加，织女不见了，两个孩子哭个不停，牛郎急得不知如何是好。正着急时，乌云突然又全散了，天气又变得风和日丽，织女也回到了家中，但她的脸上却满是愁云。只见她轻轻地拉住牛郎，又把两个孩子揽入怀中，说道："其实我不是凡人，而是王母娘娘的外孙女，现在天宫来人要把我接回去了，你们自己多多保重！"说罢，织女泪如雨下，腾云而去。

牛郎搂着两个年幼的孩子欲哭无泪，呆呆地站了半天。不行，他不能让妻子就这样离他而去，他不能让孩子就这样失去母亲，他要去找她，一定要把织女找回来！这时，那头老牛突然开口了："别难过！你把我杀了，把我的皮披上，再编两个箩筐装着两个孩子，就可以上天宫去找织女了。"牛郎说什么也不愿意这样对待这个陪伴了自己数十年的伙伴，但拗不过它，又没有别的办法，只得忍着痛、含着泪照它的话去做了。

到了天宫，王母娘娘不愿认牛郎这个人间的外孙女婿，不让织女出来见他，而是找来七个蒙着面、高矮胖瘦一模一样的女子，对牛郎说："你认吧，认对了就让你们见面。"牛郎一看傻了眼，怀中两个孩子却欢蹦乱跳地奔向自己的妈妈。原来，母子之间的血亲是什么也无法阻隔的！王母娘娘没办法了，但她还是不甘心织女再回到人间，于是就下令把织女带走。牛郎急了，牵着两个孩子赶紧追上去。

他们跑着跑着，牛郎累了也不肯停歇，跌倒了再爬起来，眼看着就快追上了，王母娘娘情急之下拔出头上的金簪一划，在他们中间划出了一道宽宽的银河。从此，牛郎和织女只能站在银河的两端遥遥相望。而到了每年农历的七月初七，会有成千上万的喜鹊飞来，在银河上架起一座长长的鹊桥，让牛郎织女一家再次团聚。

孟姜女哭长城

秦朝时候有个善良美丽的女子，名叫孟姜女。

一天，孟姜女正在自家的院子里做家务，突然发现葡萄架下藏了一个人，吓了她一大跳，正要叫喊，只见那个人连连摆手，恳求道："别喊别喊，救救我吧！我叫范喜良，是来逃难的。"原来这时秦始皇为了造长城，正到处抓人做劳工，已经饿死、累死了不知多少人！

孟姜女把范喜良救了下来，见他知书达理，眉清目秀，对他产生了爱慕之情，而范喜良也喜欢上了孟姜女。他俩心心相印，征得父母的同意后，就准备结为夫妻。成亲那天，孟家张灯结彩，宾客满堂，一派喜气洋洋的情景。眼看天快黑了，喝喜酒的人也都渐渐散了，新郎新娘正要入洞房，忽然只听见鸡飞狗叫，随后闯进来一队恶狠狠的官兵，不容分说，用铁链一锁，硬把范喜良抓到长城去做工了。好端端的喜事变成了一场空，孟姜女悲愤交加，日夜思念着丈夫。她想：我与其坐在家里干着急，还不如自己到长城去找他。对！就这么办！孟姜女立刻收拾收拾行装，上路了。

一路上，也不知经历了多少风霜雨雪，跋涉过多少险山恶水，孟姜女没有喊过一声苦，没有掉过一滴泪。终于，凭着顽强的毅力，凭着对丈夫深深的爱，她到达了长城。这时的长城已经是由一个个工地组成的一道很长很长的城墙了，孟姜女一个工地一个工地地找过来，却始终不见丈夫的踪影。

最后，她鼓起勇气，向一队正要上工的民工询问："你们这儿有个范喜良吗？"民工说："有这么个人，新来的。"孟姜女一听，甭提多开心了！她连忙再问："他在哪儿呢？"民工说："已经死了，尸首都已经填了城脚了！"猛地听到这个噩耗，好似晴天霹雳一般，孟姜女只觉眼前一黑，一阵心酸，大哭起来。

孟姜女整整哭了三天三夜，哭得天昏地暗，连天地都感动了。天越来越阴沉，风越来越猛烈，只听"哗啦"一声，一段长城被哭倒了，露出来的正是范喜良的尸首，孟姜女的眼泪滴在了他血肉模糊的脸上。她终于见到了自己心爱的丈夫，但他却再也看不到她了。

梁山伯与祝英台

从前有个姓祝的地主，人称祝员外，他的女儿祝英台不仅美丽大方，而且非常聪明好学。但由于古时候女子不能进学堂读书，祝英台只好日日倚在窗栏上，望着大街上身背着书箱来来往往的读书人，心里羡慕极了！难道女子只能在家里绣花吗？为什么她不能去上学？她突然反问自己：对啊！我为什么就不能上学呢？

想到这儿，祝英台赶紧回到房间，鼓起勇气向父母要求："爹，娘，我要到杭州去读书。我可以穿男人的衣服，扮成男人的样子，一定不让别人认出来，你们就答应我吧！"祝员外夫妇开始不同意，但经不住英台撒娇哀求，只好答应了。第二天一清早，天刚蒙蒙亮，祝英台就和丫鬟扮成男装，辞别父母，带着书箱，兴高采烈地出发去杭州了。到了学堂的第一天，祝英台遇见了一个叫梁山伯的男同学，学问出众，人品也十分优秀。她想：这么好的人，要是能天天在一起，一定会学到很多东西，也一定会很开心的。而梁山伯也觉得与她很投缘，有一种一见如故的感觉。于是，他们常常一起诗呀文呀谈得情投意合，相互关心体贴，促膝并肩。后来，两人结拜为兄弟，更是时时刻刻都形影不离。

春去秋来，一晃三年过去了，学年期满，该是打点行装、拜别老师、返回家乡的时候了。同窗共烛整三载，祝英台已经深深爱上了她的梁兄，而梁山伯虽不知祝英台是女生，但也对她十分倾慕。他俩恋恋不舍地分了手，回到家后都日夜思念着对方。

几个月后，梁山伯前往祝家拜访，结果令他又惊又喜。原来这时他见到的祝英台，已不再是那个清秀的小书生，而是一位年轻美貌的大姑娘。再见的那一刻，他们都明白了彼此之间的感情，早已是心心相印。此后，梁山伯请人到祝家去求亲。可祝员外哪会看得上这穷书生呢，他早已把女儿许配给了有钱人家的少爷马公子。梁山伯顿觉万念俱灰，一病不起，没多久就死去了。

听到梁山伯去世的消息，一直在与父母抗争以反对包办婚姻的祝英台反而突然变得异常镇静。她套上红衣红裙，走进了迎亲的花轿。迎亲的队伍一路敲锣打鼓，好不热闹！路过梁山伯的坟前时，忽然间飞沙走石，花轿不得不停了下来。只见祝英台走出轿来，脱去红装，一身素服，缓缓地走到坟前，跪下来放声大哭，霎时间风雨飘摇，雷声大作，"轰"的一声，坟墓裂开了，祝英台似乎又见到了她的梁兄那温柔的面庞，她微笑着纵身跳了进去。接着又是一声巨响，坟墓合上了。这时风消云散，雨过天晴，各种野花在风中轻柔地摇曳，一对美丽的蝴蝶从坟头飞出来，在阳光下自由地翩翩起舞。

白蛇传

清明时分，西湖岸边花红柳绿，断桥上面游人如织，真是好一幅春光明媚的美丽画面。

突然，从西湖底悄悄升上来两个如花似玉的姑娘，她们是两条修炼成了人形的蛇精，虽然如此，但她们并无害人之心，只因羡慕世间的多彩人生，才一个化名白素贞、一个化名小青来到西湖边游玩。偏偏老天爷忽然发起脾气来，霎时间下起了倾盆大雨，白素贞和小青被淋得无处藏身，正发愁呢，突然只觉头顶多了一把伞，转身一看，只见一位温文尔雅、白净秀气的年轻书生撑着伞在为她们遮雨。

白素贞和这小书生四目相交，都不约而同地红了脸，相互产生了爱慕之情。小青看在眼里，忙说："多谢！请问客官尊姓大名。"那小书生道："我叫许仙，就住在这断桥边。"白素贞和小青也赶忙自我介绍。从此，他们三人常常见面，白素贞和许仙的感情越来越好，过了不久他们就结为夫妻，并开了一间"保和堂"药店，小日子过得可美了！

由于保和堂治好了很多疑难病症，而且给穷人看病配药还分文不收，所以生意越来越红火，远近来找白素贞治病的人越来越多，人们将白素贞亲切地称为白娘子。可是，保和堂的兴隆、许仙和白娘子的幸福生活却惹恼了金山寺的法海和尚。因为人们的病都被白娘子治好了，到金山寺烧香求菩萨的人就少了，香火不旺，法海和尚自然就高兴不起来。

这天，他又来到保和堂前，看到白娘子正在给人治病，不禁心内妒火中烧，再定睛一瞧，哎呀！原来这白娘子不是凡人，而是条白蛇变的！法海虽有点小法术，但他的心术却不正。看出了白娘子的身份后，他就整日想拆散许仙白娘子夫妇，搞垮保和堂。

于是，他偷偷把许仙叫到寺中，对他说："你娘子是蛇精变的，你快点和她分手吧，不然，她会吃掉你的！"许仙一听，非常气愤，他想：我娘子心地善良，对我的情意比海还深，就算她是蛇精也不会害我，何况她如今已有了身孕，我怎能离弃她呢！法海见许仙不上他的当，恼羞成怒，便把许仙关在了寺里。

保和堂里，白娘子正焦急地等待许仙回来。一天、两天，左等、右等，白娘子心急如焚，终于打听到原来许仙被金山寺的法海和尚给"留"住了。白娘子赶紧带着小青来到金山寺，苦苦哀求，请法海放回许仙。法海见了白娘子，一阵冷笑，说道："大胆妖蛇，我劝你还是快点离开人间，否则别怪我不客气了！"

白娘子见法海拒不放人，无奈，只得拔下头上的金钗，迎风一摇，掀起滔滔大浪，向金山寺直逼过去。法海眼见水漫金山寺，连忙脱下袈裟变成一道长堤，拦在寺门外。大水涨一尺，长堤就高一尺，大水涨一丈，长堤就高一丈，任凭波浪再大也漫不过去。再加上白娘子有孕在身，实在斗不过法海。

后来，法海使出欺诈的手段，将白娘子收进金钵，压在了雷峰塔下，把许仙和白娘子这对恩爱夫妻活生生地拆散了。小青逃离金山寺后，数十载深山练功，最终打败了法海，将他逼进了螃蟹腹中，救出了白娘子。从此，她和许仙以及他们的孩子幸福地生活在一起，再也不分离了。

中国有句名言：学成文武艺，货与帝皇家。

鹤发童颜、雄风不减当年的老爷爷从人生大格局、大智慧、大视野角度，栩栩如生、活灵活现地讲述了几个经典故事和文武艺知识，启发诱导小王子，向其灌输人文主义理想。

曹冲称象

三国时代，曹操儿子曹冲五六岁的时候，知识和判断能力如一个成年人。有一次，孙权送来了一头巨象，曹操想知道这象的重量，询问他的下属，但他们都不能说出称象的办法。曹冲说："把象放到大船上，在水面所达到的地方做上记号，再让船装载其他东西，称一下这些东西，那么比较下就能知道了。"曹操听了很高兴，马上照这个办法做了。

十八缸水

王献之，字子敬，东晋著名书法家书圣王羲之第七子。受其父影响，小时候对书法十分感兴趣。王羲之为了考验自己的儿子是否是练书法的胚子，在王献之聚精会神写字时，悄无声息地走到王献之的身后，伸手用力地抽离王献之手中的毛笔，只见毛笔仍旧纹丝不动地紧握在王献之的手里。眼见儿子小小年纪竟有如此握笔劲道，王羲之为此高兴不已，称赞儿子将来也会是个书法大家。

王献之听完老爹的夸赞后，不免有些飘飘然。在十来岁时，就迫不及待地问王羲之："我的字再练个两三年应该就差不多了吧？"王羲之为了让儿子不因骄傲自满而荒废了天赋，只是摇头不语。王献之见老爹默不作声，急着又问道："那五年呢？"王羲之听完后，手指着院子里的十八个大水缸说："你要把这十八个水缸的水都给写尽了，字才算凑合。"王献之听后才知道，原来自己离书法家还差十八个大水缸（另一说：写字的秘诀就在这十八缸水里，你只要把这十八缸里的水写完了，自然就知道了），这才静下浮躁的心，刻苦练字。

五年后，王献之将自己这些年练习积累的字又拿给王羲之指导，其实王献之这时候的书法已经足够完美了，可在"书圣"老爹面前还是不值一提。面对王献之的作品，王羲之还是觉得美中不足，在看到一个"大"字时才提笔在大字下面加一个点，成了"太"字。王献之自我感觉良好，又拿着书法去给母亲看，他的母亲观摩了很久，看到这个"太"字时，才说："君儿磨尽三缸水，惟有一点似羲之。（你呀，练习了这么久，只有这下面的这个点写得像你爹）"

曾经颇有些不知天高地厚的王献之感到十分羞愧，原来自己的字离老爹还有这么大的距离。从此王献之大门不出、二门不迈，专心于书房。直到将十八个大水缸里的水全用尽了，其书法水平这才到了炉火纯青的地步。也正因为王献之的不懈努力，终成为与老爹王羲之齐名的书法大家，被世人称为小圣。

楚河汉界

楚河汉界是秦朝灭亡后的楚汉之争时期的历史典故。楚、汉两方曾在荥阳展开长达四年（前205—前202年）的争夺战，后双方相约以鸿沟为界，中分天下，"鸿沟而西者为汉，鸿沟而东者为楚"。

当时楚军锐气正旺，对荥阳加紧了围攻，形势对汉军非常不利。相貌酷似刘邦的大将纪信为解汉王安危，为了汉军的生存，决定牺牲自己，建议刘邦逃走。刘邦在陈平的劝说下被纪信之举所感动，于是让纪信穿上汉王服乘汉王车扮汉王出荥阳东门诈降，自己则趁机从西门出逃至成皋。项羽发现上当后即焚了纪信，攻破成皋。刘邦又迅速从成皋逃出，北渡黄河，军至修武，得到韩信的援助，势力又壮大起来。他接受以往教训，决定采取深沟高垒和项羽作持久战，以消耗楚军兵力。同时，又派兵袭楚烧其粮草。

秋天，项羽率兵东进开封、商丘一带作战，留部将曹咎守成皋，并再三嘱咐无论如何不要与汉军交锋。汉军得知情报后，多次到城下叫阵，曹咎擅自率部出城，欲渡过汜水与汉军作战。当船至河中时被汉军突袭而败，曹咎后悔不迭，自知无颜见项羽遂自杀身亡。刘邦复取成皋，屯兵广武，取敖仓之粮而用。

项羽闻知成皋失守，急回师广武，刘邦闭城不出。楚军粮食缺乏不利久战。为迫使刘邦投降，项羽据城东把俘虏来的刘邦的父亲拉至广武山（今霸王城）上，隔涧要挟刘邦说："你若不及早投降，我就把你父亲下锅煮死。"刘邦故作镇静地说："当初咱二人共同反秦，在怀王面前誓盟结为弟兄，我的父亲就是你的父亲。如果你要煮咱们的父亲，别忘了给我一碗肉汤。"项羽听后更加恼怒，决定杀掉刘太公。这时，项伯劝项羽道："杀太公不是时候，也对楚军不利。"项从其言，太公幸存。项羽虽勇却无谋。

此后不久，刘邦兵分两路，一路仍在荥阳同项羽相持，一面派大将韩信抄楚军后路，占领河北、山东一带。从此汉军有了更为巩固的后方，关中的萧何更是源源不断地运来兵员、粮饷。而此时项羽则补给困难，危机四伏，形势发生了逆转，楚军渐弱，汉军日盛。公元前202年秋，楚军粮尽，无奈之下与汉军讲和，双方约定以鸿沟为界"中分天下"，以西为汉，以东为楚。这即历史上著名的"楚汉相争，鸿沟为界"故事的由来。

中国象棋

中国象棋是起源于中国的一种棋，属于二人对抗性游戏的一种，在中国有着悠久的历史。由于用具简单，趣味性强，成为流行极为广泛的棋艺活动。

中国象棋是中国棋文化，也是中华民族的文化瑰宝，它源远流长，趣味浓厚，基本规则简明易懂。中国象棋在中国的群众基础远远超过围棋，是普及最广的棋类项目，中国象棋已流传到十几个国家和地区。

中国象棋使用方形格状棋盘，圆形棋子共有 32 个，红黑二色各有 16 个棋子，摆放和活动在交叉点上。双方交替行棋，先把对方的将（帅）"将死"的一方获胜。

中国象棋的规则是：

1. 棋盘和棋子

（1）象棋盘由九道直线和十道横线交叉组成。棋盘上共有九十个交叉点，象棋子就摆在和活动在这些交叉点上。

棋盘中间没有划通直线的地方，叫作"河界"；划有斜交叉线的地方，叫作"九宫"。

九道直线，红棋方面从右到左用中文数字一至九来代表；黑棋方面用阿拉伯数字一至九来代表。

（2）棋子共有三十二个，分为红、黑两组，每组共十六个，各分七种，其名称和数目如下：

红棋子：帅一个，车、马、炮、相、士各两个，兵五个。

黑棋子：将一个，车、马、炮、象、士各两个，卒五个。

（3）对局开始前，双方棋子在棋盘上

2. 走棋和吃子

（1）对局时，由执红棋的一方先走，双方轮流各走一着，直至分出胜、负、和，对局即终了。

轮到走棋的一方，将某个棋子从一个交叉点走到另一个交叉点，或者吃掉对方的棋子而占领其交叉点，都算走了一着。双方各走一着，称为一个回合。

（2）各种棋子的走法如下：

帅（将）每一着只许走一步，前进、后退、横走都可以，但不能走出"九宫"。将和帅不准在同一直线上直接对面，如一方已先占据，另一方必须回避。

士每一着只许沿"九宫"斜线走一步，可进可退。

相（象）不能越过"河界"，每一着斜走两步，可进可退，即俗称"相（象）走田字"。当田字中心有别的棋子时，俗称"塞（相）象眼"，则不许走过去。马每着走一直（或一横）一斜，可进可退，即俗称"马走日字"。如果在要去的方向有别的棋子挡住。俗称"蹩马腿"，则不许走过去。

车每一着可以直进、直退、横走，不限步数。

炮在不吃子的时候，走法同车一样。

兵（卒）在没有过"河界"前，每着只许向前直走一步；过"河界"后，每着可向前直走或横走一步，但不能后退。

（3）走一着棋时，如果己方棋子能够走到的位置有对方棋子存在，就可以把对方棋子吃掉而占领那个位置。只有炮吃子时必须隔一个棋子（无论是哪一方的）跳吃，即俗称"炮打隔子"。

除帅（将）外其他棋子都可以听任对方吃，或主动送吃。吃子的一方，必须立即把被吃掉的棋子从棋盘上拿走。

3. 将死和困毙

（1）一方的棋子攻击对方的帅（将），并在下一着要把它吃掉，称为"照将"，或简称"将"。"照将"不必声明。

被"照将"的一方必须立即"应将"，即用自己的着法去化解被"将"的状态。

如果被"照将"而无法"应将"，就算被"将死"。

（2）轮到走棋的一方，无子可走，就算被"困毙"。

4. 胜、负、和

（1）对局时一方出现下列情况之一，为输棋（负），对方取胜：

a. 帅（将）被对方"将死"。

b. 走棋后形成帅（将）直接对面。

c. 被"困毙"。

d. 在规定的时限内未走满规定的着数。

e. 超过了比赛规定的迟到判负时限。

f. 走棋违反行棋规定。

g. 走棋违反禁例，应变者而不变。

h. 在同一棋局中，三次"犯规"。

i. 自己宣布认输。

j. 在对局中拒绝遵守本规则或严重违反纪律。

（2）出现下列情况之一，为和棋：

a. 双方均无可能取胜的简单局势。

b. 一方提议作和，另一方表示同意。

c. 双方走棋出现循环反复三次，符合"棋例"中"不变作和"的有关规定。

d. 符合自然限着的回合规定，即在连续 60 个回合中（也可根据比赛等级酌减），双方都没有吃过一个棋子。

围 棋

中国围棋：黑先白后，落子无悔。

围棋，一种策略型两人棋类游戏，中国古时称"弈"，西方名称"Go"。流行于东亚国家（中、日、韩、朝），属琴棋书画四艺之一。围棋起源于中国，传说为帝尧所作，春秋战国时期即有记载。隋唐时经朝鲜传入日本，流传到欧美各国。围棋蕴含着中华文化的丰富内涵，它是中国文化与文明的体现。

围棋使用矩形格状棋盘及黑白二色圆形棋子进行对弈，正规棋盘上有纵横各 19 条线段，361 个交叉点，棋子必须走在空格非禁着点的交叉点上，双方交替行棋，落子后不能移动或悔棋，以目数多者为胜。因为黑方有先手优势，故而人为规定黑方局终时要给白方贴目。中日韩等各国制定的竞赛规则略有不同。

1. 对局双方各执一色棋子，黑先白后，交替下子，每次只能下一子。

2. 棋子下在棋盘上的空格非禁着点的交叉点上。

3. 棋子下定后，不得再向其他位置移动。

4. 轮流下子是双方的权利，但允许任何一方放弃下子权而使用虚着。

一个棋子在棋盘上与它直线紧邻的空点是这个棋子的"气"。棋子直线紧邻的点上如果有同色棋子存在，则它们便相互连接成一个不可分割的整体。它们的气也应一并计算。棋子直线紧邻的点上如果有异色棋子存在，这口气就不复存在。如所有的气均为对方所占据，便呈无气状态。无气状态的棋子不能在棋盘上存在。

提 子

把无气之子清理出棋盘的手段叫"提子"。提子有两种：

1. 下子后，对方棋子无气，应立即提取。

2. 下子后，双方棋子都呈无气状态，应立即提取对方无气之子。

棋盘上的任何一点，如某方下子后，该子立即呈无气状态，同时又不能提取对方的棋子。这个点叫作"禁着点"。禁着点禁止对方下子。

着子后不得使对方重复面临曾出现过的局面。

1. 棋局下到双方一致确认着子完毕时，为终局。
2. 对局中有一方中途认输时，为终局。
3. 双方连续使用虚着，为终局。

围棋现存在三种规则。中国大陆采用数子规则，中国台湾采用应氏计点规则，日韩采用数目规则。因为黑方先行存在一定的优势，故所有规则都采用了贴目制度。

1. 贴 3 又 3/4 子的规则：第一步，把死子提掉；第二步，只数一方围得点数并记录下来（一般围得点以整十点为单位）；第三步，如果数的是黑棋，再减去 3 又 3/4 子，如果数的是白棋，再加上 3 又 3/4 子；第四步，结果和 180 又 1/2（棋盘 361 个点的一半）比较，超过就算胜，否则判负。黑目数超过 184.25 子即胜，而白只需超过 176.75 子即胜。通俗来说为白棋 177 子为胜，黑棋 184.5 子为胜。

2. 让先与让子：让先不贴目，让子要贴还让子数的一半（就当被让方是预先收了单官）。

日本和韩国规则是一样的，采用数目法，黑棋终局要贴 6 目半。先数一方的目数并记录下来，再数另一方的目数并记录下来，然后黑棋减去 6 目半，最后和白棋比较，多者为胜。通俗来说为白棋 178 为胜，黑棋 185 为胜。

值得一提的是"一子两目"的说法。虽然围棋计算胜负的方法不同，但表现在一盘特定的棋局上，贴 m 子 = 贴 2m 目，胜 n 子

= 胜 2n 目。原因在于：数子法，是计算黑白任意一方与归本数（361/2=180.5）的偏差；比目法，是比黑白双方所得目数的差距。

例如，一盘棋黑白双方相互交替落子，进行了 280 手，盘面地域已全部划清，双方在俘虏和死子回填后，形成如下形势：（1）盘面黑子有 140 颗，黑方所占实空为 44 目，即黑方占地 140+44=184 子；（2）盘面白子有 140 颗，白方所占实空为 37 目，即白方占地 140+37=177 子。

一子等于两目大概有两种情况，一是用中国规则计算出的胜负结果，输 0.5 子（不算帖子）等于日本规则的输 1 目；这是因为日本规则是双方空直接对减，而中国规则则是单方的空和子减去 180.5，所以输 1 子也就等于输 2 目。

另外就是下棋时的形势判断，吃掉对方一个子，自己空算作增加 2 目。这是因为吃掉一个子的时候本身就围出 1 目，而又吃掉对方一子，所以相加起来是等于 2 目。

1. 先后手的确定

对局的先后手，由大会抽签编排或对局前猜先决定。

2. 贴子

为了抵消黑方先手的效率，现行全国性正式比赛在终局计算胜负时，黑方需贴出三又四分之三子。

3. 计时

围棋计时是保证比赛顺利进行的重要手段之一。一切有条件的比赛应采用计时制度。

时限：根据比赛性质的不同，应事先规定一局棋的每方可用时限。棋手用时不得超过规定时限。规定一局棋的时限可长可短，基层比赛可规定为 1—2 小时，全国比赛要求在一天之内结束。

读秒：在采用读秒的比赛中，应事先规定在时限内保留几分钟开始读秒。全国比赛保留五分钟读秒，基层比赛亦可保留一分钟开始读秒。读秒时，凡一步棋用时不足一分钟的不计时间。每满一分钟则在保留时间内扣除一分钟，但不得用完规定时间。读秒工作由裁判员执行，在 30 秒、40 秒、50 秒、55 秒、58 秒、一分钟时各报秒一次。每扣除保留的一分钟，裁判员应及时通知棋手"还剩 X 分钟"。最后一分钟读秒的方式是 30 秒、40 秒、50 秒、然后 1、2、3、4、5、6、7、8、9……以准确的语声逐秒报出。最后的报法是"10，超时判负"。快棋比赛的读秒办法，可根据具体情况由竞赛大会另作规定。

4. 终局规定

（1）无单官或其他官子时，为终局。

（2）对局中，有一方中途认输，为终局。另一方中盘胜。认输就是将两个自己的棋子放在右下角。

（3）凡比赛一方弃权或因各种原因被裁判员判负、判和的对局，也作终局处理。

（4）双方确认的终局，确认的次序应是，先由轮走方，后是对方以异色棋子一枚放于己方棋盘右下角的线外。

（5）活棋和死棋：终局时，经双方确认，没有两只真眼的棋且不在双活状态下的，都是死棋，应被提取。终局时，经双方确认，有两只真眼或两只真眼以上都是活棋，不能提取。所谓的真眼就是都有子连着，且对方下子不能威胁到自己。

5. 对局暂停和封棋

规定有暂停的比赛对局中（如一日制比赛，中午须暂停等）暂停时间不计入对局时限。重大的比赛可采用封棋制度，当比赛到规定的封棋时间，而对局尚未结束。已下过子的一方应立即退场，轮下子的一方思考后，把准备下的点写在记录纸上，然后密封交裁判员。续赛时，裁判员当场启封，按所标记的位置下子，比赛继续进行。

围棋的你我交融，恰如当下人们的生活，"没有人是一座孤岛"，在这个万物互联（共通互联）的时代，人已不再是分割开的个体，再不是"井水不犯河水"的泾渭分明。国家也是这样，从经济全球化到人类命运共同体的提出，"交融"二字时刻闪耀于新时代国家间的纽带上，世界不再是简单的二元对立，"你中有我，我中有你"才是当下现状。

2022 年 6 月 7 日—9 日，中国高考作文大概内容："本手、妙手、俗手"是围棋术语，有怎样的感悟与思考，展开论述。三者辩证关系是：本手是基础，妙手是卓越，俗手是平庸。或者说，"妙手"是创新，"俗手"是套路。这是在告诉我们，人才的成长首先要打好基础，不可急功近利，正如写好作文不能依靠背诵范文、一味模仿。个人必须打好基础，包括锻炼身体、增长知识、培养能力和修养品德等，才能在学习、事业、生活中有所成功和创造，避免失误；企业应该打好设备、技术、文化的基础才能保持领先，避免失败；国家应当把握世界大局，打好工农业、科学技术等方面的基础，才能不断创新，提升国力，立足世界，避免遭受欺凌。

崇文尚武、爱好习武的爷爷向小王子周龙腾讲述了中国太极和中国武术的几个重要流派。

中国太极

"太极"一词源出《周易·系辞》："易有太极，是生两仪。"宋朝周敦颐《太极图说》："无极而太极。"（即"太极本无极"之意。"太"就是大的意思，"极"就是开始或顶点的意思。"太极"是产生万物的本源，含有至高、至极、绝对、唯一之意。太极拳取的也是这个意思。）

中国太极拳是以中国传统儒、道哲学中的太极、阴阳辩证理念为核心思想，集颐养性情颐强身健体、技击对抗等多种功能为一体，结合易学的阴阳五行之变化、中医经络学、古代的导引术和吐纳术形成的一种内外兼修，柔和、缓慢、轻灵，刚柔相济的中国传统拳术。

传统太极拳门派众多，常见的太极拳流派有陈式、杨式、武式、吴式、孙式、和式等派别，各派既有传承关系，相互借鉴，也各有自己的特点，呈百花齐放之态。

太极拳创始起源主要有六种说法：梁朝程灵洗；唐朝许宣平；唐朝李道子；唐朝胡镜子；元时张三丰；明末清初陈王庭。

太极拳源远流长，博大精深，其基本标准具备三个基本特征：首先是特殊的技击性，其次是突出的哲理性，第三个是明显的健身性。

太极拳武术原则：劲力核心；对位互争；一劲俱动；节节贯串；相随相合；阴阳相济。

太极拳经：一名长拳，一名十三势。长拳者，如长江大海，滔滔不绝。十三势者，掤、捋、挤、按、採、挒、肘、靠、进、退、顾、盼、定。掤、捋、挤、按，即次、离、震、兑，四正方也。採、挒、肘、靠，即乾、坤、艮、巽，四斜角也。此八卦也。进步、退步、左顾、右盼、中定，即金、木、水、火、土也。此五行也。合而言之，曰十三势。

太极拳实战原则有两点：

1. 听劲：即要准确地感觉判断对方来势，以做出反应。

2. 引手：当对方未发劲前，自己不要冒进，可先以招法诱发对方，试其虚实。太极拳最本质的特点：借力打人，引进落空。

太极拳是一门最讲求省力打人的艺术。要掌握"四两拨千金"的巧妙技艺，就是要懂得身法轻灵之理，以意运气，以意打人，久之则身法无所不合。一身之劲在于整，一身之气在于敛，身法能一一求队，轻灵自如，达到"一动无有不动，一静无有不静"，人一挨我，我在下即能得机，而在上即能得势，上下相随，前后左右无不得力也。能得机得势，乃能舍己从人；能知己知彼，才能因敌变化；能因敌变化"引进落空，四两拨千斤"之技，才能出神入化。

引进落空，借力打人，周身须完整统一，动则俱动，静则俱静，劲断意不断，才能一触即发。牵引在上，运化在胸，储蓄在腿，主宰在腰，蓄而后发。一身须具备五张弓，才能做到蓄劲如张弓，发劲如发箭。劲以曲蓄而有余，周身之劲在于整，发劲要专注一方，须认定准点，做到有的放矢。劲起于脚跟，曲脚而腿而腰形于手指，须完整一气，不能有丝毫间断。

太极拳实战讲：粘，来叫顺送不丢顶。遵循力学原理的运用，如合力、杠杆原理、动量守恒习惯性等原理中的力量。

太极拳在技击上别具一格，特点鲜明。它要求以静制动，以柔克刚，避实击虚，借力发力，主张一切从客观出发，随人则活，由己则滞。"彼未动，己先动"，"后发先至"将对手引进，使其失重落空，或者分散转移对方力量，乘虚而入，全力还击。此在攻防格斗之中有十分重要意义。

太极拳技击法皆遵循阴阳之理，以"引化合发"为主要技击过程。技击中，由听劲感知对方来力大小及方向，"顺其势而改其路"，将来引力化掉，再借力发力。

太极拳的八种劲：掤（用于化解或合力发人），捋（用于借力向后引力），挤（对下盘的外掤劲），按（对上盘的外掤劲，或作反关节拿法），乘（顺力合住对方来力，或作拿法），挒（以侧掤之劲破坏对方平衡），肘（以肘击人），靠（以肩膀前后寸劲击人）。太极拳是一种技击术。其特点是：以柔克刚，以静制动，以圆化直，以小胜大，以弱胜强。

太极拳总体特点是全面性，适应性，安全性。

全面性。太极拳是一项全面的系统工程，是一种具有中华民族传统文化特色的综合性学科，它涉及人与社会、人与自然以及与人体本身有关的问题，包括古典文学、物理学、养生学、医学、武学、生理学、心理学、运动生物力学等，体现东方文学的宇宙观、生命观、道德观、人生观、竞技观。

适应性。太极拳动作柔和、速度较慢，拳式并不难学，而且架势的高或低、运动量的大小都可以根据个人的体质而有所不同，能适应不同年龄、体质的需要，并非年老弱者专利。太极拳可以强身健体，益寿养生，完善自我。

安全性。太极拳有松沉柔顺、圆活畅通、用意不用力的运动特点，既可消除练拳者原有的拙力僵劲，又可避免肌肉、关节、韧带等器官的损伤性。即可改变人的用力习惯和本能，又可避免因用力不当和呼吸不当引起的胸闷紧张、气血受阻的可能性。

2022年中国农历"春节文艺晚会"（春晚）中国太极高手杨顺洪、杨德战、梁壁莹分别在广州、上海、重庆三地各表演"天人合一"的太极"行云流水"惊艳世界，超越时空！

中国太极核心是：和谐、共生。太极运用之妙，存乎一心。

全球经济一体化，地球村合作共赢，人类命运共同体。可见中国倡导和谐社会、和谐世界与太极理念一脉相承。

中国人讲究"穷则变，变则通，通则久"办事、待人接物，处理国际事务灵活变通，求同存异，不拘小节。易经、阴阳平衡、太极，甚至《孙子兵法》"知彼知己，百战百胜"，矛盾论、实践论、群众路线、实事求是思想渗透到每个中国人的血液。中国人骨子里以和为贵，居安思危、趋利避害，这是中国人、东方人特有的智慧。中国精神、中国文化、中国方案、中国智慧是维护世界和平的坚强柱石。

中国人的胸怀是星辰大海、浩瀚宇宙！

西方人信仰基督，上帝万能，金钱万能。推行普世价值，崇拜强者，信奉"丛林法则"，弱肉强食，零和博弈，你输我赢。真理在大炮射程之内。没有永恒的朋友，也没有永恒的敌人，只有永恒的利益。战争是政治的延续。这是西方人思维。

中国武术的几个重要流派：

少林派

少林派是中国武术中范围最广、历史最长、拳种最多的武术门派，以出于中岳嵩山少林寺而得名。少林武术是在长期的僧众习武中逐渐自发形成的。少林武技名显于世，始于隋末。

少林功夫是中国武术中体系最庞大的门派，武功套路高达七百种以上，又因以禅入武，习武修禅，又有"武术禅"之称。少林武术发源于嵩山少室山下丛林中的"少林寺"，该寺建于北魏孝文帝时期，根据《魏书》记载："又有西域沙门名跋陀，有道业，深为高祖所敬信。诏于少室山阴立少林寺而居之，公给衣供。"唐初，少林寺十三僧人因助秦王李世民讨伐王世充有功，受到唐朝封赏而被特别认可设立常备僧兵，因而成就少林武术的发展。少林寺因武艺高超，享誉海内外，少林一词也成为中国传统武术的象征之一，如古龙小说中的"七大门派"即为"少林、武当、昆仑、峨眉、点苍、华山、海南"等派别，其中少林即位居第一门派。

少林功夫内容丰富、套路繁多。按性质大致可分为内功、外功、硬功、轻功、气功等。内功以练精气为主；外功、硬功多指锻炼身体某一局部的猛力；轻功专练纵跳和超距；气功包括练气和养气。按技法又分拳术、棍术、枪术、刀术、剑术、技击散打、器械和器械对练等共一百多种。这些套路和软硬功夫由于年代久远，散失很多，据不完全统计，流传至今的有拳术、棍术、枪术、刀术、剑术、其他兵器械类和对练套路、技击散打、气功、软硬功夫等主要套路。

少林派《少林精神》

南拳北腿少林棍，卫国保寺健自身；

崇禅尚武少林人，爱国护教少林魂；

不争和合少林心，止恶扬善少林根；

以德服人消贪瞋，后发制人少林门。

孝顺师僧父母亲，守法持戒遵祖训；

农禅立寺为根本，医禅济世救穷困；

慈悲为怀尽施舍，放下名利不是贫；

武医为媒弘佛法，少林弟子正精神。

华山派

华山派是道教的支派。在武侠小说中也常出现，以使剑著称。华山派以华山为主要据点而得名，常指全真道内部繁衍出的七个支派之一。

华山派为广宁子郝大通所创，由其弟子范圆曦、王志谨等进一步传播，成为中原主要武林门派之一。

武当派

武当派创立于湖北省武当山，为内家之宗，起于宋而兴于明。

据明末清初黄宗羲的《王征南墓志铭》所述，武当派为宋人张三丰所创立。

武当派的功法特点是强筋骨、运气功。强调内功修炼，讲究以静制动、以柔克刚、以短胜长、以慢击快、以意运气、以气运身，偏于阴柔，主呼吸、用短手，武当功法不主进攻，然而亦不可轻易侵犯。

有一种说法是之后的太极拳、八卦掌、形意拳等内家拳均是从武当内家拳繁衍发展而成。

天下太极出武当。太极文化，古老太极拳，太极一家，万派同源，源于武当，属于世界。

武式太极拳是太极拳的一个流派，它里面有很多的道教教派，比如全真派、三丰派、全真龙门派、武当玄武派等。

太极拳，是以中国传统儒、道哲学中的太极、阴阳辩证理念为核心思想，集颐养性情、强身健体、技击对抗等多种功能为一体，结合易学的阴阳五行之变化、中医经络学、古代的导引术和吐纳术形成的一种内外兼修、柔和、缓慢、轻灵、刚柔相济的中国传统拳术。

文武之道一张一弛。从小受到中华博大精深文化熏陶的周龙腾博士把中国武术特别是太极理念灵活运用到英才学院办学、科技集团公司经营、"移民外星"顶层设计等实际行动中。往往得心应手，左右逢源。

第三章　探求真理

太阳坠落西山，夜幕徐徐降临，弦月高挂、繁星满天。清风徐来，水波不兴。山高月小，水落石出。满船星梦压清河的夜晚，当你仰望满天的星星时，你是否曾想过这样一个问题：

这些星星为什么既不掉下来也不飞走，还不相撞，到底是什么力量的作用？相信大多数人不曾这样想，因为我们对夜夜都出现的星空已熟视无睹了。然而，近代科学史上的大师们正是从这个问题开始探索，创立经典力学体系的。

站在伽利略、开普勒、惠更斯、笛卡儿、胡克、哈雷等巨人们肩上的牛顿，比别人看得远些。

1666 年秋天的一个傍晚，牛顿坐在花园的苹果树下思考一个运动的问题。忽然，一只熟透的苹果掉下来，正好落在牛顿的前面（一说正好砸在牛顿的头上）。这只苹果引起了牛顿的注意。他想，苹果为什么不向天上飞，也不向前后左右落，而偏偏垂直地落到地上呢？肯定是地球在吸引它。既然地球能吸引离地面这么高的苹果树上的苹果，那它也肯定在吸引着月亮。于是，牛顿就发现了万有引力定律。这时，一个划时代、科学史上千年一遇的巨人牛顿出现了。

"万有引力定律"是牛顿"不停地思考"的结果。创立经典力学的牛顿开创了科学史上的牛顿时代。科学理性思想的光辉开始照耀地球，指引人类前进的方向。

英国著名诗人波普曾经写过一首赞美牛顿的诗，诗是这样写的：

自然和自然的规律，隐藏在黑夜里。

上帝说："生一个牛顿吧！"

于是，一切都光明了。

这首诗的意思是说，过去，人们对许多自然现象和自然规律还不能认识，由于牛顿在科学上的贡献，人们才把这些自然现象和自然规律认识清楚了。这首诗赞颂了牛顿的丰功伟绩，说明了他在科学史上的重要地位。

江山代有人才出，各领风骚数百年，一代有一代之文学，中国就有诗经、楚辞、汉赋、唐诗、宋词、元曲、明清小说之说；一代有一代之科技，英国有经典力学、万有引力发现者牛顿；德国犹太人爱因斯坦（后加入瑞士和美国国籍）创立相对论，揭开现代物理学革命序幕，解决了经典物理学的危机，诞生了具有划时代意义贡献的伟大理论。

相对论是关于时空和引力的理论，主要由爱因斯坦创立，依其研究对象的不同可分为狭义相对论和广义相对论。相对论和量子力学的提出给物理学带来了革命性的变化，它们共同奠定了现代物理学的基础。相对论极大地改变了人类对宇宙和自然的"常识性"观念，提出了"同时的相对论""四维时空""弯曲时空"等全新的概念。不过近年来，人们对物理理论的分类有了一种新的认识——以其理论是否是决定来划分经典与非经典的物理学，即"非经典的＝量子的"。在这个意义下，相对论仍然是一种经典的理论。

爱因斯坦提出狭义相对论的跨时代理论，充满了难懂的革命性的新思想。

法国科学家郎之万曾说当时全世界只有 12 个人能懂相对论。

爱因斯坦的狭义相对论是建立在两个基本假设基础之上的。第一个假设是相对性原理，即物体运动状态的改变与选择任何一个参照系无关；第二个假设是光速不变原理，即对任何一个参照系而言，光速都是相同的。

爱因斯坦从这两个基本假设出发，很自然地得到了洛伦兹变换，并由此得出如下新的结论：（1）运动物体在运动方向上长度缩短。（2）运动着的时钟要变慢。（3）任何物体的运动速度都不可能超过光速。（4）同时性是相对的，在一个惯性系中同时发生的事情，在另一个运动着的惯性系中测量便不是同时发生的。（5）如果物质速度比光速小得多，相对论力学就变为牛顿力学，比起牛顿力学来，相对论力学具有更普遍的意义。（6）物体的能量等于物体的惯性质量乘以光速的平方（即 $E=MC^2$）。

爱因斯坦的狭义相对论在我们的日常生活中是很难理解的，因为我们日常接触的都是远远小于光速的运动，根本无法察觉到爱因斯坦相对论所描述的相对论效应：长度变短，时钟变慢。但如果接近光速的运动能变成现实的话，一个以这样速度运动的人，在另一个静止的观察者看来就可能只是一条线。另外还会出现这样的景象：一个人坐上光子火箭（或宇宙飞船），以接近光速的高速度去做星际航行。一年后他回来，发现儿子已经是白发苍苍的老人，而自己还是那样年轻。《中国通俗哲学》作这样的设定：30 岁宇航员与 1 岁儿子话别，坐上以光速前进的宇宙飞船去星际航行，去宇宙太空探险。60 年后他回来地球，发现儿子已经是 61 岁白发苍苍的老人，而自己依旧年轻，还是 30 岁出征前的样子。期时，是儿子叫爹为"爸爸"，还是做"爹"的叫儿子"爸爸"呢？中国古代传说中的"天上方一日，人间已千年"（一说"天上方一日，下界已千年"）就可用相对论得到解释。只要那个"天"在做接近于光速的运动。

爱因斯坦还曾经用更通俗的语言给人们解释过他的相对论。据说，有一次，一大批学生围着爱因斯坦，请他给相对论做出解释。爱因斯坦考虑了一下，风趣地说："我打个比方，比如你屁股坐在火炉上烤和坐在公园柳荫下与女郎谈情说爱，那么，同样的时间你觉得哪一个更长？"学生们说："当然坐在火炉上烤时间觉得长久。"听罢，爱因斯坦哈哈大笑，说："这就是我的相对论内容。"这个故事形象地说明时间和空间的相对性。中国英文教师向中国学生解释爱因斯坦的相对论做这样妙喻：一个年轻英俊帅气的小伙子陪 80 多岁老太婆生炉火，感觉时间跑得太慢，1 秒钟等于 60 分钟；该帅哥陪 18 岁花季青春妙龄漂亮美少女生炉火、聊天，感觉时间走得飞快，60 分钟等于好像才过 1 秒钟，这就是相对论。如此设喻，惊呆世人。真是"此曲只应天上有，人间哪得几回闻"。

弯曲的时空——广义相对论。广义相对论原理（广义协变性原理）：任何物理规律都应该用与参考系无关的物理量表示出来。用几何语言描述即为，任何在物理规律中出现的时空量都应当为该时空的度规或者由其导出的物理量。

广义相对论实际上是关于空间、时间与万有引力关系的理论，他指出空间——时间不可能离开物质而独立存在，空间的结构和性质取决于物质的分布。狭义相对论已指出时间、空间是一个整体，即四维时空。广义相对论进一步指出，物质的存在会使四维时空发生弯曲，万有引力并不是真正的力，而是时空弯曲的表现。如果物质消失，时空就回到平直状态。

广义相对论认为，质点在万有引力作用下的运动，如地球的自由落体、行星围绕太阳的运动等，是弯曲时空中的自由运动——惯性运动。它们在时空中描出的曲线，虽然不是直线，却是直线在弯曲时空中的推广——短程线，即两点之间的最短线。当时空恢复平直时，短程线就成为通常的直线。

可以打这样一个比方来说明时空弯曲。假如4个人各拉紧床单的一个角，床单这个二维空间就是平的。放一个小玻璃球在上面，如果不去推它，它就会保持静止或匀速直线运动状态不变（假设床单是足够光滑，微小的摩擦力忽略不计）。如果在床单中央放一个铅球，他就会滚向中央的大球。按照牛顿的观点，这是由于大球用"万有引力"吸引小球。按照爱因斯坦的观点，则是由于大球的存在使空间弯曲了，并不存在什么"引力"，小球落向大球乃是弯曲空间中的自由（惯性）运动。

当然，上面这个比喻说的只是"空间"弯曲，而广义相对论说的则是四维"时空"的弯曲。太阳的存在使四维时空弯曲了。行星绕日运动，就是在弯曲时空中的惯性运动，行星轨道是四维时空中的短程线，根本就不存在什么万有引力。

广义相对论指出，在引力场的区域，空间的性质不再服从欧几里得几何，而是遵循非欧几何，并得出结论：现实的物质空间，不是平直的欧几里得空间，而是弯曲的黎曼空间（即三角形三个内角之和大于180°，曲率为正的空间），它的弯曲度取决于物质在空间的分布情况。物质密度大的地方，引力场的强度也大，空间弯得也厉害，时间也要相应地变慢。

广义相对论深奥难懂。爱因斯坦为证明广义相对论的思想，根据这一理论做出三个预言：

第一，水星近日点的运动。爱因斯坦广义相对论通过理论计算说明，太阳引力使空间弯曲，水星近日点的运动每百年就应有43

秒的剩余值。

第二，光谱线的引力红移，即在强引力场中，光谱应在红端移动。

第三，引力场使光线偏转。爱因斯坦预言，光线经过太阳表面，将会发生 1.75 秒的偏转。

英国皇家学会会长汤姆孙说："爱因斯坦的相对论是人类思想史上最伟大的成就之一。"

毫无疑问，爱因斯坦和牛顿是科学史上最耀眼的两颗明星。

周龙腾慕名两位物理学界的天才巨星，在英国剑桥大学主攻"牛顿经典力学"，在美国哈佛大学主攻"爱因斯坦狭义相对论和广义相对论"，在中国清华大学主攻"量子力学、量子通信、量子计算和人工智能"等。

第四章　英才学院

　　英才学院正门巨大的石碑上镌刻着院长周龙腾博士一首诗《仰望星空》：

> 仰望星空
> 是那样遥远而神秘
> 那无限的思绪
> 我上下而求索
> 仰望星空
> 是那样璀璨而闪亮
> 是那无边的浩瀚
> 内心感到震撼
> 仰望星空
> 是那样灿烂而光芒
> 那宽广的情怀
> 心灵栖息的港湾
> 仰望星空
> 是那样波澜而壮阔
> 那历史弥新的星光

燃爆信念、炸响惊雷
仰望星空
是那样寂静而空灵
那极致的浪漫
携手前行、超越时空

中国文学至高理想：唤醒沉睡的人生，唤醒人类的写作才华，具有强烈的理想主义倾向，活着为了改变世界。

高尚文学作品铸就民族先进之魂，铸就中华民族的脊梁。中国作家典范、伟大文学家鲁迅先生弃医从文的目的：振奋民族精神。唤醒麻木国民的思想。他为什么写《起死》？他是用文学唤醒沉睡的人生。

文学杰作标准：秉天地之灵气，沐日月之精华，吸山川之毓秀，海纳百川孕育而成，开阔视野、扩大知识面。打通写作人文主义理想"最后一公里"。

人类最极致的浪漫：仰望星空。

心手相牵，十指紧扣，郎情妾意，梦绕云牵。宠辱不惊，看庭前花开花落；去留无意，任天外云卷云舒。形影相随，看日出日落，一起数星星，览月圆月缺，观小桥流水，望大江大河，大漠孤烟，瞭长江长城、黄山黄河、瞻巴黎凯旋门，眺埃及金字塔……

指点江山，激扬文字。学学钢琴、跳跳舞、打打太极，打打乒乓球、羽毛球……

月上柳梢头，人约黄昏后。风花香月，吟诗作对、卿卿我我，兰亭雅集，清流赋诗。诗意栖居。

腹有诗书气自华，窗前空有千万卷，独缺美人伴读书！

英才学院院长周龙腾在学院"科学圣殿"为大学生们演讲"仰望星空"："仰望星空"的意思是抬头看满天星辰的天空。在特定的时候它表示人要拥有梦想，向往憧憬美好幸福的生活，指一种向上的、积极的生活态度，也代表着认真地去思考仰望星空者的内心。很多东西，在深邃的星空中人的心思更能得到恬静的思考。我们既仰望星空，又脚踏实地。星空，在这里指的是理想；实地，指的是行动。"仰望星空，脚踏实地"的哲学意思是要对未来有理想、有期待、有盼望、有目标，同时也要用实际行动踏踏实实地去为实现目标而工作、奋斗、努力，这才有可能实现人生的目标、理想和期望。只有高尚的人才会仰望深邃的星空，思考宇宙的壮美与人心中的道德。埋头苦干，从来不去仰望星空，生活茫然，可能迷失方向。

科学之父泰勒斯"仰望星空"典故：

2500 多年前，一个叫泰勒斯的古希腊男子因为走路看星星，在旷野上一脚踩空掉进了路边的井里。有位老太婆笑话他："泰勒斯啊，你连脚下的东西都不能看清，还想知道天上的事情吗？"这一跤让泰勒斯跌进了历史。

人生的路那么长，谁都有机会摔跟头，但只有泰勒斯摔得名垂青史。因为他摔出了哲学家的姿势，摔出了一个著名的词：仰望星空。

其实，老太婆嘲笑泰勒斯，言外之意是哲学家关心的问题没有用。人们往往只顾关注头顶遥远的星空，却对脚下近在咫尺的事情一无所知。看星星有什么好？看星星能挣钱吗？

能的。泰勒斯说，哲学家只是不愿意把生命浪费在挣钱上，想挣还是能挣的。

为了证明这一点，泰勒斯决定挣笔钱。他夜观天象，预测来年会大丰收，当地盛产的橄榄将需要大量机器，于是他提前囤积了所有榨橄榄机，等来年橄榄果然大丰收时，再抬高价格把这些机器租售出去，结果就发财了。

但是，泰勒斯并没有在经商挣钱的路上走下去。对于哲学家来说，比起赚钱，探索宇宙的未知奥秘要有趣得多。

泰勒斯的数学很好。有一条"泰勒斯定律"（直径所对的圆周角是直角），就是用他的名字命名。

泰勒斯还用他的数学知识知道了埃及金字塔的高度约 146 米。

翻开天文学史、哲学史，甚至是生命科学史，不难发现，书里提到的第一个名字就是"泰勒斯"。而提出"直径平分圆周""两直线相交，其对顶角相等"等定理的人也是泰勒斯。

相传，泰勒斯晚上走路，头望星空，看出第二天有雨。但一不小心一脚踏空，掉进泥坑，后被人救起。第二天果然下了雨。有人讥笑哲学家知道天上的事情，却看不见脚下的东西。

然而两千多年后，德国哲学家黑格尔说，一个民族总要有一些仰望星空的人，才有希望！如果一个民族只是关心眼下的事情，这个民族是没有未来的。

伟大哲学家康德说过：在这个世界上，有两样东西值得我们仰望终生：一是头顶上璀璨的星空；二是人们心中高尚的道德定律。

倘若只是仰望星空，我们会感到伤感、震撼、遥远、美好、神秘，唯独少了一点温暖。但如果此时你会想起一个人，想起一段故事，那便有了温度。

仰望星空，人类最极致的浪漫！

仰望星空，我是一粒尘埃；俯瞰大地，我们是自己的国王。

晴朗的夜晚，满天星斗闪烁着光芒，像无数颗明珠，璀璨夺目，密密麻麻镶嵌在天幕上。

泰勒斯说过：只有那些从不仰望星空的人，才不会跌入坑中。

王尔德说过：我们都是生活在阴沟里，但其中依然有人在仰望星空。

现代人：即使深陷沟壑，也要仰望星空。

仰望星空，星星是宝石，晶莹、透亮，安有纤瑕。

演讲临近结束，院长周龙腾博士不忘幽默一回，讲述英国一道黑暗料理"仰望星空"。

他说：中国圣人孔子有句名言：食色，性也。民谚：民以食为天。英国一道黑暗料理"仰望星空"（英国菜名 Stargazy pie），直译过来就是仰望星空，是英国一道黑暗料理，又被称之为死不瞑目。原名叫 Fish Pie 又名为地狱咏唱，主要材料有纯面粉、沙丁鱼、盐、胡椒、洋葱末、鸡蛋、香菜末、鸡蛋、鸡蛋液、熏培根（没沙丁鱼可用小号鱼鲱鱼代替）等。如果有超级"吃货"就可以试做试吃。肥胖指数飙升，就不要埋怨院长就是了。

超级幽默，大学生们报以雷鸣般的掌声。

英才学院卧虎藏龙、人才济济。学院开设的课程主要有以下系列：

大学教授讲课不拘一格、异彩纷呈、各有千秋。现在摘录教授们讲课部分内容，以飨读者诸君。

政治经济学教授：

乌托邦

乌托邦即空想社会主义。空想社会主义（utopian socialism）是现代社会主义思想的来源之一，准确的译法为乌托邦社会主义，流行于 19 世纪初期的西欧，著名代表人物为：托马斯·莫尔、康帕内拉、罗伯特·欧文、克劳德·昂利·圣西门和夏尔·傅立叶，主张建立一个没有阶级压迫和剥削以及没有资本主义弊端的理想社会。"空想"这种中文译法，在清末民初报刊上即出现过，是从日本转译来的。

它是科学社会主义以前的共产主义学说。常与"空想共产主义"通用。广义的空想社会主义包括空想共产主义。但在某些场合，卡尔·马克思和弗里德里希·恩格斯也曾将二者加以区别，其原则是：把主张实行公有制的早期社会主义学说称为空想共产主义；如康帕内拉、摩莱里、马布利、巴贝夫、欧文、卡贝、魏特林等人的学说。把主张仍然保留私有制的早期社会主义者的学说称为空想社会主义。如圣西门、傅立叶等人的学说。

空想共产主义都主张废除私有制，消灭阶级差别，共同劳动，平均分配产品，建立社会平等。他们中有些代表人物还主张暴力革命，并提出和论证了过渡时期等问题。但他们在一些基本问题上，还未能摆脱空想社会主义的根本缺陷，因而他们的理想社会不能实现。

理想国

《理想国》是古希腊哲学家柏拉图（公元前 427—公元前 347 年）创作的哲学对话体著作。全书主要论述了柏拉图心中理想国的构建、治理和正义，主题是关于国家的管理。

柏拉图在《理想国》中以故事为题材，叙述苏格拉底到贝尔斯祷神，归途被派拉麦克邀往家中，宾主滔滔谈论起来。两人的辩论从各个角度暴露奴隶主阶级的哲学思想、政治思想、艺术思想及教育思想。故事中的苏格拉底是虚拟的、假托的，实际上就是柏拉图的代言人。文中借苏格拉底之口和人讨论正义，分析个人正义与城邦正义之间的互通性，系统地阐述了正义的概念。柏拉图设计并展望着心目中理想国度的蓝图，提出在"理想国"中才能真正实现正义。

《理想国》共十卷。第一、二卷讨论公道正义问题。因为在柏

拉图的思想中，国家的建立是为求实现公道正义，所以这两章概括
了全书的主旨。从第二卷后半到第三卷，讨论卫国者的教育，也是
执政者的初级阶段教育。第四卷讨论教育的效能与领导，还谈及节
制、勇敢、睿智、正义等的意义。第五卷讨论学前教育和妇女教
育。第六、七卷讨论哲学家的培养，也就是执政者的高级阶段教
育。第八、九卷谈论政体。第十卷谈论艺术。

共产主义

共产主义（Communism）是无产阶级的思想体系和理想的社会
制度。共产主义一词源于拉丁文 communis，原意为"公有"。英
文 communism 一词出现在 19 世纪 30 年代。1848 年，马克思和恩
格斯在《共产党宣言》中系统地阐明了共产主义基本原理，《共产
党宣言》遂成为共产主义运动的纲领性文件。共产主义概念包括共
产主义思想、共产主义运动和共产主义制度三个层面。共产主义思
想是无产阶级的思想体系，共产主义运动是无产阶级的革命实践活
动，共产主义制度是人类最理想的社会制度，也是人类社会发展的
最高形态。共产主义作为理想的社会制度，包括初级阶段的社会主
义社会和高级阶段的共产主义社会。通常所说的共产主义，是指共
产主义的高级阶段。在这个阶段，社会产品极大丰富，人们具有高
度的思想觉悟，劳动成为生活的第一需要，工农、城乡、脑力劳动
和体力劳动三大差别已经消灭，采取"各尽所能，按需分配"的分
配原则。

共产主义理想是以实现共产主义为基本内容的奋斗目标，是共
产党人的最高理想；是通过批判吸收空想社会主义的思想成果，运
用辩证唯物主义和历史唯物主义的科学世界观分析社会发展的客观
规律，认真总结工人运动的实践经验而提出来的一种社会理想。

共产主义社会，马克思做了这样的概述：在共产主义社会高级阶段，在迫使个人奴隶般服从分工的情形已经消失，从而脑力劳动和体力劳动的对立也随之消失之后；在劳动已经不再是谋生手段，且本身成生活的第一需要后；在随着个人的全面发展，生产力也增长起来，而集体财富的一切源泉都充分涌流之后，只有在那个时候，才能完全超出资产阶级权利的狭隘眼界，社会才能在自己的旗帜上写上："各尽所能，按需分配！"

马克思和恩格斯在其他著作中也曾对共产主义社会进行过论述。综合他们的观点，共产主义社会有以下六个基本特征：

（一）社会生产力高度发展，物质财富极大丰富。在共产主义社会里，由于生产力的极大发展，科技极度发达，劳动生产率的提高，维持社会生产所需要的劳动时间不断缩短，物质财富不断涌流，社会产品极大丰富，达到可以满足整个社会及其成员需要的程度。

（二）社会成员共同占有全部生产资料。在共产主义社会里，生产资料的占有关系摆脱私有制的束缚，不再为某一类人或某一阶级所占有。生产资料和劳动产品归全社会公共所有，商品和货币消亡，劳动者本身既是劳动者，又是生产资料的共同占有者。

（三）实行各尽所能、按需分配的原则。社会成员尽自己的能力，最大限度参与社会劳动和工作，社会根据每个成员的实际生活需要，分配个人消费品。消除社会主义时期实行按劳分配存在着的某些事实上的不平等现象。

（四）消灭阶级差别和其他社会差别。在共产主义社会，由于生产方式改变，旧的社会分工消亡，产生剥削阶级的社会条件不复存在，阶级和阶级差别被消灭，城乡之间、工农之间、脑力劳动与体力劳动之间的差别也会消失。

（五）全体社会成员具有高度的共产主义觉悟和道德品质。在共产主义社会里，劳动已经不是谋生的手段，而是人们生活的第一需要，人的本质力量的确证。劳动者都具有高度的科学知识、广泛专业知识和高尚道德品质，在体力智力等方面得到自由全面的发展，成为共产主义新人。

（六）国家消亡。随着阶级和阶级差别的消灭，作为阶级统治工具的国家消亡。国家的社会服务和发展职能由社会收回，社会的人民大众掌握社会的公共权利并平等参与社会的管理，那时，管理公共事务的机构虽然存在，但其社会职能失去阶级性质。

微观经济和宏观经济

微观经济：是指个量经济活动，即单个经济单位的经济活动。是指个别企业、经营单位及其经济活动，如个别企业的生产、供销、个别交换的价格等。微观经济的运行，以价格和市场信号为诱导，通过竞争而自行调整与平衡；而宏观经济的运行，有许多市场机制的作用不能达到的领域，需要国家从社会的全局利益出发，运用各种手段进行宏观调节和控制。

宏观经济：即宏观层面的国民经济，包括一国国民经济总量、国民经济构成（主要分为 GDP 部门与非 GDP 部门）、产业发展阶段与产业结构、经济发展程度（人类发展指数、社会发展指数、社会福利指数、幸福指数）。

数字经济

"数字经济"这个概念，从定义上讲，是通过对人类社会中个体和群体各种行为、语言、形象和状态进行全面数字化的方式，按照数据的采集、识别、选择、传输、存储和应用这六大环节，最终引导实现资源的快速优化和再生，从而实现经济高质量发展的全新经济样态。

宏观调控

政府宏观调控也叫国家宏观调控。政府宏观调控或国家宏观调控是以政府为市场经济的主体，通过行政手段、经济手段（主要是财政手段），以及法律手段，实现以经济主体为主导、经济主体与经济客体的对称关系为核心、经济结构平衡与经济可持续发展的经济行为。政府宏观调控是系统工程。对称型反周期调控，是政府宏观调控的本质；制定对称型产业政策是政府宏观调控的核心；财政手段是政府宏观调控的主要途径。政府宏观调控是小商品经济发展到市场经济、市场经济发展到知识市场经济的必然结果，常态化的政府宏观调控是社会主义市场经济体制的本质特征。政府宏观调控不同于政府干预经济，也不同于计划经济。政府宏观调控主要通过制定对称型产业政策来实现。

军事教官：

《孙子兵法》

《孙子兵法》，又称《孙武兵法》或《吴孙子兵法》，是中国现存最早的兵书，也是世界上最早的军事著作，早于克劳塞维茨《战争论》约 2300 年，被誉为"兵学圣典"和"古代第一兵书"。现存共有六千字左右，一共十三篇。作者为春秋时祖籍齐国乐安的吴国将军孙武。

《孙子兵法》是中国古代军事文化遗产中的璀璨瑰宝，优秀传统文化的重要组成部分，其内容博大精深、思想精邃富赡、逻辑缜密严谨，是古代军事思想精华的集中体现。在我国古代军事学术和战争实践中，都起过极其重要的指导作用。

《孙子兵法》被奉为兵家经典。诞生已有 2500 年历史，历代都有研究。李世民说"观诸兵书，无出孙武"。兵法是谋略，谋略不是小花招，而是大战略、大智慧。如今，《孙子兵法》已经走向世界，被翻译成多种语言，在世界军事史上也具有重要的地位。汉代版《孙子兵法》竹简 1972 年出土于临沂银雀山汉墓中。

《孙子兵法》由孙武撰。孙武，字长卿，春秋末期齐国人，从齐国流亡到吴国，辅助吴王经国治军，显名诸侯，被尊为"兵圣"。

书中凡十三篇，每篇皆以"孙子曰"开头，按专题论说，有中心、有层次，逻辑严谨、语言简练、文风质朴，善用排比、铺陈、叙说，比喻生动具体，如写军队的行动："其疾如风，其徐如林，侵掠如火，不动如山，难知如阴，动如雷震"（《军争篇》），既贴切又形象，且音韵铿锵，气势不凡，故刘勰称"孙武兵经，辞如珠玉"（《文心雕龙·程器》）。想来以作战的缜密思维为文章谋篇布局，对孙武而言如烹小鲜矣。

"兵者，国之大事，死生之地，存亡之道，不可不察也。"《孙子兵法》继承和发展了前人的军事理论，把政治作为决定战争胜败的首要因素，归纳出战争的原理原则，举凡战前之准备，策略之运用，作战之部署，敌情之研判等，无不详加说明，巨细靡遗，周严完备，具有朴素的唯物辩证思想，两千多年来一直被视为兵家之经典，至今仍具有重大的现实意义。毛泽东对《孙子兵法》推崇备至，而孙子所主张的智、信、仁、勇、严则成为中国军人的"武德"。

《战争论》

《战争论》是普鲁士军事理论家卡尔·冯·克劳塞维茨创作的一部军事理论著作，首次出版于 1832 年。

在《战争论》中，克劳塞维茨揭示了战争从属于政治的根本性质，认为战争是政治通过另一种手段的继续；指明了人的因素尤其是精神力量对于战争胜负的作用，认为统帅的才能、军队的武德等是作战的关键；阐述了战争的性质有向民众战争转变的历史趋势，对民众战争的地位和作用做了充分的肯定；探讨了战略和战术、进攻和防御、战争的目的和手段之间的辩证关系，提出了集中优势兵力歼灭敌人等理论。

《战争论》被誉为西方近代军事理论的经典之作，是军事思想史上自觉运用辩证法总结战争经验的战争理论经典，为近代西方军事思想体系的形成和发展奠定了理论基础，被誉为"战略学的《圣经》"。克劳塞维茨因此被视为西方近代军事理论的鼻祖。

《战争论》全书共有三卷八篇一百二十四章，分别论述战争的性质、战争理论、战略、战斗、军队、防御、进攻和战争计划。

1. 战争与政治的关系：战争无非是政治通过另一种手段的继续

克劳塞维茨把战争区分为"绝对战争"和"现实战争"两种形态。并通过分析"绝对战争"认为，不应该把战争看成是一种单纯的暴力和消灭敌人的行为，而应把绝对战争作为整个社会的一部分，放到现实生活中去进行考察。

克劳塞维茨提出，战争无非是政治通过另一种手段的继续。在此基础上，克劳塞维茨进一步对战争与政治的关系问题做了具体的探讨。一方面，政治决定战争；另一方面，战争反作用于政治。

2. 战争的特性：充满危险、充满劳累、充满不确实、充满偶然性

首先，战争是充满危险和艰难险阻的活动，当一个人接触到程度不同的危险时，只具有普通的勇气是不够的。要在各种苦难的条件下泰然自若，就必须具备巨大的勇气、强烈的荣誉感或久经危险的习惯。

其次，战争是充满劳累的领域。在战争中，劳累是暗中束缚人的智力活动和消磨人的心理状态的许多因素之一。要想不被劳累所压倒，就需要有一定的体力和精神力量。为此，指挥官应要求军队和部下在战争中自觉锻炼吃苦耐劳的精神。

其三，战争是充满不确实的领域。在战争中，一切行动所追求的只是可能的结果，战争行动所依据的情况有四分之三好像隐蔽在云雾里，是或多或少不确定的。人们对隐藏着的敌情只能根据不多的材料进行推测，同时也很难每时每刻都确切地了解自己的情况，从而增加了认识和把握战争规律的困难。

其四，战争是充满偶然性的领域。人类的任何活动都不像战争那样，给偶然性这个不速之客留有这样广阔的活动地盘。偶然性会增加各种情况的不确定性，并扰乱战争事件的进程。由于偶然性的不断出现，就会不断发生预期计划与战争实际不符的情况，它直接影响到作战计划的实施。

3. 战争的目的：打垮敌人

克劳塞维茨认为，战争的直接目的是打垮对方，使敌人无力抵抗是战争行为真正的目标。在他看来，打垮敌人这个抽象的战争目的包括三个要素：一是消灭敌人的军队；二是占领敌人的国土；三是征服敌人的意志。

4. 战争理论：不是死板的规定而应是一种考察

克劳塞维茨认为，军事活动具有自己的特点，企图为军事艺术建立一套死板的理论，好像搭起一套脚手架那样来保证指挥官到处都有依据，是根本不可能的。为消除战争理论与实践之间的矛盾，克劳塞维茨提出，战争理论不应是对战争实践的规定，而应是一种考察，这种考察就是对事物进行分析探讨。它可以使人们对事物有一个确切的认识。他认为，战争理论主要是帮助指挥官和从事战争的人们确定思考的基本路线，而不应像路标那样指出行动的具体道路。

5. 精神要素：军队的武德和军事天才

克劳塞维茨之前的军事理论家往往过分夸大物质因素在决定战争胜负中的作用，忽视乃至否认精神因素的作用。克劳塞维茨充分肯定精神因素在战争中的地位和作用，认为精神要素是战争中最重要的问题之一，对军事力量具有决定性的影响。他指出，在战斗过程中，精神力量的损失是决定胜负的主要原因。

6. 集中兵力：战略上最重要又简单的准则

克劳塞维茨认为，数量上的优势不论在战术上还是战略上都是最普遍的制胜因素。因此，在决定性的战斗中尽可能多地集中兵力这个原则，在现在必须提到比过去更高的地位。尤其是交战双方在科学水平、武器装备和训练等方面越是处于均势，兵力的对比就越起决定性的作用。

他还把数量上的相对优势进一步区分为空间上的兵力集中和时间上的兵力集中。在克劳塞维茨看来，虽然在战术上兵力可以逐次使用，但在战略上兵力却必须同时使用。数量上的优势应该是基本原则，不论在什么地方都是应该首先和尽量争取的。战略上最重要而又最简单的准则是集中兵力。

7. 进攻和防御：两种最基本的作战形式

克劳塞维茨认为进攻和防御是相辅相成的。每一种防御手段都会引起一种进攻手段，同样，一种进攻手段是随着一种防御手段的出现自然而然地出现的。也就是说，当防御的方法一经确定，进攻就针对它们采取对策；防御研究了进攻所使用的手段，于是又产生新的防御原则。进攻和防御总是这样相互作用并得到相互促进。他指出，战争中的防御（其中包括战略防御）绝不是绝对的等待和抵御，而只是一种相对的等待和抵御，因而多少带有一些进攻因素。同样，进攻也不是单一的整体，而是不断同防御交错着的。

8. 民众武装：燎原之势的熊熊烈火

克劳塞维茨对民众战争一贯持赞成态度，并对民众战争的地位和作用做了充分的肯定。他认为，民众武装如同燎原之势的熊熊烈火。他们分散隐蔽，突然袭击，机动灵活，时隐时现，神出鬼没地采取一切手段打击和削弱敌人，使敌人所到之处都有抵抗的因素，但是处处又都捉摸不到。

世界十大战役

"大战中的大战"——凡尔登—索姆河战役

堑壕前的大厮杀。双方共伤亡 130 多万人。"陆战之王"初显神威。

1916 年，德军对通往巴黎的门户和法军阵地的枢纽——凡尔登进行重点进攻。英法联军为减轻凡尔登所受压力，在索姆河发动支援性进攻战役。2 月 21 日，德第 5 集团军担任凡尔登主攻。德法两军前线兵力 3:1，火炮对比 7:1。为求胜利，双方不断加大兵力投入。在正面 15 ~ 30 公里、纵深 7 ~ 10 公里战场上，双方共 150 万人的军队进行了激烈厮杀。战役第一天，德军就发射了 200 万发炮弹。7 月 1 日，英法军队向驻守索姆河地区的德第 2 集团军发起进攻。双方共投入了 153 个师，约一万门火炮、一千架飞机。英军在作战中首次使用了新式武器——坦克。在由堑壕和支撑点配系的三道防御阵地上，德军进行了顽强抵抗。英法联军以伤亡61.5万人的代价仅推进了5～12公里。德军损失65万人，失去240平方公里阵地，但打破了英法联军的计划。此役为第一次世界大战中规模最大、时间最长的战役，阵地消耗战成为主要的作战形式。此战德国大伤元气。战争向有利于协约国的方向发展。

激战英伦——不列颠空战

飞机问世后最大规模空战。"千里眼"帮忙。德国损失飞机1700余架。

为对抗希特勒发动的入侵英国的"海狮计划"，英德之间爆发了空军诞生以来最大的空战。德空军此战严重受挫。丘吉尔评价说："战争史上，从来不曾有过如此众多的人（英国民众）从如此少的人（皇家飞行员）那里获得如此多的好处。"

此役德空军出动了约1300架轰炸机、900架单引擎攻击机和120架双引擎歼击机。英国空军参战飞机最多时约650架，但掌握了先进的雷达技术，借助雷达帮助，使德军始终未能夺取制空权。

1940年7月—10月是"不列颠之战"最紧张激烈的四个月，英国共损失作战飞机915架。纳粹德国损失飞机1733架，是第二次世界大战开战以来第一次严重受挫。其入侵英国的企图被挫败。

大漠"猎狐"——阿拉曼战役

非洲战场转折点。德军作战密码被破译。希特勒非洲军团残部被迫开始大撤退。

阿拉曼战役是二战时非洲战场转折点。由蒙哥马利统率的英第8集团军迎战号称"沙漠之狐"的隆美尔率领的德意军队组成的非洲军团。此后，盟军完全掌握了非洲战场的主动权。

1941年6月，非洲军团连败英军，进抵阿拉曼防线。整个北非几乎唾手可得。但连续作战使非洲军团成了强弩之末。英军速调八个旅在阿拉曼一线严阵以待。1942 年 6 月 30 日，隆美尔发动进攻。到 7 月 3 日，四次大规模进攻均告失败。双方形成僵持状态。8 月中旬，蒙哥马利接任英国第 8 集团军司令。此时，英空军对德空军比例达 5:1，坦克数量超德军一倍。8 月 30 日，孤注一掷的隆美尔发动第二阶段攻击。但英国人已破译德军密码电报，知其进攻计划的每一个细节。结果，隆美尔的这场豪赌变成了德、意军队的自杀性攻击。1942 年 10 月 23 日夜，第 8 集团军展开反攻，对德军形成围歼之势。11 月 4 日，隆美尔不顾希特勒的死守命令，带着仅剩 5 万余人的非洲军团从阿拉曼开始了大撤退。

航母时代的号角——中途岛海战

双方海上编队在炮火射程外以舰载机实施突击。日本损失航母 4 艘、飞机 285 架。以战列舰为主力的巨舰"大炮主义"成为历史。

1942 年 4 月 18 日美军空袭东京后，日本决心夺取中途岛，诱歼美国太平洋舰队，以保障本土安全。此役，日动用了包括 8 艘航母（舰载机 400 多架）在内的舰船 200 余艘，由山本五十六海军上将指挥，分南、北两个编队对中途岛发起攻击。由于美军破译了日海军密码电报，掌握了日进攻意图，美太平洋战区总司令尼米兹海军上将指挥特混舰队在中途岛附近隐蔽待机。6 月 4 日，日海军中将南云忠一率队进至中途岛西北海域，派出飞机 108 架轰炸中途岛。美岸基机升空迎战。南云下令已挂上鱼雷准备攻击美舰的第 2 波飞机改装炸弹攻击中途岛。此时，美特混舰队接近。南云急忙命令第 2 波飞机卸下炸弹重挂鱼雷。此时美舰载鱼雷机和俯冲轰炸机连续攻击南云的航母。日机未能迎战，摆在甲板上未及入库的炸弹和鱼雷机接连爆炸。日损失航母 4 艘、飞机 285 架。中途岛海战改变了太平洋地区日美航空母舰的实力对比。双方海上战斗编队在炮火射程之外以航空兵实施突击，宣告以战列舰为主力的巨舰"大炮主义"已成历史。空海一体战开始主导海上战场。

决定性转折——斯大林格勒战役

惊心动魄大决战。逐条街道逐间房屋反复争夺。德军 150 万人被歼。

莫斯科战役失败后，德军企图攻占斯大林格勒，切断苏军战略补给线。1942 年 7 月 17 日，苏德战场一场惊心动魄的大决战开始。苏军的顽强抵抗使德军伤亡惨重。9 月 13 日，德军攻入市区。市区防御战斗极为激烈。双方对每一块土地都进行了反复争夺，对火车站的争夺竟达 13 次之多。尽管德军占领了市区，但其攻势已是强弩之末。11 月 19 日，苏军拉开了反攻帷幕。装备着当时最先进的喀秋莎火箭炮的苏西南方面军、顿河方面军、斯大林格勒方面军 110.6 万人对德军及其仆从国军队 101.1 万人发起反攻，对德第 6 集团军全部和第 4 装甲集团军一部 22 个师 33 万人构成了"钳形攻势"。经过两个月的相持，德第 6 集团军投降，司令官保卢斯元帅被俘。斯大林格勒战役打破了德国法西斯灭亡苏联、称霸世界的狂妄企图，消灭了德军近 150 万人，成为二战的历史性转折点。

"霸王行动"——诺曼底登陆战役

计划周密，规模宏大。陆海空联合登陆作战。声东击西，巧妙运用电子欺骗。

代号"霸王行动"的诺曼底登陆战役是二战期间规模最大、持续时间最长的一次登陆战役。战役从 1944 年 6 月 6 日至 7 月 24 日，历时 49 天。

为这次登陆作战，盟军集中了近 300 万人、5000 余艘舰船（其中登陆运输舰艇 4000 余艘、作战舰艇 1000 余艘）和一万余架飞机。战前盟军声东击西，巧妙运用电子欺骗。6 月 6 日凌晨，美英联军第 1 梯队 5 个师在法国海岸 82 公里宽的正面突击登陆。德军未能组织起强有力的反击。两天内，盟军上陆部队达 17.6 万人、车辆两万辆。德军只进行了几次谈不上协同的局部反冲击。6 月 30 日，盟军夺取瑟堡港。至 7 月初，盟军已上陆 100 万人、车辆 17 万辆。7 月 24 日，诺曼底登陆战役胜利结束，转入陆上突破战役。此役，盟军伤亡 12.2 万人，德军伤亡和被俘 11.4 万人。

诺曼底登陆战役加速了纳粹德国的崩溃，是现代战争史上光辉的一页。斯大林曾称赞说："这次行动按其计划的周密、规模的宏大和行动的巧妙来说，在战争史上还未有过类似的先例。"

逐鹿中原——淮海战役

两个主力，三个阶段。"吃一个，挟一个，看一个。"解放军一役歼敌 55 万人。

淮海战役作为战争史上极为罕见的一个战例——60 万人的中国人民解放军成功围歼 80 万人的国民党军，被写进了许多国家的军事教材。

1948 年秋，蒋介石为防备解放军进攻南京，在黄淮地区布置了 60 万重兵。中央军委令华野和中野配合组织淮海战役。11 月 6 日，华野向敌占区发动强大攻势。11 月 8 日，国民党第 3 "绥靖"区副司令官、中共地下党员何基沣、张克侠率部起义。黄百韬兵团被包围在碾庄附近。国民党军第 6、8 兵团全力北援，被华野一部阻在蚌埠附近。此时，国民党军加入会战兵力已达 80 万人。

11 月 22 日，黄百韬兵团悉数被歼，黄百韬被击毙。黄维兵团孤军冒进，被包围在双堆集附近。杜聿明指挥的 3 个兵团西撤时又于陈官庄附近落入包围。这样，整个淮海战场，华野与中野两大主

力"吃一个，挟一个，看一个"，创造了战争史上的奇迹。12月
15日，黄维兵团被全歼。第二年1月10日，杜聿明集团被全歼。
两人均被生俘。至此，淮海战役以人民解放军全胜而结束。国民党
军5个兵团55万余人被歼灭。

扭转战局——抗美援朝战争第二次战役

诱敌深入，迂回包围，断敌退路。一场赛战斗意志、赛指挥艺
术的较量。一举歼敌3.6万余人。

抗美援朝第一次战役结束后，"联合国军"误认为中国只是
"象征性出兵"，狂妄叫嚣要在圣诞节前结束朝鲜战争，分东西两
线发动总攻势。志愿军示弱于敌，诱敌深入。西线志愿军于1950
年11月25日黄昏发起进攻，歼灭李承晚军第7师、第8师主力，
并迫使美军一个建制工兵连共115人投降。敌军纷纷向南逃窜，遭
到我38军截击。12月3日，"联合国军"向"三八线"以南全线
败退。12月6日，志愿军收复平壤。东线9兵团在长津湖地区发
起进攻，至12月24日，志愿军收复元山、兴南。至此，第二次战
役以志愿军大获全胜而结束。

这次战役，志愿军共歼"联合国军"3.6万余人（其中美军
2.4万人），收复了"三八线"以北（除襄阳外）的全部敌占区，
并解放了"三八线"以南的延安、瓮津两半岛，沉重打击了敌人的
气焰。这次战役的胜利大大超出了志愿军预定的计划，从根本上扭
转了朝鲜半岛的战局。

风卷残云——海湾战争中的地面作战

陆、海、空、天、电全方位协同。大纵深迂回包围重点打击。
现代化程度最高的地面战役。

经38天空中打击，伊拉克的核设施和生化武器制造厂、指挥

通讯、交通设施和机场、导弹阵地等被毁坏殆尽。1991年2月24日凌晨，"多国部队"向伊拉克和科威特境内的伊军发动了地面进攻。交战双方在200公里长的战线上投入120余万人。"多国部队"采取"声东击西、正面进攻、侧翼迂回"战法，让美第18空降军和第7军空中机动到伊军侧后，利用装甲突击力优势，在海空军支援下实施"左勾拳"计划，经钳形攻击和战略迂回，将伊军合围于巴士拉以南地区。到26日，伊军基本失去抵抗力，萨达姆接受停火。此战是二战结束后现代化程度最高的地面战役，系统使用了20世纪先进的高技术武器装备，成功实施了战役欺骗、海陆空协同、大纵深迂回包围，重点打击了对方重兵集团，是现代化条件下高技术局部战争之典型战例。

疯狂的天火——科索沃空袭战

以远程和高空打击为主要作战样式。78天投掷炸弹、发射导弹约2.3万枚。空袭成为达到战争目的的唯一手段。

为将巴尔干地区纳入西方战略体系，美国为首的北约对南联盟发动了一场代号为"联盟力量"、历时78天的大规模空袭战。战役第一阶段，北约B-52、F-117、B-2轰炸机对南军70个目标发动了90次大规模攻击，平均每天50～70架次，摧毁了南50%的空防能力；第二个阶段北约每天出动近300～600架次，打击包括南总统府、塞军和内务部队总部、电台、电视台、铁路和公路桥梁等在内的各种目标。北约方面是零战斗伤亡，南斯拉夫损失惨重。整个空袭北约共出动飞机3.8万架次，投掷和发射了约2.3万枚炸弹和导弹，其中精确制导武器占35%，是一场典型的航空兵与导弹战役，是高技术对中低技术的"非对称作战"。整个战役远程和高空打击成为主要作战样式，并主导了战争进程，空袭是达到战争目的的唯一手段。

乌克兰危机

2022 年 2 月 17 日以来，乌东部地区局势恶化，乌政府和当地民间武装相互指责对方在接触线地带发动挑衅性炮击。2 月 18 日，乌东部民间武装宣布，因存在乌克兰发起军事行动的危险，自即日起向俄罗斯大规模集中疏散当地居民。北京时间 2 月 24 日 10 时 30 分，联合国秘书长古特雷斯在会议上呼吁俄罗斯"停止进攻乌克兰"。同日，俄罗斯亮明对乌克兰要求：让乌克兰彻底"去军事化"。

当地时间 2022 年 4 月 5 日，联合国国际移民组织表示，自俄罗斯对乌克兰展开特别军事行动以来，估计已有超过 710 万乌克兰人在国内流离失所。此次调查自 3 月 24 日至 4 月 1 日进行。

天体物理学教授：

人类栖息的美丽星球——地球，似仙女在茫茫的宇宙中围绕太阳缓缓飞行。

晴朗夜空下仰望星空，可以看到闪烁的恒星，轮廓模糊的星云，以及相对星空背影有明显位移的行星，有时还可以看到一闪即逝的流星体，拖着长尾巴的彗星。这些都是宇宙中物质存在的形式，是宇宙的奇观。

太空探索

太空探索是指以物理手段探索地球以外物体以及探索太空，涉及的连续演化和成长的民用航天技术。虽然太空研究主要是由天文学家用望远镜实施的，但是太空的物理勘探是由无人驾驶的机器人探测器和载人航天两者实施的。

太空探索经常被用作地缘政治对抗，例如冷战时期的代理竞争。太空探索的早期时代主要是被苏联和美国之间的"太空竞赛"驱动的。1957 年 10 月 4 日，发射进入地球轨道的第一个人造物体，苏联的人造地球卫星斯普特尼克 1 号，和在 1969 年 7 月 20 日第一次登上月球的美国阿波罗 11 号飞船，通常被作为是这个初始阶段的里程碑。

在前 20 年的探索之后，重点从一次性的飞行转移到可重新使用的硬件，例如航天飞机计划，并从竞争走向合作，建立了国际空间站（ISS）。

在 21 世纪，中国启动了成功的载人航天计划，而欧盟、日本和印度也计划未来的载人航天飞行任务。在 21 世纪，中国、俄罗斯、日本和印度都倡导进行到月球的载人航天飞行任务，而欧盟在 20（21）世纪倡导到月球和火星的载人航天飞行任务。

从 20 世纪 90 年代起，私人集团开始推动太空旅游和月球私人空间探索。2022 年，中国宣布载人登月和在月球建设科学研究基地计划。中国正成为太空探索的领导者。

星际旅行

星际旅行是一个用来指在宇宙中自然天体之间进行的载人太空旅行的名词。其狭义上通常指恒星际旅行，广义上也包括行星际旅行和星系际旅行。

现时，行星际旅行已经能够实现，而恒星际旅行与星系际旅行则是因其本身空间距离过于遥远，又受制于人类当前的航天科技水平而难以实现。

行星际旅行是指在行星系内行星之间的旅行。对人类而言，此类的太空航行仅局限于太阳系内的行星之间。载人飞行的行星际航行必须拥有可靠的生命保障系统，成本非常高；而重量较轻的太空探测器则是现时太阳系内行星际航行的主力。

实现方式：

重力助推法

在太阳系中，由于飞往内行星飞行器的轨道方向是朝向太阳的，所以其可以获得加速度；而飞往外行星的飞行器由于是背向太阳飞行的，故其速度会逐渐降低。

虽然内行星的轨道运行速度要比地球的快得多，但是飞往内行星的飞行器由于受到太阳引力作用而获得加速，其最终速度仍远高于目标行星的轨道运行速度。如果飞行器只是计划飞掠该内行星，就没有必要为飞行器降速。但是如果飞行器需要进入环该内行星的轨道，那么就必须通过某种机制为飞行器减速。

同样的道理，虽然外行星的轨道运行速度要低于地球，但是前往外行星的飞行器在受到太阳引力作用而逐渐减速之后，其最终速度将仍低于外行星的轨道运行速度，所以也必须通过某种机制为飞行器加速。同时，为飞行器加速还能够减少飞行所耗时间。

使用火箭助推是为飞行器加减速的重要方法之一，但火箭助推需要燃料，燃料具有重量，而即使是增加很少量的负载也必须考虑使用更大的火箭引擎将飞行器推出地球。因为火箭引擎的抬升效果不仅要考虑所增加负载的重量，也必须考虑助推这部分增加的负载质量所需的燃料的重量。故而火箭的抬升功率必须随着负载重量的增加而呈指数增加。

而使用重力助推法，则飞行器无须携带额外的燃料就可实现加减速。此外，条件适宜的情况下，大气制动也可用来实现飞行器的减速。如果可能，两种方法可以结合使用，以最大限度节省燃料。

例如，在信使号计划中，科学家们即试用了重力助推法为这艘前往水星的飞行器进行减速，不过由于水星基本上不存在大气，所以无法使用大气制动来为飞行器减速。

霍曼转移轨道

霍曼转移轨道是一种变换太空船轨道的方法，途中只需两次引擎推进，相对节省燃料。

飞往火星和金星的飞行器一般使用霍曼转移轨道法，该轨道呈椭圆形，其开始一端与地球相切，末尾一端与目标行星相切。该方法所消耗的燃料得到尽可能的缩减，但是速度较慢。

大气制动

大气制动是一种太空船使用目标星球的大气层来减速。阿波罗计划返回地球的太空船没有进入地球轨道，以弧形的垂直下降通过地球大气层来降低太空船速度，直到降落伞系统可以顺利展开。大气制动不需要的浓厚大气，大多数火星登陆器都使用该技术。

大气制动的动能转换成热量，因此太空船需要防热结构，以防止太空船被燃烧。

核热火箭

核热火箭和太阳热能火箭通常使用氢气，并加热到很高的温度，然后通过火箭喷管产生推力。

美国原子能委员会和 NASA 曾发展 NERVA 计划，论证了核热力火箭可以成为太空探索的一项可靠的工具。在 1968 年底，SNPO 测试完成最新型号的 NERVA 引擎——NRX/XE 后，认为 NERVA 可以用于载人火星任务。尽管 NERVA 引擎在测试后已经被认为可以胜任飞行任务，而且引擎也正准备整合入宇航器中，但在最终飞往火星的梦想实现前被尼克松政府取消。

NERVA 曾被 AEC、SNPO 和 NASA 寄予厚望，而实际上，整个项目的成就也达到甚至超过它原先的目标。NERVA 最主要的任务是"为太空任务提供核动力推进系统的科技基础"。

太阳帆

太阳帆使用巨大的薄膜镜片，以太阳的辐射压作为太空船推进力。辐射压不仅非常小，而且与太阳距离的平方成反比，但不同于火箭的是，太阳帆不需要任何燃料。推进力虽然很小，但是只要太阳继续照耀着，太阳帆就能继续运作。

太阳能集热器、温度控制面板和阳光下的树荫都可以视为特殊的太阳帆，太阳帆可以帮助在轨道上的太空船调整飞行姿态或是对轨道做少量的修正而无须耗费燃料。

2010 年 5 月 21 日，由日本宇宙航空研究开发机构开发的试验性太空探测器"伊卡洛斯"（IKAROS），以日本的 H-IIA 火箭和破晓号金星气象卫星以及其他四个小卫星一起发射。伊卡洛斯号是世界第一个成功在行星际空间运作的太阳帆。

该方式亦可以用于恒星际旅行。

电力推进

电力推进系统使用外部电源，例如核反应堆或太阳能电池来发电，加速化学惰性推进剂速度，并超越化学火箭。电力推进驱动器会产生微弱的推力，并因此不适合快速机动探测或从行星的表面发射。但是电力推进可以保持数天或数周的连续发射。

空间电梯

空间电梯的概念最初在 1895 年由康斯坦丁·齐奥尔科夫斯基提出。随着近年纳米技术取得突破性进展，建造一部现实的空间电梯已经成为可能，预计其建造成本约 100 亿美元，远少于国际空间站或航天飞机的投资。

离子推进

离子发动机原理是先将气体电离，然后用电场力将带电的离子加速后喷出，以其反作用力推动火箭。这是已实用化的火箭技术中最为经济的一种，因为只要调整电场强度就可以调整推力，由于比冲（specific impulse）远大于现有的其他推进技术，因此只需少量的推进剂就可以达到很高的最终速度，而既然太空船本身不需要携带太多燃料，总重量大幅减少后就可以使用较小而经济的运载火箭，节省下来的燃料更是可观。

离子发动机缺点是推力很小，离子推进系统只能吹得动一张纸，无法使太空船脱离地表，而且即使在太空中也需要很长的时间进行加速。离子推力器只能应用于真空的环境中。在经过很长时间的持续推进后，将会获得比化学推进快很多的速度，这使得离子推力器被用在远距离的航行中。

恒星际旅行

恒星际旅行，是一个指在恒星或行星系统之间进行假想性的载人或无人太空旅行。恒星际旅行的难度是远高于行星际航行的；太阳系以内的行星间的距离不多于 30 个天文单位，而恒星间的距离却往往是以百上千个天文单位计，而且多是以光年为单位。由于恒星间相隔藐远，恒星际旅行速度需要达到光速的一个相当高的百分比，且需要很长的时间。

人类现时的太空船推进技术仍未能满足恒星际旅行所需的速度。即使具备假想性的能达到效率的推进系统，所需的动能对于当今的能量生产标准依然是巨大的。此外，航天器与宇宙尘埃和气体的碰撞可以对乘客和航天器本身造成危险的影响。

现时，人们已经提出了诸多策略来实现恒星际旅行，其中有携带整个生态系统的巨型架构，以至到微细的空间探测器等。人们又提出了许多不同的航天器推进系统，以满足航天器所需的速度，其中包括了核动力推进，射束供能推进和其他基于推测性物理学的方法。

无论是载人或无人星际旅行，都需要满足相当大的技术和经济挑战。即使是对于星际旅行最乐观的看法，都认为恒星际旅行只能在几十年甚至几百年后才可行。然而，尽管有挑战，如果恒星际旅行能够实现，那么将会带来极大的科学收益。

建议方式：

慢速无人探测器

巨大的宇航器虽然可行但推进成本现实上是不可承受的，极微观尺度的纳米级推进器可能可以用来建造光速太空船。美国密歇根大学的研究人员正在开发纳米粒子作为推进剂推进器，这种技术被称为"纳米粒子场提取推进器"。

理论物理学家加来道雄曾建议发射"智能尘埃"至太空，随着纳米技术的进步可能实现。加来道雄还注意到纳米探针将需要遭遇磁场、陨石和其他危险，所以需要发射大量纳米探针，以确保至少一个可以顺利到达目的地。

纳米探测器：

世代飞船

世代飞船是一种星际方舟，到达目的地后，人类将是那些开始星际旅行的人类后裔。因为规模巨大、生物和社会学的问题，建造世代飞船尚不可行。

冬眠飞船

暂停生命。科学家已经提出各种暂停生命技术，包括人类冬眠和人体冷冻技术。这些技术提供飞船可以持续长时间星际旅行的可能性。

冷冻胚胎

机器人携带冻结早期人类胚胎是另一种可能性的星际旅行。太空移民需要人造子宫，适合人类居住的类地行星，教育机器人将会把人类文明传承下去。

理论推进方式：

等离子推进器

等离子推进发动机（Plasma propulsion engine）的较狭义定义是以推进剂（为等离子体）中的电流或电位来加速推进剂，即不单独用电场加速推进剂者。与其区别的离子推进器则是使用高压电网或电极来加速推进剂。

核脉冲推进

核脉冲推进是使用核爆做推力的技术。最早提出的计划是

DARPA 的"猎户座计划"，1957 年由斯塔尼斯拉夫·马尔钦·乌拉姆提议。以惯性约束聚变为起点的新提议有著名代达罗斯计划和远射计划（Project Longshot）。核脉冲推进器是以塑性核弹在运载器后爆炸产生极高比冲和极高推重比，此研究方向在当前没有技术瓶颈。

核聚变火箭

核聚变火箭是一种以核聚变能量作为推动力的火箭。它能够提供有效率且长程的太空推进力从而减少燃料携带量。在未来更复杂的磁性限制以及防止等离子不稳的控制方法问世后，较小的轻型核聚变反应堆就有可能发明出来。惯性局限融合技术可以成为轻量化且有力的替代选择。

对于太空航行来说，核聚变推进主要的优点是它有极高的比冲量，主要的可能缺点则是反应堆庞大的质量。然而，核聚变火箭会产生比核裂变火箭更少的放射线因此可以减少防护需求。

反物质推进

反物质火箭将比其他任何火箭提供更高的能量密度和比冲。如果可以发明高效的反物质生产方法，并安全存储，反物质火箭理论上可能达到光速的百分之几十。反物质推进可以让太空船以极高速度前进，如此一来相对论导致的时间扩张将变得更明显。

生产和储存反物质应该可行。但是反物质湮灭将损失大部分能量，产生高能伽马射线，特别是中微子。

巴萨德冲压发动机

巴萨德冲压发动机是 1960 年代物理学家罗伯特·巴萨德（Robert W. Bussard）所构想的一种理论航天器推进设计。这种推进器是一种核聚变冲压发动机，它利用巨大的电磁场（直径从数公里至数千公里不等）作为漏斗来收集并压缩星际物质中的氢，飞行器的高速运转将待反应物质强迫推入磁场中，直到压缩的程度到达足以发生核聚变。物质转变之后产生的巨大能量透过磁场导引至发动机的排气方向（其方向与预计的行进方向颠倒），并透过反作用力的原理推进飞行器加速前进，从而达到星际飞行的目的。

阿库别瑞引擎

阿库别瑞引擎是一项推敲性的时空数学模型，可以仿造出科幻小说或电影中星际旅行里的作为跨星际的超光速航行的工具。

阿库别瑞引擎遵守广义相对论中爱因斯坦方程式，在该范畴下建立出一项特别的时空度规。物理学家米给尔·阿库别瑞于1994年提出了波动方式展延空间，导致航行器前方的空间收缩而后方的空间扩张，前后所连成的轴向即为船想要航行的方向。船在一个区间内乘着波动前进，这区间称为"曲速泡"，是一段平直时空。既然船在泡泡内并不真的在移动，而是由"泡泡"带着船走，广义相对论中对于物体速度不可超过局域光速的限制就派不上用场。虽然阿库别瑞提出的度规在数学上是可行的（符合爱因斯坦的场域等式），但其计算结果可能没有物理学上的意义，也不一定表示真的能够建造这种装置。阿库别瑞引擎的假想机制暗示了负的能量密度，因此需要奇异物质才能使用。所以如果正确性质的奇异物质并不存在，则阿库别瑞引擎就不能被建造出来。然而，在当初发表的论文上，阿库别瑞接着一段物理学家分析虫洞旅行的论述之后声称，两个平行的板子之间产生的卡西米尔真空可以满足阿库别瑞引擎的负能量需求。另一个问题是，虽然阿库别瑞度规没有违反广义相对论，但广义相对论并没有包含量子力学的机制。一些科学家因此认为，阿库别瑞引擎理论上允许回到过去的时间旅行，虽然广义相对论理论上也允许回到过去的时间旅行，但结合了量子力学和广义相对论的量子引力理论指出这种时间旅行是不可能的，因此他们否定阿库别瑞引擎的可能性。

虫洞

虫洞，或称为爱因斯坦－罗森桥，是连接着时空两个区域的通道。如果将太空船沿着旋转黑洞的旋转轴心发射进入，理论上是可以熬过中心的重力场，并进入镜射宇宙。

相关计划：

突破摄星

突破摄星是由突破计划提出的太空探索项目，旨在研发名为"星片"（Star Chip）的太阳帆飞行器，以期能以五分之一光速（每秒六万千米）、经过约 20 年的航行时间抵达南门二系统，并在到达后再经过约 4 年的时间向地球传回信息。

物理学家斯蒂芬·霍金与投资人尤里·米尔纳于 2016 年 4 月 12 日在纽约共同宣布了该项目正式启动。项目的初期投资为一亿美元。米尔纳预计整个项目最终耗资可达五十亿至一百亿美元。

代达罗斯计划

代达罗斯计划是英国星际协会在 1973—1978 年之间倡导的研究计划，考虑使用无人太空船对另一个恒星系统进行快速的探测。当时希望研究出核动力引擎作为宇宙飞船的动力，并以此前往六光年之遥的巴纳德星。

百年星舰

百年星舰是美国国防高等研究计划署（DARPA）与美国航空航天局（NASA）合作的一项星际旅行计划。该计划于 2012 年 1 月启动，目标是未来一百年内使人类能够进行恒星际旅行。

外星人

外星人是人类对假象中的地球以外类人生命的统称。

古今中外一直有关于外星人的遐想，但现今人类还无法实际探查是否有外星人存在。虽然一直以来，很多人声称自己见证外星人造访地球，甚至与自己发生接触，但是大多数学者专家相信，人类与外星人所谓不同程度的接触，其实都是心理作用。人类发现"外星人"的机会很小，即使发现有外星人的存在，也几乎很难与他们发生任何接触。

在过去 50 年的搜寻中，天文学家并没有发现任何外星人的确凿线索。但是从理论上说，宇宙中存在其他智慧生物几乎是必然的。

截至 2015 年，科学界一般认为"生命只会出现在能发出光和热的恒星周围的行星上，但并非所有恒星都必然带有行星"。星云说认为，恒星是从自转着的原始星云收缩形成的。收缩时因角动量守恒使转动加快，又因离心力的作用星云逐渐变为扁平状。当中心温度达 700 万摄氏度时出现由氢转变为氦的热核反应，恒星就诞生了。它的外围部分物质在这过程中会凝聚成几个小的天体——行星。

星际航行

对于恒星之间的星际航行，科学家已经设想了许多种技术方案。首要问题是速度——起码要有光速的十分之一，通往最近恒星的宇宙航行才有现实意义，否则，航程持续亿万斯年，谁能胜任？而要速度就要有惊人的能源才能将宇宙飞船逐渐加速到足够的巡航速度。美、英科研机构在这方面有大量研究成果和方案，比如"猎户座工程""戴森火箭（美国）""戴达洛斯工程（英国）"，设想利用核爆炸、核聚变等方式推进火箭。还有设想用反物质来推进火箭的方案。如果存在高度智慧的外星生物，他们可能有别的想法，也许他们认为和一个陌生文明（哪怕文明程度比他们还很低）轻率交往是危险的；也许他们认为地球文明还太低级，根本不值得与之交往——打个比方，人类中会有几个人想要和一群蚂蚁交往或交流思想？就是说：高度发达的文明是否会愿意与低级文明交往？

　　弗里曼·戴森早在 1960 年就提出一种理论，即所谓"戴森球"。他认为，地球这样的行星本身蕴藏的能源是非常有限的，远远不足以支撑其上的文明发展到高级阶段；而一个恒星—行星系统中，绝大部分能源来自恒星的辐射，但都被浪费掉了，目前太阳系各行星只接收了太阳辐射能量的 1/109。戴森认为，一个高度发达的文明必然有能力将太阳用一个巨大的球状结构包围起来，使得太阳的大部分辐射能量被截获，只有这样才可以长期支持这个文明，使其发展到足够的高度。戴森所设想的这种可以包围恒星的球状结构被称为"戴森球"。此想象力天马行空。

　　为丰富大学生的课余生活，英才学院特举行文艺沙龙等活动：

　　文学。中国文学至高理想：唤醒沉睡的人生，唤醒人类的写作才华，具有强烈的理想主义倾向，活着为了改变世界。文学杰作标准：秉天地之灵气、沐日月之精华、吸山川之毓秀，海纳百川孕育而成，开阔视野、扩大知识面。打通写作和人文主义理想"最后一公里"。

　　读中国和世界经典名著懂得：读书人宗旨不是为了做官和养家糊口那么简单，而是为天地立心，为生民立命，为往圣继绝学，为万世开太平！读书人在解决好自身生存条件后，还要想到国家、想到民族、想到世界、想到宇宙，为人类做出力所能及的贡献，只有这样人类文明火种才能薪火传承，永恒不灭……

　　书法。天下第一楷书：《九成宫》（欧阳询），楷书四大家其三：柳公权《玄秘塔》、颜真卿《勤礼碑》《多宝塔》、赵孟頫《胆巴碑》；行书：天下第一行书《兰亭序》（王羲之）、天下第二行书《祭侄稿》（颜真卿）、天下第三行书《寒食帖》（苏轼），行书入门《圣教序》（唐代，怀仁）；草书：天下第一草书《自叙帖》（怀素），还有孙过庭《书谱》、张旭狂草《古诗四帖》、王羲之草书《十七帖》、智永草书、王铎草书、林散之草书等。王羲之的"兰亭"笔法：飘若浮云，矫若惊龙；龙跳天门，虎卧凤阙；清风出袖，明月入怀。欧阳询的字体：刚劲清秀，险绝瘦峻。"如金刚瞋目，力士挥拳"可以是颜真卿式的情怀感情宣泄：雄强博大、大气磅礴、溢满盛唐气象！文徵明日书万字，王羲之"清池变墨池"，王献之写尽"十八缸水"，赵孟頫把"天下第一行书"《兰亭序》临写一万遍。"宋四家"之一北宋著名书法家黄庭坚的手书作品《砥柱铭》，是散落民间的最重要的书法瑰宝之一。这幅手卷长达 11 米，画心长 8 米，抄录魏征《砥柱铭》作品，计 82 行 407 字。2010 年保利春拍上，以 4.368 亿元的天价成交，创造了当时中国书画拍卖史新纪录，同时也打破了中国艺术品的世界拍卖纪录。中国书法大家像雨后春笋崛地而起。如东晋王羲之、王献之，唐代欧阳询、颜真卿、柳公权、张旭、怀素，元代赵孟頫等，群星璀璨，在中国书法的天空中永远闪耀！"颜筋柳骨"，"环肥燕瘦"，"颠张醉素"各有所长。古人论书法时说："藏锋的包其气，露锋的纵其神"；现代的人说："善藏锋者"与"善露锋者"皆成大器！不朽的名字，不朽的书法作品，万古流芳，永垂青史！

绘画。欣赏画中"兰亭"：《富春山居图》《清明上河图》《千里江山图》，世界名画：《最后的晚餐》和《蒙娜丽莎》永恒的微笑。

舞蹈。欣赏孔雀舞，芭蕾舞《天鹅湖》，舞蹈诗剧《只此青绿》。跳交谊舞、迪斯科、街舞、广场舞等。

电影。《西西里的美丽传说》（该片通过少年雷纳多的视角，讲述了二战时期的意大利西西里岛上的美丽少妇玛琳娜的故事），《星球大战》是美国导演乔治·卢卡斯所制作拍摄的一系列科幻电影。《长津湖》（以长津湖战役为背景，讲述了一个志愿军连队在极度严酷环境下坚守阵地、奋勇杀敌，为长津湖战役胜利做出重要贡献的感人故事）。

音乐。欣赏钢琴王子弹奏世界钢琴名曲：《蓝色多瑙河》《致爱丽丝》《悲怆奏鸣曲》《蓝色的爱》《天空之城》《天鹅湖》《杜鹃圆舞曲》《忧郁的爱》《梦中的鸟》《天使的祈祷》和李斯特超级名曲《英雄》；钢琴女神弹奏世界钢琴名曲：《爱的纪念》《梦中的婚礼》《秋日私语》《水边的阿狄丽娜》《梦幻曲》《雨的印记》《爱的协奏曲》。

军事俱乐部。作为未来军人懂得战争是政治的延续；真理在大炮射程之内；敢于亮剑；以战止战；知彼知己，百战不殆；不战而屈人之兵，善之善者也；不想当元帅的士兵，不是好士兵！

未来俱乐部。主要探究太空探索，星际旅游，寻找外星人，移民外星活动。

大学校园生活丰富多彩、有声有色、异彩纷呈。

院长周龙腾如在学院办公，放学钟声即将拉响，他都会站在学院正门看着大学生离校或去饭堂打饭。等到外宿大学生全部走出了学院大门他才回家，雷打不动，已成习惯。

……

第五章　科技救国

　　"周总，起床了！今天您要主持召开世界服装行业精英圆桌会议和世界智能机器人顶尖科学家见面会。"2122年3月8日（国际"三八"妇女节，俗称女神节）早上，贴身助手智能机器人"温柔小丫"燕语莺声地把天佑集团科技公司总裁周龙腾从酣睡中唤醒。

　　妇女能顶半边天。女孩子是世界的未来。

　　天地间的钟灵毓秀独钟情于女子。

　　昨晚，为庆祝国际"三八"妇女节，周龙腾在香江市最繁华商业圈自己公司门下的"天香国际大酒店"（七星级）设宴款待天佑公司总部工作的女职员工。他因公司业绩蒸蒸日上、利润不断攀升、公司员工爱岗敬业、上缴国税日益加多，一时高兴，在宴会上开怀畅饮，多饮了两杯"贵州茅台酒"和三杯"法国轩尼诗"，醉意蒙眬地回到"智能别墅"倒头便趴在床上酣然入梦。他梦见了周公，梦见了庄周与庄周化蝶，自己也变身一只七彩蝴蝶在百花丛中翩翩起舞。大哲学家尼采说过：每一个不曾起舞的日子，都是对生命的辜负！他要像白天鹅、劳斯莱斯车标"飞翔女神"和中国敦煌飞天一样与心目中的女神双双飞舞。梦中，他看见来自九天瑶池的七位仙女，身穿"无缝天衣"飘然下凡人间，在"天香湖"追逐打闹嬉戏；他看见自己公司汇集了世界顶尖大学一流科学家，"头脑风暴"研发的拳头产品"天衣"和能够与人脑对接的"世界顶级智能机器人"在国际市场上独树一帜。"天衣"模仿雄鹰翅膀仿造，伸缩自然，人类穿上"天衣"可以像苍鹰展翅飞翔，遨游太空，"可上九天揽月"；"世界顶级智能机器人"是在普通"机器人"基础上，几乎举全世界顶尖科学家之力科研攻关，革故鼎新，凝聚众多一流科学家辛勤汗水研发而成的新一代产品，有简单思维，能够做出"是与非"的判断，"可下五洋捉鳖"。

2020 年，美国举全国之力打压中国民营企业华为公司（总裁任正非），此一震惊世界的大事件充分说明：未来世界的竞争是科技的竞争、人才的竞争，归根结底是教育的竞争！三者辩证关系是科技离不开人才，人才离不开教育，教育是培养人才的摇篮。教育是民富国强的压舱石。一个国家的强大是从三尺讲坛启航的。得天下英才而教育之三乐也。梦中，他把祖父辈几代人积累的财富创办的英才学院打造成世界一流综合性大学。办学规模不断发展壮大。

办学宗旨：家国情怀，世界视野，宇宙意识，飞跃未来。办学方向：培养高、精、尖世界一流人才，出类拔萃，胸怀天下，具有伟大抱负和人文主义理想的政治精英以及培养多才多艺、能文能武的天才科学家、军事家、企业家等，为建设伟大中国、富强的世界添砖加瓦。校训：天下为公，自强不息，厚德载物。凤栖梧桐，良禽择木而栖。"英才学院"有中国的"哈佛"与"剑桥"美誉。天下才俊心驰神往，是求学圆梦的理想大学。"大学者，非谓有大楼之谓也，有大师之谓也。"（清华大学校长梅贻琦语）。学院汇聚天下之精英，众多大师云集，学院高薪聘请世界顶尖科学家、军事家、一流教授科研和执教，集天下之英才为我所用，也是人生一乐！

梦中，他仿效原阿里巴巴总裁马云，把祖父辈积累的财富建造的七星级酒店"天香国际大酒店"从人工管理全面升级改造为自动化的智能管理；把祖父辈几代人凝心聚力，用血汗打下的江山，几乎是"白手"兴家的基业天佑科技集团公司勇敢领进中国 500 强企业，勇敢闯进世界 500 强企业，与世界先进科技公司巅峰对决，领导世界先进科技潮流……不怕做不到，就怕想不到。伟大的科学家爱因斯坦说过：想象力比知识更重要！伟大哲学家帕斯卡尔说过：人是一根会思考的芦苇。人因思想而伟大！

梦中，一位神仙姐姐，小仙女一样的女神，拥有天仙颜值，穿着与天佑公司制造的"无缝天衣"高度吻合的"霓裳羽衣"，踏着七彩祥云飘然而至。女神如《诗经》中的"窈窕淑女"："巧笑倩兮，美目盼兮。"一顾倾人城，二顾倾人国，三顾倾天地；像曹子建心仪的洛神："翩若惊鸿，婉若游龙，荣曜秋菊，华茂春松。"似屈原高足宋玉描绘的神女："貌丰盈以庄姝兮，苞湿润之玉颜。眸子炯其精朗兮，瞭多美而可视，眉联娟以蛾扬兮，朱唇地其若丹。"仿佛戴望舒《雨巷》中的丁香姑娘："丁香一样的颜色，丁香一样的芬芳，丁香一样的忧愁，在雨中哀怨，哀怨又彷徨。"好比中央美院高才生对集"中国四大美人"优点于一身的女神的粗线条勾勒：柳眉杏眼，眼眸清澈得如长江源流，拥有沉鱼之容，落雁之姿，闭月之色，羞花之貌。女神含情脉脉，步履轻盈，徐徐向他走来。

中国有句俗语：一说曹操，曹操就到。周龙腾梦中女神——叶淑贞小姐姐一袭霓裳羽衣，似仙女下凡。她在周总智能别墅门前等候多时，担心周总昨晚贪杯醉酒误事，提前上门唤醒。叶淑贞，中国首都北京某世界一流大学世界经济管理博士研究生毕业，她没有接受身为香江市副市长的爸爸叶建平的善意安排，决心从基层做起，她选择了声名鹊起，最有发展前途的科技公司——天佑科技集团公司作为自己人生创业起点的第一站。有花自然香，花香蝶自来；是金子在哪里都会发光。她在公司名下"天衣"服装厂干起，任劳任怨、兢兢业业、勤勤恳恳，天仙颜值和智慧才华骄集一身，"天衣"服装厂全体职工一致赞誉她为"厂花"。叶淑贞表现出色，很快闯进天佑科技集团公司总裁周龙腾的视野。周总慧眼识珠，把她提拔到总公司担任秘书一职，为公司出谋划策，是总裁的得力助手，为公司发展劳心劳力，贡献青春、智慧和力量！

量子卫星手机不断闪烁着仙女一样的秘书叶淑贞的善意"催醒"信息。前有"温柔小丫"的"远山呼唤"，后有心仪女神、梦中情人叶淑贞"欲饮琵琶马上催"的善意唤醒。前者是人工智能机器人小姐姐"温柔小丫"，配以绝世容颜，魔鬼身材；后者是纯天然、没有半点杂质的大美女，是"厂花"、香江市"市花"，甚至是"国花"三者骄集一身的美人儿，是在天佑科技集团公司集万千宠爱于一身，像"娉娉袅袅十三余，豆蔻梢头二月初"的含春少女，是仿佛白雪公主再世的天佑科技集团公司的秘书叶淑贞小姐姐！婀娜多姿楚楚动人柔美身段，雍容典雅高贵气质。

两位深情呼唤，周龙腾有再多理由，就算是给"水缸"做胆，甚至是给"天"做胆，他都不敢赖床了。何况，他时刻牢记爸爸振聋发聩、语重心长、飞越时空的教诲。周龙腾，祖父起的名字，意谓东方巨龙在腾飞，兼有龙精虎猛、文武双全、奋发有为之意。在家尽孝、为国尽忠，是具有"家国情怀、世界视野、宇宙意识、飞跃未来"的国之栋梁。周龙腾有一个雷打不动的良好习惯：每天早上运动60分钟，长跑、做80个俯卧撑、练一套少林拳法、打打太极，精力充沛地开展一天的工作和学习。生命在于运动，运动有无限的好处。对于周龙腾来说，运动使他永远给人一种阳光帅气、朝气蓬勃、青春逼人、无穷魅力的感觉。运动之后，他感觉有使不完的劲、抒不完的情，气吞山河。中国太极动中取静、动静结合，在一动一静之中蕴藏移动群山的力量。当然，在狂风骤雨或者特殊的日子，他灵活改时，保证运动与日常生活两不误。

不过，"温柔小丫"的"温柔一刀"斩断了他的"情思"，打碎了他的"黄粱美梦"，"赶跑"了他的"梦中情人"，他有点心生怨恨，便言不由衷地说："该死的小丫，扰人清梦！"他很想揍"小丫"一顿。但是，自古好男儿不与女斗。何况"小丫"没有恶意，尽一个"仆人"的职责。小不忍则乱大谋。"以铜为鉴，可以正衣冠；以人为鉴，可以明得失；以史为鉴，可以知兴替。"唐朝的李世民面对魏征的三番四次犯颜直谏，他都想杀了这个"田舍翁"，后来都在深明大义、"母仪天下"的长孙皇后劝说下"忍"住了，开创了"贞观之治"，为后来的"大唐盛世"——"开元盛世"奠基，成为中国历史上的一代圣君。男子汉当以事业为重。男儿当自强。好男儿志在四方。正心、修身、齐家、治国、平天下。身为男儿胸怀天下才能治理天下。

周龙腾往往以英雄自许，以东方王子自居。他的群众口碑极好。他以"怜香惜玉"的英俊白马王子形象名震香江市。王子是诗意灵性的象征，是众星捧月的存在。市民盼星星盼月亮般盼望王子和灰姑娘的爱情故事早日上演。

早起的鸟儿有虫吃。周龙腾习惯地看了看表，时针指向清晨6点整。他一个鲤鱼打挺，一骨碌翻身滚下"席梦思"床，伸伸懒腰，接着麻利地完成"漱口、洗脸、解手"等一系列动作，马不停蹄地穿上"天衣"运动服、运动鞋，手捧昨晚准备在3月8日送给女神女秘书叶淑贞的999朵英国红玫瑰，神采奕奕、英气勃勃，动作矫健地打开智能别墅大门。因手捧鲜花，把秘书叶淑贞吓了一大跳。待她清醒过来，周总已把999朵玫瑰递到她手中。只听周总极富磁性的男中音说道："女神节日快乐！我外出晨运一会儿。""好的，周总，快去快回！"接过鲜花的神仙姐姐叶淑贞激动地说。

别过女神，周龙腾大步流星地迅速奔向沿江路，开始长跑。宽阔的香江河，河水清澈，河面上一朵朵浪花追逐打闹，欢快跳跃着，寂静的清晨可以听见"哗哗哗"的逐浪声。河两岸绿树成荫、鸟语花香。环境清新幽美，周龙腾心旷神怡。因有美人在"幸福城堡"（智能别墅）等待，正是人逢喜事精神爽，他不由得加快了脚步，像骏马一样飞驰，把一棵棵紫荆花、一棵棵高大挺拔的白桦树远远甩在了后面。江岸上，一排排青青的翠竹在微风吹拂下，似乎在向他招手；树上美丽的鸟儿好像为他歌唱。此处山环水绕，空气格外清新。能够在清晨 6 点起床并参加晨运的人不多。偶尔遇见同样喜欢跑步的青年或老人家，他都扬扬右手，以示打招呼。让身体野蛮地生长，健康的生活，诗意地栖居，与公主幸福地生活在城堡里，生儿育女，长相厮守，地老天荒，这是周龙腾一生追求的"乌托邦"，一生一世梦寐以求的理想生活，幸福浪漫、诗意飞扬的理想世界。这也许是人类社会人人向往的：从自由王国向必然王国的飞跃，人人过着丰衣足食的生活。

很快，汗流浃背、自我感觉十分惬意的周龙腾以伟岸矫健英姿，流星一样回到智能别墅，一进大门，他迫不及待与神仙姐姐叶淑贞说："女神，对不起，让你一个人独守闺房，失敬！失敬！"（注：此时周龙腾父母和姐姐参加"八十天环游地球"，参观罗马斗兽场，埃及"金字塔"等，还没有回家。）"哪里，哪里，我有'温柔小丫'陪伴，岂能说独守空房呢？何况，我正好利用这段时间整理出席'两场会议'的资料。没事，没事！"秘书叶淑贞温柔地说。女神有如天籁的声音，似乎令漫天冰雪都会融化。一个西装笔挺、皮鞋闪亮的英伟总裁形象出现在神仙姐姐小叶面前。女神小叶眼前一亮、心头一震，白色城堡王子与公主幸福的生活，她脑海闪亮着这些浪漫情怀，两朵红云飞上脸额，如"清水出芙蓉"，娇姿欲滴。很快，"温柔小丫"精心准备的丰盛的中西式混合早餐摆上了"云南大理石"构建的餐桌上面。只见桌面上摆放的有：牛奶、鸡蛋、面包、紫薯、花生、玉米、香芋、牛排、马蹄糕、萝卜糕、凤爪、猪手、煎饺、牛肉丸、虾饺、肠粉、清蒸排骨、咸水角、状元及第粥等"山珍海味"。颇有点绅士风度的周龙腾首先把精美点心放进女神小叶的碗里，然后自个儿狼吞虎咽、风卷残云地大口嚼食，如此"狼狈"吃相令神仙姐姐小叶瞪大了好奇的眼睛，惊讶得合不拢嘴。她惊奇又以不失幽默的口吻说："周总，我今天才有惊人发现，您是'三国'大'饿（卧）龙'诸葛亮再世，《西游记》里生吞人参果，海量大如牛的猪八戒也甘拜下风，甘当小弟，称您为'大哥哥'。"

"女神嘴下留情。傻哥哥的我真的饿坏了。有怪莫怪，清平世界。'两场会议'在即，时间就是速度！时间就是金钱！时间就是生命！时间就是效率！佛家弟子云：酒肉穿肠过，我佛心中留！罪过！罪过！失礼！失礼！"周龙腾见"龙卷风"一样的吃相吓着女神，慌忙掩饰说。他随后吩咐"温柔小丫"打开停车房，让世界顶级无人驾驶小车自动行驶至大门等候。不多时，一辆如天鹅般洁白的世界顶级无人驾驶轿车缓缓自动行驶至门前。

风度翩翩的周龙腾十分有礼貌且毕恭毕敬地让女神女士小叶姐姐先上车，自己殿后。他用遥控器设计了"起止"路线：天星雅苑（智能别墅名称）——英才学院。无人驾驶轿车缓缓驶出别墅花园之后，在笔直的高速公路上策马狂奔。

望着手捧999朵红玫瑰，人比花娇的女神小叶，周龙腾内心似翻江倒海，热血沸腾，又像倒了"五味瓶"，酸、甜、苦、辣、咸五味杂陈。他像骑士唐吉·诃德"大战风车"的勇猛向女神小叶发起"地动山摇"的攻势。神仙姐姐小叶不主动不反对。"敌军围困万千重，我自岿然不动！"落花有意，流水无情。襄王有梦，神女无心。周龙腾似中国《诗经》"静女"一诗的小伙子，抓耳挠腮，像热锅上的蚂蚁，急得团团转。女神小叶天使的容颜，极品美女形象在他的心田悄悄地扎根、悄悄地萌芽、悄悄地开花，他的终极梦想就是悄悄地结果。只是，一切似乎有天意。一切似乎上天早有安排。谋事在人，成事在天。

无人驾驶小车向着"两场会议"地址，建于崇山峻岭的"英才学院"的高速路上奔驰。周龙腾忘不了留意每一个细节，抓住俘获女神的每一个机会，于是，他与自己"心动女生"小叶打情骂俏。他高屋建瓴地侃侃而谈，诙谐幽默地说："中国从前古老的书有寓言'叶公好龙'之说，我看，科技发达的当代应该有新的寓言'叶妹好龙'诞生（寓意：叶淑贞喜欢爱上周龙腾）。""龙生龙，凤生凤，老鼠孩子会打洞。周公后人爱做梦！傻哥哥周总在痴人说梦！"冰雪聪明的小叶马上明白周龙腾的话中话，然后很委婉地回敬说。

"小叶小仙女，小姐姐，小妹妹，我会好好表现，令你开心、令你快乐，令你爱上我的！自古美人爱英雄。我会带领公司闯进中国500强，将来甚至挺进世界500强的！成功的男人背后往往有一个温柔贤惠的女人。小叶小妹妹，你不要嫁给别人，你要嫁给我！你就屈尊降贵，做天佑公司的'压寨'夫人吧！我会使你成为世界上最幸福的女人！"周总不顾及别人感受的大胆爱情宣言、爱情告白令女神小叶有点吃惊和措手不及，又有点委屈，脸上红云朵朵。她喜欢两情相悦、心心相印、男女平等的爱情，不喜欢居高临下逼人就范的恋爱态度。于是，她狠狠回击："傻哥哥周总今天吃错药，真的傻了。口出狂言不知羞！蛮不讲理！真的是网上说的'霸道总裁'！谁说我爱上你了？谁说我会嫁给你？我心中的白马王子是……"说着说着，小叶心情激动，说不出话。乌黑亮泽、会说话的一双星眼溢出了几朵泪花。面对梨花带雨的女孩，周总慌了手脚，无言以对。暂时关闭了话匣子。小车继续在崇山峻岭中穿梭飞驰。此时无声有声，周总和小叶默不作声，两人内心却似翻江倒海。

女人心，海底针。周龙腾是以英雄自许的青年才俊，众多女粉丝心目中的"白马王子""霸道总裁"，他读懂了神仙姐姐叶淑贞的少女心了吗？

男人征服世界征服女人，女人征服男人征服世界！问世间情为何物，直教人生死相许？

接受过高等教育、人文主义理想教育的周龙腾，继承祖父辈遗志，肩负起承前启后、继往开来、重整乾坤、重振家园、光宗耀祖的重任，有着与众不同的世界观、人生观、价值观。他受中华文化和西方思想影响，言行举止标新立异，是国家栋梁、一代才俊，是主张"科技救国""科技强军""教育救国"的实践者。"英才自古出少年"，大学毕业，年轻有为，担任天佑科技集团公司总裁一职，思想意识超前，"任凭风浪起，稳坐钓鱼台"。左右逢源应对国际风云变幻，是时代的明镜、人伦的懿范，国家所瞩望的一朵娇花、世界注目的中心。

男大当婚，女大当嫁。当到达谈婚论嫁的年龄，他心目中有一个完美的"女神"。他的脑海里闪现中国古诗词的爱情美学：中国古老的《诗经》："死生契阔，与子成说。执子之手，与子偕老。"《无名氏》："上邪！我欲与君相知，长命无绝衰。山无棱，江水为竭，冬雷震震，夏雨雪，天地合，乃敢与君绝！"司马相如《凤求凰》："有一美人兮，见之不忘；一日不见兮，思之如狂。"李之仪《卜算子》："我住长江头，君住长江尾。日日思君不见君，共饮长江水。此水几时休？此恨何时已？只愿君心似我心，定不负相思意。"白居易《长恨歌》："在天愿作比翼鸟，在地愿为连理枝。天长地久有时尽，此恨绵绵无绝期。"元稹《离思》："曾经沧海难为水，除却巫山不是云。取次花丛懒回顾，半缘修道半缘君。"李商隐《锦瑟》："此情可待成追忆，只是当时已惘然。"柳永《蝶恋花》："衣带渐宽终不悔，为伊消得人憔悴。"李清照《点绛唇·蹴罢秋千》："和羞走，倚门回首，却把青梅嗅。"王雱《眼儿媚·杨柳丝丝弄轻柔》："相思只在：丁香枝上，豆蔻梢头。"陆游《钗头凤·红酥手》："山盟虽在，锦书难托。莫莫莫。"辛弃疾《青玉案·元夕》："众里寻他千百度。蓦然回首，那人却在，灯火阑珊处。"欧阳修《玉楼春》："人生自是有情痴，此恨不关风与月！"欧阳修《生查子·元夕》："月上柳梢头，人约黄昏后。"晏殊《玉楼春·春恨》："天涯地角有穷时，只有相思无尽处。"苏轼《江城子》："十年生死两茫茫，不思量，自难忘。"苏小妹打油诗："去年一滴相思泪，至今流不到腮边。"秦观《春日》："有情芍药含春泪，无力蔷薇卧晓枝。"秦观《鹊桥仙·纤云弄巧》："两情若是久长时，又岂在朝朝暮暮。"鱼玄机《江陵愁望寄子安》："忆君心似西江水，日夜东流无歇时。"张先《千秋岁》："天不老，情难绝。心似双丝网，中有千千结。"纳兰性德《木兰词》："人生若只如初见，何事秋风悲画扇。"管道升《我侬词》："你侬我侬，忒煞情多；情多处，热如火；把一块泥，捻一个你，塑一个我，将咱两个，一齐打碎，用水调和；再捻一个你，再塑一个我。我泥中有你，你泥中有我；与你生同一个衾，死同一个椁。"曹雪芹："滴不尽相思血泪抛红豆，开不完春柳春花满画楼。""都道是金玉良姻，俺只念木石前盟。"……

中国的骚人墨客，几乎览遍人间春色，写尽千古风流！少女情怀都是诗！诗意美的爱情，世间千古绝唱！哪个妙龄少女不善藏春？哪个青年男子不善钟情？

中国古代社会大多是褒男贬女、重男轻女、男尊女卑的思想。科技飞跃发展的当代社会，此风不可长。妇女能顶半边天。男女平等。巾帼不让须眉！男孩子能够做到的事女孩子也能够做到！女孩子是世界的未来！人类的母亲！国家的基石！

风华绝代、国色天香的女子是世界上最美的诗、最漂亮的画，是夜空中最亮的星！

寻寻觅觅，已过而立之年的周龙腾一直在诗意地寻找、在等待心中的女神出现。他恨不得坐上"时光机"穿越时空，寻找最美的"诗"、最美的"画"、最亮的"星"！突然，仿佛天空中一道强烈的闪电，击中了他对美好爱情梦寐以求的心房，女神叶淑贞似仙女般从天而降，令他心灵无比震撼！小叶妹妹就是他一生一世寻找的世界上最美的"诗"、最美的"画"、最亮的"星"！他最担心的是襄王有梦，神女无心。落花有意随流水，流水无心恋落花。

"清水出芙蓉，天然去雕饰"的女神小叶会把橄榄枝伸向谁？绣球抛给谁呢？远的一点说法是：苹果砸中谁，幸运之神光顾谁。万分之一的概率，一切都是未知数。

神仙姐姐少女心难以捉摸。英俊潇洒的周龙腾勇敢迈出第一步，大胆追求女神叶淑贞神仙姐姐。伟岸英挺的周龙腾，身上不乏留有祖父辈勇敢、勤劳、正义、爱国、善良等优秀的遗传基因：远古祖先是一国之君，在中原一带建都（丰京）立国，上马能够打江山定天下，下马能够治国家安社稷。中国历史上的一代明君。演绎《周易》，中国圣人孔夫子称其为"三代之英"。英风伟烈，浩气长存！永垂史册！时光较近的祖先曾担任过宋朝宰相和枢密使一职，主管全国军事，大有功德于国家，是文能治国、武能兴邦、功盖社稷、誉满天下的非凡人物。

天下安，注意相；天下危，注意将。——司马光《资治通鉴》。

强烈共鸣！

后代子孙者，有治理中国英州，政绩卓著、青史留名、流芳百世、万民敬仰、日月同辉、天地并存。

周龙腾是世界上最能爱、最能恨、最侠骨柔情的男子汉大丈夫，是头顶青天、脚踏大地的英雄！"力拔山兮气盖世，时不利兮骓不逝。"顶天立地，伟岸英风，气壮山河！他永远记住大学时代，主讲外国文学的许俊杰教授说是只可意会不可言传的玄之又玄的"秘而不传"的"追女孩真经"："胆大、心细、脸皮厚！"

他从小学文。如果不是实现实业救国的理想，他就会是一个"文青"，当一名记者或专业作家。他从小就览阅过中国"四书""五经"、中国"四大名著"、外国"十大名著"等，他几乎读尽天下书，览遍九州之赋，吟通海内之诗。他曾有过这样的梦想：阅尽人间春色，写尽千古风流。

他从小习武。精通十八般武艺，一套少林拳法驾轻就熟，飞花逐蝶，令父老乡亲大开眼界，赢得满堂喝彩！讲"十三棍僧救唐王"的故事头头是道。他练就一身非凡的功夫。刀山火海，他敢上；地雷阵，万丈深渊，他敢闯，并且毫不畏惧！真正的热血男儿伟丈夫！世界第一兵书《孙子兵法》之《孙子兵法·谋攻篇》云："知彼知己，百战不殆。"简而言之：知己知彼，百战百胜！其《谋攻》篇又云："百战百胜，非善之善者也；不战而屈人之兵，善之善者也。"《孙子·虚实篇》云："夫兵形象水，水之形，避高而趋下；兵之形，避实而击虚。水因地而制流，兵因敌而制胜。故兵无常势，水无常形；能因敌变化而取胜者，谓之神。"商场、情场如战场。自幼熟读兵书《孙子兵法》《孙膑兵法》《战争论》等的周龙腾，绞尽脑汁，想尽千方百计打赢商场、情场两场战役。兵无常势，水无常形。识时务者为俊杰。如何把公司挺进中国 500 强甚至世界 500 强，怎样赢得女神少女的芳心，英雄尽抱美人归？此非有志者不能为！需竭尽洪荒之力而为之！……

周龙腾博士从科技公司回到英才学院院长办公室，习惯喝点绿茶、处理公务、看看新闻、看看军事杂志，看看世界科技动态、看看世界经典小说。他把目光定格在中国作家一篇网红小说《天局》：

天 局

布 局

"局长，我的闺女被天河学院墨非副院长骚扰，请严惩！"小倩爸爸张龙怒气冲冲地跑到天河公安局报案。"有证据吗？"天河公安局刑侦队长小马十分同情又十分关切地询问。"暂时没有，但你们公安局可派人查查天河学院的监控。"小倩爸爸余怒未消地说。

群众无小事，案情就是命令。天河公安局常胜局长听了刑警队长小马汇报后，立即打电话与天河学院党委书记王国栋同志沟通，他说会派出局里刑侦方面有一技之长且又精明能干的现任刑警队长的小马前往天河学院秘密调查，看能否搜集到有关墨非副院长非礼骚扰女大学生的犯罪证据。常局长此举一石二鸟，用心良苦。一是维护天河学院声誉，给足了王书记面子；二是不大张旗鼓调查，避免打草惊蛇。办事果断、雷厉风行的刑警队长小马接到常局长命令，驱车前往天河学院，迅速调取所有监控调查取证，结果令人大失所望。调查结果显示，只发现涉事的墨非副院长西装革履、衣冠楚楚，俨然正人君子，和天真无邪、欢蹦乱跳的小倩两人同进副院长办公室，其他很有价值的细节均看不见。这不能说明什么，也不能作为犯罪证据。法律讲究公平正义，法律面前人人平等，法律讲证据。证据不足，疑罪从无。

当今某些青年才俊怎么了？国家花费一大笔渗透人民血汗的金钱培养他们大学毕业，有些甚至是供他们硕士、博士研究生毕业，功成业就、成名成家、位高权重。可这些青年才俊中某些人就是忘记初衷、忘记使命，就是过不了"金钱关""美人关""权利关"，追名逐利、利欲熏心、贪财好色、腐化堕落，伸出可恶的黑手，蜕化变质成人民的公敌。终日过着灯红酒绿、纸醉金迷、夜夜笙歌的糜烂生活。

比如，被小倩爸爸张龙投诉到公安局的天河学院墨非副院长，已有多名家长来公安局报案，理由惊人一致：墨非副院长骚扰他们的"黄花闺女"。但因证据不足，公安局均没有立案。墨非副院长继续逍遥法外。

正义也许会迟到，但从来不会缺席！俗语云：善有善报，恶有恶报，不是不报，时辰未到。天网恢恢，疏而不漏，世界上最狡猾的老狐狸都是逃不过老猎手的手掌心的。老狐狸迟早都会露出尾巴，老猎手据蛛丝马迹一定会将其逮个正着。

小倩爸爸张龙眼巴巴盼望公安局早日破案，把犯罪分子绳之以法。可是过了一段时间，见公安局还是不动声色，不予立案，张龙沉默了。他看见自己的掌上明珠，心肝宝贝小倩，因受墨副院长骚扰后终日茶饭不思，精神恍恍惚惚，心里蒙上一层阴影，夜晚常常做噩梦，身子一天天消瘦。他看在眼里，痛在心上，决定不惜一切代价，动用所有人脉与社会关系，一定找到天河学院墨非副院长的犯罪证据，让公安机关早日将其绳之以法，以此伸张正义、为民除害。他不知从什么渠道听来一些小道消息，说天河学院墨非副院长是一个地地道道的贪财好色之徒，利用手中的大权、利用自己的官位，利用学院工程建设学院规划项目之机，大肆敛财；收受工程项目承包商给的"回扣"（好处费），与某些承包商出入夜总会与私人会所、娱乐场馆，沉迷酒色、醉生梦死。生活作风腐化堕落，夜夜笙歌，日日过着觥筹交错、灯红酒绿的奢侈糜烂生活。

小倩爸爸张龙"集思广益"，决定采用"美人计"和"请君入瓮"之策。他精心布局，花重金找来娱乐场馆"交际花"，人称美人陈圆圆再世的小美人"小圆圆"，一个芳龄18岁、正值青春妙龄的美少女作为"鱼饵"，吸引天河学院墨非副院长"上钩"。张龙事先在天河国际大酒店一间豪华客房布下"天罗地网"，他像个老渔夫，耐心等着胆包天的墨非副院长这条大鱼"上钩"；像个老猎手，屏声吸气地等着浑浑噩噩、醉意朦胧、不知死到临头的老狐狸墨副院长"入局"，让这名昏官踩"地雷阵"跌落"万丈深渊"。

英雄莫问出处，美人莫问归途。自小熟读《东周列国志》的小倩爸爸想不到历史上的"姜太公钓鱼"，勾践的"美人计"以这种方式在这种场合上演。

他决定会一会"美人计"中唱主角的"小圆圆"，小道消息传闻她是"万人迷""小仙女"。

百闻不如一见。在天河国际大酒店（五星级）一个独立套房，他会见了小圆圆。只见"小美人"小圆圆一双星眼迷离，但挡不住勾魂摄魄的魅力。穿一袭浅紫色细花吊带连衣裙，似敦煌飞天，如仙女下凡。她正值花季雨季梦季的年龄，青春逼人，婀娜多姿，体态曼妙，步履轻盈，真是"人见人爱，花见花开"，果然名不虚传。当然，她不属于"孤标傲世皆谁隐，一样花开为底迟"林黛玉式纯情女子。她似迷途羔羊，误入歧途，玩世不恭，游戏人生，成为出入娱乐场所逢场作戏、醉生梦死的女子。

张龙祈愿墨非副院长这条"大鱼"、新时代的"花花公子"，是"冲冠一怒为红颜"的吴三桂再世，是红颜祸水亡国之君吴王夫差再生。信奉"牡丹花下死，做鬼也风流"，拜倒在美人石榴裙下，为了美色，前面有"地雷阵""万丈深渊"也敢闯，敢上刀山下火海的墨非副院长，走进张龙布下的"天罗地网"，醉醺醺地步入张龙设置的"天局"。

天机不可泄露。天网已拉开，鱼饵已经撒下，鱼儿会上钩吗？张龙的心七上八下、忐忑不安，他耐心等着"老狐狸"墨非副院长这条"大鱼"入"网"。

江山易改，本性难移。日日醉生梦死、没有一天清醒过的墨非副院长在半梦半醒之中，瞅见一位亭亭玉立的青春妙龄美少女"小圆圆"，他不禁心头一震、眼前一亮，色心顿起，万万想不到背后一张"大网"等着他、"姜太公"等着他、"正义审判"等着他。他云里雾里、屁颠屁颠地欣然"入局"，踩向"地雷阵"，走向"万丈深渊"。

墨非副院长真的已病入膏肓、无药可救，虽神医扁鹊再世，但回天乏力！

冤有头，债有主。出来江湖混，迟早是要还的！小倩爸爸张龙采用"美人计"，得到了墨非副院长犯罪证据，无奈之下才出此策，这是没有办法的办法。谁叫墨非副院长违背初心、忘记使命，作恶多端、罪恶满盈。俗语云：多行不义必自毙。

迷　局

墨非春风得意，年轻有为，身居高位。他天河学院博士研究生毕业后留校任教，因精明干练、工作出色，兼之年富力强，学生时代担任过团委书记、学生会主席，根正苗红，引起了院方领导高度重视，他如坐火箭般得到重用提拔，连升三级，一跃成为人人羡慕不已的年轻副院长，主管学院的工程建设项目。

俗语云：常在河边走，哪有不湿鞋。金风熏得游人醉，酒不醉人人自醉，金钱是个好东西。耳濡目染，墨非副院长羡慕富商巨贾们衣香酒色生活。开始与承包商称兄道弟，官商勾结，沆瀣一气，忘记了初衷、使命与担当，过着灯红酒绿、追腥逐臭的糜烂生活，与家国情怀、人民期盼渐行渐远。

民谚：最狡猾的"老狐狸"也逃不过经验丰富的老猎手。

中央警校毕业，科班出身，在刑侦一线摸爬滚打了近三十年的老局长常胜剑眉怒目，不怒而威，目光炯炯有神，生在江南，却酷似一条山东汉子，身材魁梧、高大威猛、虎背熊腰、铁骨铮铮。下属钦佩其为人与办事作风，人人敬呼他为"老大哥"。犯罪分子见之则胆寒，闻之则风声鹤唳。他办事果断、行动迅速。与犯罪分子周旋时神出鬼没，犯罪分子往往丈二和尚摸不着头脑。抓捕犯罪分子迅雷不及掩耳，人称"雷神爷"局长。在中央警校读书时，最喜欢阅读《福尔摩斯探案集》，品味包青天和狄仁杰的破案经验，同学们戏称他为"小神探"。

作为天河公安局"掌门人"和"探长"的他，决定亲自出马，会一会天河学院的"高人"墨非副院长。为了不打草惊蛇，他不动声色地微服私访。常胜局长通过一些渠道、人脉及社会关系结识了一位与墨非副院长有密切来往的天河学院科技楼承包商关某。此君是洗脚上田不久的暴发户，言行举止粗野，常出入私人会所，酒量惊人，是江湖上有名气的"不倒翁"——关老板。常局长就请关老板做东道主，在天河国际大酒店设一席"鸿门宴"，招待有生意往来的各路"狐朋狗友"，邀请是重要角色的天河学院墨非副院长。常局长以一名普通生意人身份列席。接到邀请的墨副院长欣然前往。

在天河国际大酒店一间古色古香的豪华套房里，随着世界名曲《献给爱丽丝》响起，"饭局"拉开了序幕。宴会上，各路来宾觥筹交错，酒兴甚浓。三杯下肚，大家打开话盒子，畅所欲言，海阔天空，天南地北，无所不谈。有"猜枚"行酒令，有说"飞花令"的。来自"五湖四海"的来宾，文雅与粗俗，在"饭局"上纷纷粉墨登场，豪华套房立马变得乌烟瘴气。身着便衣的常局长默不作声，为了观察"猎物"墨非副院长，他以惊人的毅力适应环境，心中只有一个字"忍"。刚刚成了"暴发户"的关老板在江湖上以"老大哥"自居。他干咳了几声，用沙哑"豆沙喉"开始宣示他的"高见"。全场立即鸦雀无声，老大哥的地位真不是吹的。只听他说："在我们乡下男欢女爱最文雅的说法是'芭蕉叶上一条心，哥爱妹来妹爱哥'。"关老板此言一出，其众多粉丝马上随声附和，热烈鼓掌与喝彩。关老板江湖"老大哥"地位不言而喻。关老板一言九鼎、举足轻重，非浪得虚名。墨非副院长天生表演家，他不会放过任何一次表演自我的机会，他是要在众大款面前显露身手的，卖弄其"十八般武艺"成常态。目的证明他是文化人，是大学教授，出类拔萃、与众不同。只听他和颜悦色地说："形容男女结成秦晋之好，应该公正客观地说古人王实甫老先生在《西厢记》中说得最文雅、最含蓄、最有诗意。今人则不然，粗俗不堪、、浅陋之极。打油诗般直白如一杯白开水，淡而无味。"众人听后面面相觑。关老板听后一锤定音："高见。"常局长听后不动声色。

百闻不如一见，事实胜于雄辩。常局长惊讶于墨非副院长竟堕落至此。没有羞耻之心，毫无道德底线，随意对女人评头品足。"饭局"之后，众人前呼后拥地跟随关老板移至"天星"夜总会。墨非副院长一走进歌舞厅，马上左有"芙蓉"，右有"茉莉"，腿上再坐"夜来香"。拜金女飞蛾扑火、投怀送抱，以"英雄"自诩的墨非副院长自鸣得意，自认这是"英雄"尽抱美人归。不是耳闻目睹，单凭家长们一面之词，常局长是有一百个理由不相信的，青年才俊的形象在现实面前被残酷地击得粉碎！一个国家和人民用血汗钱培养出来的大学生，出来工作没几年，就腐化堕落到如此地步。常局长内心隐隐作痛，哀其不幸，怒其不争。他决定惩前毖后，治病救人；他决定敲山震虎，点醒"梦中人"："墨院长，听关老板说你是穷山沟里走出来的第一代大学生，是勇闯大山的男儿，不容易呀！父老乡亲都以你为荣，如果他们知道你现在当上副院长，取得骄人的成就，就更加感到骄傲吧！后生可畏、年轻有为、前程无量。你这样一位青年才俊，国之栋梁，为国效力，佩服佩服！不过，不要怪老人家多嘴，我是经常告诫今天的年轻人：在家尽孝，为国尽忠。感恩父母，关心妻儿。这是国家之幸、人民之福、家人之乐！如果像范仲淹那样'先天下之忧而忧，后天下之乐而乐'，就足可以是永留青史的人物了。"

"哪里，哪里。老板过誉了！今日之我已非昨日之我。今朝有酒今朝醉，明日愁来明日愁。酒里乾坤大，壶中日月长。老板失敬失敬！失陪失陪！"墨非副院长说完就被强拉硬扯、前呼后拥地去唱"情歌"，去行"酒令"了。

望着墨副院长醉醺醺远去的背影，常局长扼腕长叹：可惜！可惜！一代才俊，醉生梦死，堕落如斯，已病入膏肓，无药可救。

眼神迷离、精神恍惚、神志不清，没有一天清醒过的墨非副院长，以其昏昏，使人昭昭。德不配位，必有灾殃。如此昏官，执迷不悟，必受正义的审判！

如何挽救国家和人民用血汗钱培养出来特别是走向领导岗位不慎迷失方向的青年才俊，使他们悬崖勒马，不做金钱奴隶，不拜倒在石榴裙下，不做权钱、权色、钱色交易的牺牲品，使他们不忘初心，牢记使命，有责任、有担当、有家国情怀，使他们不想腐、不敢腐！如何彻底铲除滋生腐败的土壤，撤掉产生腐败的温床，常局长陷入沉思……

破　局

常胜局长决定杀一儆百、杀鸡儆猴，以儆效尤，以警醒、警戒身居一官半职的青年才俊或其他后来者不要重蹈覆辙，要警钟长鸣！不要像墨非副院长这些昏官腐败分子，做人毫无道德底线，没有羞耻之心，祸国殃民，钉在时代的耻辱柱上。成为过街老鼠，人人喊打。

天下兴亡，匹夫有责。有担当、有情怀、有责任、有本领的青年才俊，应该是常怀敬畏之心，人民至上、生命至上、国家至上，在家尽孝、为国尽忠，不想腐、不敢腐，扬正气清风，为中华民族伟大复兴的中国梦奉献青春、智慧和力量，让青春在祖国和人民最需要的地方绚丽绽放！

助人者，天佑之。皇天不负有心人，看似简单的案件有时候越是不简单。骚扰案件有点扑朔迷离。破案的突破口在哪里？常局长苦苦思索如何"破局"。他在公安局局长办公室来回踱步，用来提神的烟抽了一根又一根，醒神的英德红茶喝了一口又一口。就是理不出头绪，说不出所以然。无巧不成书。恰好此时，窗外在梧桐树上欢蹦乱跳的小鸟扑棱棱地飞走了。惊飞鸟儿的不是别人，正是小倩爸爸张龙，只见他匆匆忙忙，三步并作两步，大步流星，又有点上气不接下气地走进天河公安局，把墨非副院长的"犯罪证据"交到刑警队长小马手中，郑重地对马队长说："请把墨非副院长的犯罪证据转交常局长。"正是"踏破铁鞋无觅处，得来全不费工夫"，尽管老张交的"证据"有点……是墨非副院长"不仁"，休怪老张对其"不义"！是墨非副院长多行不义必自毙，罪有应得。

常局长派助手小林向天河人民检察院递交了天河学院墨非副院长的"犯罪证据"和部分学生家长控诉其骚扰他们女儿的书面材料。很快，一纸批文送达常局长手中。常局长命令刑警队长小马将墨副院长缉拿归案。

"坦白从宽，抗拒从严。"在天河公安局审讯室，墨非副院长偷偷看了一眼威武的审讯官，不看则已，一看惊出一身冷汗。他记忆的闸门一下子打开，在天河国际大酒店"饭局"上与他聊天的"老头子"不是别人，正是此位审讯官，天河公安局常胜局长。他第一感觉是自己玩大玩完了，遇见"高人"，撞着"克星"了。他

119

做贼心虚，心在颤抖，腿在发抖。他像倒卸螺蟹似的，向常局长交代了所有的犯罪事实。昔日高高在上的院长今日成为阶下囚，他低下了高昂的头颅。

犯罪分子被绳之以法，正义得到伸张，还被害人一个公道。这真是大快人心、普天同庆之事。

警钟长鸣，墨非副院长就是活生生的反面教材，警告身居高位的青年才俊或其他执法者或其他接班人，要不忘初心，牢记使命，全心全意为人民服务。一心为公，执政为民。明确一切权利来自人民、属于人民。人民至上，生命至上，"水能载舟，亦能覆舟。"为官一任，造福一方，泽及当地人民。为实现中华民族伟大复兴的中国梦贡献青春和力量！

心里一块大石头落了地，常局长几天来紧锁的双眉一下子得到舒展，"愁云惨淡万里凝"的脸颊露出了久违的笑容。他长长吁出一口气，伸伸腰，活动了一下筋骨，炯炯双眸望向窗外。室外阳光灿烂，天空湛蓝湛蓝的。他坚信：乌云是遮不住太阳的！遮不住的！永远都遮不住的！就如一江春水，"青山遮不住，毕竟东流去"。但愿人间从此以后，抬头仰望的都是阳光灿烂的明净的蔚蓝色的天空！

（小说纯属虚构，勿对号入座。）

小说波澜起伏，曲折动人，扣人心弦。周博士惊讶于小说欧·亨利式结尾：出人意料之外，合乎情理之中。周博士看完小说后掩卷沉思。他想到一位伟人说过：世界是你们的，也是我们的，归根结底是你们的。你们青年人朝气蓬勃，像早晨八九点钟的太阳一样，希望寄托在你们身上。周博士大学时代被同学戏称为傻博士，在爱情路上坎坎坷坷、寻寻觅觅，智商高、情商低，有书呆子之称，与美丽的爱情擦肩而过。为了不再遗憾，他恶补爱情方面的书籍和影视等。周博士看了经典的爱情小说和影视陷入了沉思⋯⋯

古希腊伟大天才科学家亚里士多德说过："给我一个支点，我要撬动整个地球！"东方王子周龙腾博士大言不惭地说："给我一个女神，我要拯救地球！"推而广之，甚至是拯救太阳系、银河系和整个宇宙！女神激发他心中巨大的潜力，挖掘他内心巨大的潜能，入火山一般爆发，点燃他创新的智慧火焰，焕发出勃勃生机，增长冲天干劲。不怕上刀山、下火海、落油锅，不惧万丈深渊，在寂静之中蕴藏着移动群山的力量！

中国古代文学理论家、文学批评家刘勰在其名作《文心雕龙》中说过："文之思也，其神远矣。故寂然凝虑，思接千载，悄焉动容，视通万里。"

王子与女神之恋，诞生伟大之力，写就世界奇迹，成就惊天伟业，闪烁灿烂辉煌！不朽传奇，亿万斯年，代代相传。王子与女神之恋拯救了地球！

第六章　永恒星辰

爱是不变的星辰

一些青春爱情大片风靡台湾、港澳与大陆。大学校园，青涩爱情，爱情秘籍，言情小说，恋爱心经，追女子学问悄悄流行。

男生们最崇拜大学教授，把他们认为追女孩子成功的秘诀实为最美丽的谎言"胆大、心细、脸皮厚"奉为圭臬。很多男生跃跃欲试，寻找"试验田"，寻觅属于自己的"一亩三分地"。

女生们沉迷言情小说，信奉琼瑶的天空，琼瑶的梦，幻想有一天，驾着祥云、骑着白马的英俊白马王子翩然而至，至此，公主和王子在洁白色的城堡中过着幸福的生活。

"群山万壑赴荆门，生长在明妃尚有村。"自古华山一条路，专心致志见成功。俗语云：精诚所至，金石为开。

过了海边还有海，望穷山处又重山。一山还有一山高。这山望着那山高。脚踏两条船的花心大萝卜肯定会掉进水坑里。玩爱情游戏，害人又害己。

过了此村就没有此店。爱情讲究专一，懂得珍惜。诗人郭小川云：战士自有战士的爱情，忠贞不渝，新美如画。高尚纯洁的爱情，心有戚戚焉！

女人心，海底针，追女子犹如大海捞针。耐心、细心、专心、恒心是男生必备的心理素质。

男追女，隔座山；女追男，隔层纸。情场如战场。"战机"瞬息万变，风云变幻。如何以不变应万变，考验男生情商高与低，智商发达与否。百万军中取上将首级需要勇气，同样，获得少女芳心更需要勇气！

诚心感动天地！爱情魔力巨大！中国诗人元好问说：问世间，情是何物，直教生死相许？英国伟大物理学家霍金言：因为这里有爱你的人居住，宇宙才有了意义！

爱情地老天荒，爱情天长地久！

两情若是长久时，又岂在朝朝暮暮！

人非草木，孰能无情？人与人之间的感情是慢慢培养的，绝非一日之功、一锹成井、一步登天！正如西谚云：罗马不是一天建成的！"合抱之木，生于毫末；九层之台，起于垒土；千里之行，始于足下！"当然，爱情史上有一见钟情的，这是特例，万分之一的概率。可遇不可求。爱情讲究瓜熟蒂落、水到渠成！强扭的瓜不甜！一切随缘，一切随风，千里姻缘一线牵，自古姻缘天定！

俗谚：无情何必生此世，有情终须累此生，片纸能缩天下意，一笔能画万古情！

有人的地方就有江湖，有江湖的地方就有无穷的是非恩怨、爱恨情仇、慷慨悲歌！山河壮阔，人间值得。凡人相恋，日久生情，久久为功。人在做，天在看。人在，天在，地在，恋情在。"春城无处不飞花，寒食东风御柳斜。""二十四桥仍在，波心荡，冷月无声！"

"云想衣裳花想容，春风拂槛露华浓。"霓虹雨衣，敦煌飞天，飘飘欲仙。爱美之心，人皆有之。特别是女孩子，谁不想把自己打扮得漂漂亮亮，像夜空中最亮的星星，万众瞩目、万众翘盼，集万千宠爱于一身，又像白雪公主一样，等待白马王子的到来！

青年男女爱情需要浪漫、需要意外惊喜、需要满满仪式感，需要追逐海浪、脚踏沙滩，需要九千九百九十九朵玫瑰、订婚戒指、求婚现场、婚礼盛会、洁白婚纱、山盟海誓、神父证婚、亲友祝福、礼炮轰鸣、洞房花烛。执子之手，与子偕老。热情拥吻，牵手一生。

人生是花，而爱则是花的蜜。花不是因可爱而美丽，是因美丽而可爱！人不是因美丽而可爱，是因可爱而美丽！爱情是一所大学校，海纳百川，包罗万象，气象万千！爱情是一门大学问，博大精深，世间饮食男女终其一生，说不明，道不破！有时候不说还明白，越说越糊涂。

恋爱中的女孩众星捧月，像公主一样对待！

爱情是花时间和金钱的！女孩子要像灰姑娘一样款待，像白雪公主一样精心呵护！男孩子要像白马王子一样崇拜！爱情是眼目色相的奴隶，卑微到尘埃里！女孩子婚前从侍女到女王，婚后从女王跌落神坛！无奈！男孩子从奴隶到将军，从将军到国王！霸气！

男孩子心目中的女神形象：

一缕青丝如瀑布飞泻而下，柳眉杏眼，眼中含情，樱桃小嘴，肌肤若雪，身量窈窕，如出水芙蓉般千娇百媚，娇艳欲滴、魅力无穷；活力四射、激情洋溢、热情如火、笑靥如花、善解人意、冰雪聪明、秀外慧中，眼神水灵灵的，"回眸一笑百媚生，六宫粉黛无颜色！……后宫佳丽三千人，三千宠爱在一身"。"花不足以拟其色，蕊差堪状其容。"符合美人标准："所谓美人者，以花为貌，以鸟为声，以月为神，与柳为态，以玉为骨，以冰雪为姿，以诗词为心。"（清人张潮《幽梦影》）

女孩子心目中的王子形象：

浓眉大眼，目光有神，国字脸，比干心；高大威猛，勇敢、正直、忠诚，一骑绝尘，孔武有力；英雄救美，普度众生，拯救世界！掌上千秋史，胸藏百万兵，能文能武，文武双全。心有山河，笔有沟壑。读尽天下之书，阅尽世间之事。学识渊博，视野广阔，雄视古今。是"朝臣的眼睛，学者的辩舌，军人的利剑，国家所瞩望的一朵娇花，时流的明镜，人伦的雅范，举世瞩目的中心"。文能治国，武能兴邦，功盖中华，誉满天下！

人类是地球上最高级的动物，有思想、有灵魂、有感情，是宇宙的精华，万物的灵长，大自然了不起的最伟大的杰作！

世界是普遍联系的。没有矛盾就没有世界。物竞天择，适者生存，不适者淘汰。丛林法则，弱肉强食。

周龙腾博士是人中龙凤，几乎读尽天下有益之书，阅尽世间有价值之事，览尽千帆，归来仍是少年。他把经典爱情诗、经典言情小说、经典爱情心理学、经典爱情导师的肺腑之言和至理名言一看再看，试图悟出追女孩子的心经大法，用之于实践，赢得仙女叶淑贞的芳心，把心中的女神叶淑贞娶回家，上演王子与公主童话般的爱情故事，徐徐展开浪漫经典、史诗级的爱情大片大幕。

爱情是双向的，是互相倾慕对方的情感行为，是一颗心撞击另一颗心擦出美丽火花；爱情需要激情，需要熊熊燃烧的烈火，需要飞蛾扑火的勇气！

小王子自有小王子的爱情，忠贞不渝，新美如画！

片纸能宿天下意，一笔能画万古愁！知人知脸不知心，画虎画皮难画骨！

古圣先贤的爱情观、人生观、世界观、价值观，成世人行为典范。

范蠡与西施、司马相如与卓文君、苏轼与王佛、赵明诚与李清照、陈铁军与周文雍、马克思与燕妮……

历史上的反面人物：

陈世美寒窗苦读高中状元后娶皇帝女（公主）做驸马，抛妻糟糠之妻，被百姓唾骂，包青天怒斩陈世美！只见新人笑，不见旧人哭！做人不可做陈世美！陈世美的人生观念：贪恋世间繁华、功名富贵，迷恋权力美色，忘却人伦大义，泯灭良心、丧失人性！接受正义道德审判，罪孽深重，罪有应得，罪该万死，死有余辜！

爱情之花是地球上绽放的最美的花朵，是高洁的、神圣的、鲜艳的，容不得半点污泥杂质的玷污！是永不凋谢的芳香玫瑰，圣洁花朵！

中国有句俗语：贫贱之交不可忘，糟糠之妻不下堂！

读尽天下之书，几乎览尽中外爱情宝典的东方王子，傻博士周龙腾综合运用中国古老兵书《孙子兵法》中的上上之策，决定土洋结合、中西合璧，对女神的追求采用"狂轰滥炸式"。

每日一朵红玫瑰，送法国巴黎香水，意大利时装，德国轿车，瑞士名表，英国金项链、镶嵌明珠的"皇冠"、限量版名牌包包、印尼巴厘岛旅游，日本赏樱花，让她住"面朝大海，春暖花开"的英式别墅。拿着钻石戒指，手捧九千九百九十朵玫瑰，单膝跪地求婚，充满罗曼蒂克情调。

如此罗曼蒂克，如此狂轰滥炸，不相信炸不开少女固若金汤的"心房"大门！

世界上最尊贵的东西：

王子艰苦打拼，运筹帷幄，创办天佑科技集团公司闯进世界500强；创建英才学院，跃升世界一流大学。是世界科技企业最年轻总裁，有科技王子、科技狂人之称，其理想是：科技救国，科技拯救世界！

天佑科技集团公司产品有：无缝天衣，人机对接机器人，智能NG手机（实现万物互联），智能无人机，无人驾驶新能源小车，人造大米，智慧城市核心指挥系统，宇宙飞船"飞天"，预警卫星、太空发电站相关零件等。

王子是"救援天使"团团长，参与全球移民火星和创建"月球基地"的顶层设计。王子如"夜空中最亮的星"，令全世界的人民仰视、羡慕、顶礼膜拜！

王子有信心有恒心狂砸一个"太阳"（人民币一亿元）送给亲爱的女神，彻底敲开小仙女固若金汤的大门！

英雄难爱情，伟大、永恒，超越国界、超越时空！只要人类居住的地方，就有爱情存在与绚丽绽放！最美最令人窒息最让人艳羡的爱情：忠贞不渝，新美如画！

爱情是志同道合、琴瑟和鸣，是鸳鸯戏水、蝴蝶双飞，是高山流水觅知音，千古知音最难寻！

有情饮水饱，爱情加面包。幸福的爱情各有相似，不幸的爱情各有不同。美好的爱情是有共同的精神追求，有类似的人生观、价值观、世界观，有一定的经济基础及物质条件的。否则，鲁迅笔下小说《伤逝》，男女主角涓生与子君的爱情婚姻悲剧命运历史性重演。

经济基础决定上层建筑！雄厚的经济实力，可能是爱情、婚姻幸福美满的基本保障。古人讲究门当户对，竹门对竹门，木门对木门，铁门对铁门，嫁鸡随鸡、嫁狗随狗，嫁着狐狸满山走，有一定的道理。当然，凡事不可绝对，凡事有例外。

三观不合，志不同，道不合不相为谋，青涩的青苹果不可早早采摘。

爱情博大精深、深奥难懂、因人而异，爱情千变万化、千差万别。爱情万千气象，蔚为大观，时而是虚无缥缈的海市蜃楼，时而是触手可及的人间烟火。这次第，怎一个"情"字了得！

当然，爱情美学是万变不离其宗：互相爱慕、志同道合，有共同语言、共同爱好，感情深厚、相互信任、相互理解、相互包容、相互尊重、相互惦记、相互依赖、相互提高、相互温暖、成就彼此、生死相依、天长地久。概而言之：真诚、真心。坦诚相见，开诚布公，一颗真诚的心相互倾慕对方。

俗语云：精诚所至，金石为开。冲着组建婚姻家庭、繁衍后代理念谈恋爱的，美好的爱情如约而至。相反，三心二意、脚踏两船、玩弄感情、游戏人生做金钱至上拜金女，做吃软饭男等都没有幸福可言！

不知哪一位名人说过：人生是花，而爱则是花的蜜！青春万岁！爱情万岁！

哪个男子不善钟情，哪个少女不擅藏春？几乎行遍世间之路，阅尽人间之事的东方王子周龙腾博士，看了爱情导师的"心灵鸡汤"，瞬间顿悟，不禁浮想联翩、夜不能寐，思想感情的潮水波澜起伏、汹涌澎湃。心有千千结，难以释怀，似翻江倒海，久久不能平静！

佛说：是前世五百年的回眸，才换来今生的擦肩而过！

俗谚：过了此村，就没有此店。古诗："有花堪折直须折，莫待无花空折枝！""一失足成千古恨，再回头是百年人！"

人生不可以重来，人生一直都是现场直播！不忘昨天，抓住今天，把握明天！

爱过、恨过，生活过、奋斗过，无怨无悔，爱之所爱、恨之所恨，以自己喜欢的生活方式，从从容容地过好完美一生。美好的年华遇到美好的另一半，有人说是佳偶天成，是男子拯救了银河系。前生今生来生，只羡鸳鸯不羡仙，不是神仙胜似神仙！

男女搭配，干活不累！大学、科技公司、外星基地设计安排好男女搭配。这不是乔太守乱点鸳鸯谱，月下老人随意捆绑红线，丘比特乱射爱情之箭，这是有科学依据的。

物理心理学：同性相斥，异性相吸。俊男美女青春靓丽、魅力无穷，未婚男女，日久生情、相互吸引，擦出火花，创造辉煌！

爱情是伟大的，互相倾慕对方，相互成就彼此，完美结合，繁衍生息，延续生命，薪火传承，延绵不断。人类社会，千秋万世，生生不息，与山川同在、与日月同辉、与天地永存、与宇宙永恒！大展宏图，成千秋伟业！

爱情是神秘的，那神奇的魔力，促使男女双方释放如火山般爆发的能量，开天辟地，逢山开路，遇水搭桥，翻山越岭，创造奇迹，做着人类亘古的事业。有的甚至是不朽的伟业！

爱情是一本大书，读懂可能需要生命的整个过程！

男大当婚，女大当嫁。如周龙腾博士追求诗意、纯洁、浪漫的爱情！

实践是检验真理的唯一标准。有理论没有实践，属于纸上谈兵！

理论是灰色的，生命之树常青！

奋斗在不同的战壕、不同的战线上，日夜劳碌奔波的工作人员都是"战士"，有精神追求、有信仰，有渴望丰富的物质欲望，有盼望拥有幸福美满坚贞不渝的爱情！无可厚非，人类本能。爱情不朽！爱情万岁！

互相欣赏的两颗心碰撞爆发出火花擦亮世界的天空。爱情之花灿烂绽放，历经播种、扎根、萌芽、打蕾，直至开花、结果，累累硕果挂满枝头，令人羡慕！

黄金时代，青春璀璨，找到梦中情人、人生的另一半，心手相牵，十指紧扣，步入婚姻圣殿，立下山盟海誓，结出丰硕果实，儿女成群，儿孙满堂。风雨同行，天长地久！

佛说，人有三生：前生、今生、来生。有缘相聚曰三生有幸！

俗语说：百年修来同船渡，千年修来共床眠。珍惜眼前人，厮守是一生。

俗谚：千里姻缘一线牵。自古姻缘天定。有缘千里来相会，无缘对面不相逢。

赤绳系足，月老牵线；待月西厢，红娘搭桥；流水寄诗，红叶为媒；乔太守点鸳鸯，丘比特神箭，神仙眷侣，佳偶天成，天配姻缘，爱情绝唱！

风流才子唐伯虎："别人笑我太疯癫，我笑他人看不穿！"

前生、今生、来生，三生有幸；前世、今世、来世，三世姻缘，缘定今生与来世！

乐观主义者：人一天天长大，向死而生！高尚之人，人体虽灭，精神永存！

悲观主义者：人正一天天走向毁灭，有今生没来世！卑贱之人与草木同腐，精神形体俱灭！

唯物主义者：无论见与不见，爱与不爱，下辈子都不能再相见！亲人只有一次缘，人有今生没来世！这太悲凉了，太残酷了，令人不寒而栗！

如果有一天人类可以长生不老，永远年轻，亿万斯年永远厮守在一起，如长明灯一样，恒星般永恒不灭，就该有多好！

科技发展就是打破悲观主义铁律，追求人类永生，超越时空、超越极限，直至永远永远，直到宇宙尽头！人类终极浪漫：仰望星空。人类终极梦想：与江河永存、与日月同辉、与天地同在。人类走向永生，这不是梦幻，相信未来！

历史上追求永生的人恒河沙数，名留青史的有：

一是千古一帝，中国的秦始皇。秦始皇嬴政为江山永固，千世万世而为君，为让自己的帝王梦千秋万代传承下去，他听闻吃了"神仙草"可长生不老、返老还童，于是委派心腹大臣徐福率领500名童男童女栉风沐雨，漂洋过海，历尽艰辛到传说中的蓬莱仙岛，采摘长生不老之药"神仙草"。民间传说，蓬莱仙岛就是今天的日本岛，徐福就是今天日本人的祖先。

二是中国东晋葛洪。著名炼丹家，冶炼长生不老之药，著有《抱朴子》《肘后备急方》《神仙传》等传世。中国医学家屠呦呦就是从葛洪所著的《肘后备急方》一书中的一段话："又方，青蒿一握，以水二升渍，绞取汁，尽服之。"深受启发找到发现青蒿素，挽救成千上万患疟疾的病人，于2015年获得诺贝尔生理学或医学奖，名垂青史！

东晋咸和二年（327），葛洪在广东罗浮山炼丹，从此隐居罗浮山。其一生著述颇丰，代表作《抱朴子》论述神仙方药。养生延年，禳邪却祸之事和人间得失；世事臧否，阐明其社会政治观点。《神仙传》是一部古代中国志怪小说集，收录了中国古代传说中的92位仙人的事迹。《肘后备急方》是古代中医方剂著作，是中国第一部临床急救手册，中医治疗学专著。葛洪坚信炼制和服食金丹可得长生成仙，他将神仙术与儒家的纲常名教相结合，强调"欲求仙者，要当以忠孝和顺仁信为本。若德行不修，而但务方术，皆不得长生也"。

三是西方"青春之泉"的传说：青春之泉又名不老泉水、不死泉水、生命之泉等。据说任何人喝了泉水都能永远青春。

公元前3世纪希腊历史学家，被誉为"历史之父"的希罗多德的记载中，以及之后公元3世纪希腊历史学家卡利斯提尼斯汇编的《亚历山大大帝传奇》和12世纪基督教元老约翰王的传说，之后流传了数千年。在大航行时代，加勒比海的土著中也盛行这样的传说，他们认为这种神奇的泉水是在比米尼群岛的某片神秘土地上。

在16世纪，这个传说与当时的西班牙著名探险家、首任波多黎各总督胡安·庞塞·德莱昂（以下简称"庞塞"）（1474—1521）联系在一起，并越来越引起人们的兴趣。传说1513年，在新旧大陆开始接触的时间里，庞塞在佛罗里达寻找不老泉水，之后泉水就与佛罗里达联系在一起。

希罗多德记载，在埃塞俄比亚的土地上有种奇妙的泉水，能使埃塞俄比亚人异常长寿。在 3 世纪《亚历山大大帝传奇》最早的版本中，描述了亚历山大大帝以及他的仆从穿越黑暗大陆去寻找一种名叫"生命之泉"的具有恢复健康功效的泉水。

长生不老是在民间传说中是一个永恒的主题，贤者之石、万能药、长生不老药等故事在欧亚大陆广为流传。青春之泉成为加勒比海上流传最广的话题。

青春之泉与传说中的充满财富和繁荣的大陆比米尼有关。传说青春之泉在一座名叫 Boinca 的岛屿上。虽然一系列的解释暗示这片土地是位于巴哈马群岛的附近，当地土著还是认为它位于洪都拉斯湾。在庞塞的探险中，巴哈马群岛中的比米尼群岛被称为 La Vie ja，传说西班牙人从古巴的伊斯帕尼奥拉岛上的阿拉瓦人，以及波多黎各人口中得知了这座岛屿。据称，一位名叫 Sequene 的古巴阿拉瓦族酋长难以抵挡比米尼以及青春之泉（不老泉）的诱惑，他集结了一支探险队向北航行，但没有回来。Sequene 的部落中大多数人乐观地认为他们已经找到青春之泉并在比米尼过着奢华的生活。

人来世间，不能枉生世上、白走一遭。一定要有所作为，有所作为是人生最高境界。周博士决定放手一搏，事业爱情双丰收，他决定科技救国。三驾马车"科技、实业、教育"走路，成就伟大事业。

英才学院科学大讲堂。科学概论。

科学是什么？它是通往未知世界的桥梁，是连接想象和事实的纽带，是通往预期目标的指路明灯。广义的科学指正确反映自然、社会和思维本质与规律的系统知识。

科学改变人生活的无数个伟大瞬间，科学技术日新月异，人类的创造力也是无限的。科学的创新发展带来了惊喜和变革，为社会文明的发展带来了新的动力。能量守恒、相对论、天体力学等都为我们开辟了更为广阔的空间，与此同时也打开了我们认识世界的新视野。

天马行空、异想天开的想象，不怕做不到、只怕想不到的创新，创新是社会发展的不竭动力！网友直言：世界的未来在中国，中国的未来在创新！创新是一个民族生存与发展的灵魂！

人类的思想有多远，认识就有多远；人类创新有多伟大，未来世界就有多伟大！

浩瀚星空使人感受到宇宙的宏大，使我们终于有一天在下夜班的路上停下来，长久地仰望星空，感受着宇宙的深邃、未知、神秘、奥秘绝伦和浩瀚无比，思考人类的生命意义与存在价值。

科学之父泰勒斯说：即使深陷沟壑，也要仰望星空！

当今世界，人类普遍精神空虚，对未来感到迷茫，原因是多方面的。其中自然现象、社会矛盾、生老病死、东西方文明冲突，世界大战爆发可能性日益增加，浩瀚宇宙星空知之甚少等一直困扰着人类。不同国家、不同个人，不同职业赋予生命不同的风采：作家用温暖的文字照耀世界，做一个脚踏大地、头顶青天的"巨人"，在薄情的世界深情地活着。教师是巍峨灯塔，指引孩子前进方向，探索未知的世界。科学家追求真理，宇宙探索，实现人类和平、幸福、永生。

军人天职是保家卫国，维护世界和平，更远一点说是保持宇宙的安宁。医生高尚职业道德是救死扶伤、大爱精诚、悬壶济世、普度众生。公务员神圣职责是勤政为民、清正廉洁、秉公办理，公平正义换来政治清明、河清海晏、国泰民安、歌舞升平、欣欣向荣、繁荣盛世、天下太平。

世界上每一个生命都是一部不朽的传奇，都是亿万分之一的概率，非常万幸诞生世上。人生是丰富多彩的，是一幕悲喜交加的大戏剧。

怎样打发无聊至极的日子，衡量一个人价值大小或重于泰山或轻于鸿毛的标尺。人类最好的生存状态：精神充实、人间清醒、相信未来，即脚踏实地，关心粮食和蔬菜，记得"开门"七件事，柴米油盐酱醋茶。诗意地栖居，颐养天年，宠辱不惊，去留无意，仰望星空，永葆好奇心和浪漫遐想。中国式浪漫，坐超光速宇宙飞船，探索茫茫宇宙的真理，漂亮回答中国伟大诗人屈原的《天问》："遂古之初，谁传道之？……九天之际，安放安属？……"

脚踏实地

抬头仰望浩瀚无垠的星空的时候，心里一定会怀有那种伟大崇高的理想和远大的志向。

仰望，常常能给人带来慰藉与期望，越王勾践在困于马厩时，他那卧薪尝胆的隐忍给了他无限的耐心，吴宫一角的星空让他心生无限的希冀，最终三千越甲可吞吴！

俯首，脚踏实地方能成功。宋朝文学家苏洵 27 岁发奋，立志就读，昼夜不息，终成唐宋八大家之一；李时珍发现以前的医学中有多处错误，决心写一部医学著作，他读了 800 多种书，写了上千万字的笔记，游历了七个省，收集了上千万单方，为了解药的效果，他甚至以身试药，就这样用了 31 年著成《本草纲目》；张海迪立志成长，自幼高位截瘫，几次濒临死亡，但她放不下对真理的渴望、对知识的追求和为人民服务的初心，20 年来她学会了四门外语，翻译著作 16 万余字，还自学针灸，治疗病患一万余人。

因为脚踏实地，沈从文与故纸堆和铜钱相伴 28 年，历时 15 年的研究，终究以一人之力弥补了中国服饰史上的一项空白；因为脚踏实地，拜伦从把感情抒发在一片片死气沉沉的沼泽上的文笔，一步步磨砺成浪漫主义文学的代名词。

仰望星空，是每个人对自己未来的憧憬，是梦想在自由的天地里驰骋；脚踏实地，是积累跬步，是汇聚小流，是立足于根本，是实干，是艰辛的路途。

举世混浊我独清，众人皆醉我独醒。只有持续冷静，脚踏实地认清形势，发挥自我现有的优势，把握时机，该出手时就出手的人才能笑到最后。

王　子

东方王子周龙腾博士历经多年爱情长跑，坚信爱的种子从播种、扎根、发芽、吐蕾、开花之后应该到结果阶段了，是时候收获爱情了。他激情澎湃，幻想有一天牵着女神叶淑贞的手走向神圣的婚姻圣殿。主持婚礼的司仪宣读北大中文系博士生导师的神作，极有文采的证婚词：两姓联姻，一堂缔约，良缘永结，匹配同称。看此日桃花灼灼，宜室宜家，卜他年瓜瓞绵绵，尔昌尔炽。谨以白头之约，书向鸿笺，好将红叶之盟，载明鸳谱。

周博士相信未来不是梦！

仰望星空

人类的终极浪漫——仰望星空；人类的终极理想——日月同辉；人类的终极梦幻——天地并存！

中国式智慧，中国式浪漫，永葆一颗好奇心和浪漫遐思，探索宇宙的真理，研究世界如何如何激变、剧变、裂变！

我们人类最早的祖先可能曾经仰视星空并思考着这世界是如何形成的，或者他们曾经收集过最早的一批药用植物，但相对而言，科学方法是较为新鲜的事物。

2000多年前屈原就在《天问》中写道："遂古之初，谁传道之？上下未形，何由考之？"试图追问宇宙诞生之理。到了20世纪60年代宇宙微波背景辐射的发现，最终使得"屈原之问"得以解答。

古今中外，宇宙星空都无时无刻不在用其博大神奇和幽远深邃孕育梦想，激发创造德国哲学家康德那句"我头顶的星空和我心中的道德法律"名言，无须赘言。2004年，诺贝尔物理学奖得主维尔切克在其著作《万物原理》中说："世界很大。当然，在晴朗夜空中仰望苍穹，足以让你感受到空间之广阔。"在中国古代，从屈原《天问》激发的对人生和宇宙的追问，到牛郎织女故事的文学想象；从《周髀算计》留下古老文学理论，到五花八门的天文仪器，正是在一次又一次仰望星空中积淀了璀璨的传统文化。在中国，从"天眼"捕捉到的"宇宙回响"到天宫空间站，让国人的"太空家园"梦想成真，从"嫦娥"奔月、"北斗"指路，到"祝融"探火、"羲和号""夸父一号"逐日……浩瀚星空留下了一个又一个中国人"问天"足迹，当我们再次仰望星空，看到的早就不止满天繁星，还有梦想、信念和力量。浩瀚星空激发了很多人，尤其是年轻人的探索兴趣，浩瀚星空引发"观新热"，点燃的不只是星空经济，还能激发更多人对宇宙和科学探索的好奇，打开想象的翅膀。宇宙浩瀚星空的神秘和美丽吸引无数天才科学家无限向往。正是：宇宙如此多娇，引无数科学家竞折腰！

第七章　天选之子

　　周龙腾博士决定亲自挂帅，向中国一流大学发出邀请，邀请德高望重、学识渊博、国学功底深厚的教授前来英才学院开设讲座，给在校大学生们讲述史诗级知识：天文与地理；历史与未来。

　　周龙腾院长"开门红"：

文曲星

　　文曲星，星宿名之一，为北斗七星之中第四星"天权星"。在中国古代神话传说中，文曲星是主管文运的星宿，文章写得好而被朝廷录用为大官的人是文曲星下凡。中国民间传说出现过的文曲星包括范仲淹、包拯、文天祥、许仙的儿子许仕林等。文曲星，主科甲功名，代表有文艺方面的才能或者爱好文学及艺术。管科甲名声、文墨官场、功名、文雅风骚。此星有桃花：若女命巨门同宫，水性杨花；若男命喜与文昌星同宫，风流倜傥；若再遇武曲星同宫，主博学多能、聪明才智、经世致用、刀笔功名。

武曲星

武曲星，为北斗七星之中第六"开阳星"。中国民间信仰之一，与文曲星相互对应，财富之神，司财富、武勇，其又掌管天下武运，维护天下太平。传说中，武曲星下凡者：姬发、关羽、狄青等。性情：心性正直、威武不屈、刚毅果决、自立自强、吃苦耐劳、勇挑重任、不畏挫折、尽责尽职。

中国四大名著之一《水浒传》中第一章第一节指包拯（包青天）是文曲星下凡。节录："端的是玉帝差遣紫微宫中两座星辰下来，辅佐这朝天子：文曲星乃是南衙开封府主龙图阁大学士包拯，武曲星乃是征西夏国大元帅狄青。这两个贤臣，出来辅佐这朝皇帝。"

北斗七星

中国是世界上天文学发展最早的国家之一，对北斗七星的观察早有记录，七星之名最完整的记载始见于汉代纬书。最初有两种名称，一为《春秋运斗枢》所记，曰："第一天枢，第二璇，第三玑，第四权，第五衡，第六开阳，第七摇光。第一至第四为魁，第五至第七为标，合而为斗。"二为《云笈七签》卷二十四《总卷说星》曰：七星第一星名曰天枢，魂神斗次；第二星名曰天璇，魂神斗次行；第三星名曰天玑，魄精斗次行；第四星名曰天权，魄精斗次行；第五星名曰玉衡，魄灵斗次行；第六星名曰阆阳（开阳），魄灵斗次行；第七星名曰摇光。同时又称北斗有九星，为九皇之神，谓"北斗九星，七见（现）二隐"。

美丽星球

地球，承载着人类所有的梦想，是千万物种的共同家园，是茫茫宇宙中人类的唯一家园。

地球有多幸运才造就了如今的生机勃勃、春意盎然，简直是巧夺天工！

六个巧合，让地球成为人类的家园：

巧合一：银河系

银河系中的恒星分布很有规律，具体表现为距离其中心越近，恒星的密度就越高。如果一颗行星位于恒星密集的区域，就会遭到来自大量恒星的辐射，而邻近恒星所产生的引力扰动还会造成行星的运行轨道无法保持稳定，从而导致行星表面温度忽冷忽热，毫无规律，在这样的行星上，像人类这样的碳基生命根本就无法生存。

巧合二：恒星

恒星释放的能量来自其核心的核聚变反应，一颗恒星的质量越大，它核心的温度和压强就越高，核聚变就越激烈，它在单位时间内释放出的能量就越大，"浪费"的"燃料"就越多，它的寿命也就越短。很显然，这类恒星是不具备孕育生命的条件的。

小质量的恒星寿命很长（可以长达上万亿年），但它们释放出的能量却又太小，想要获得足够的能量就必须距离这种恒星很近，然而这样就很容易被恒星潮汐锁定。除此之外，小质量的恒星没有辐射层，其表面的活动就会很不稳定，经常出现巨大的耀斑，这对生命是个巨大的威胁，所以也不具备孕育生命的条件。

就算有一颗恒星的质量既不大，也不小，它也不一定适合生命，因为还有一个重要的条件是，这颗恒星必须没有伴星，否则，它的行星也不能保持稳定的运行轨道（因为会受到伴星的引力扰动）。幸运的是，地球的主恒星——太阳，正好就是这样一颗恒星。

巧合三：宜居带

宜居带就是只有在一个合适的距离范围内，恒星的热量才可以让行星表面的水刚好保持液态，而液态水则是生命必需的物质。

太阳系的宜居带就在距离太阳 0.97～1.688 个天文单位之间，其宽度只有一亿公里多一点，而地球正好运行在这片狭窄的区域里，可以说是很幸运了。

巧合四：月球和木星

正是有月球这颗"巨型卫星"的存在，地球海洋才会出现明显的潮起潮落。除此之外，月球还能让地球的自转轴保持一个稳定的倾角，让地球上有了春夏秋冬，这些都非常有利于地球上的生命向高级形式演化。

在更远的位置上，木星又给地球提供了有力的保护，它巨大的引力除了可以将上百万颗小行星束缚在小行星带中之外，还能够清除很多来自太阳系外侧的小天体，无形中大幅降低了地球被小天体撞击的风险。

巧合五：地球自身的条件

要让地球表面的水保持液态，除了合适的温度之外，还需要一个足够厚的大气层来提供压强，而如果没有磁场的保护，来自太阳的高速带电粒子流就会很快将地球大气层吹散。幸运的是，地球刚好有一个强大的磁场，还有一个厚厚的大气层。更重要的是，地球表面的液态水既不多、也不少，刚好能保持大片的陆地和海洋，从而为地球上的生命向高级形式演化提供了良好的自然条件。

巧合六：恐龙灭绝

恐龙被称为地球上的一代霸主，在长达 1 亿多年的时间里，恐龙一直强势地占据着地球陆地上的各种生态位，然而在大约 6500 万年前，恐龙却"忽然"灭绝了，在此之后才有哺乳系动物的崛起，人类也最终出现在地球上。

关于恐龙灭绝原因，目前科学界主流观点认为，这是一颗直径约为 10 公里的小行星撞击地球，而这颗小行星在地球上留下的陨石坑，则是位于是墨西哥尤卡坦半岛区域的希克苏鲁伯"陨石坑"。

巧夺天工

地球的环境有多么完美？我们每天生活在其中很难通过对比感受得到。但我们可以想象得到，人类一旦离开地球到外太空，地球上拥有的一切随之消失。没有了地球的保护，意味着时时刻刻与"死神"斗争。

地球拥有大约 45 亿年的历史，在地球刚刚诞生的时候一片死寂，简直就是炼狱般的存在，温度非常高，就像一个大熔炉。漫长时间之后，地球开始慢慢冷却。加上地球和太阳距离适中，可以保持一个适中温度，如此一来液态水出现了，生命随之诞生。

早期地球一直遭受来自外太空的各种天体的狂轰滥炸，包括小行星、彗星等天体不断撞击地球，这段时间也被称为"轰炸期"，把地球撞得满目疮痍。

小行星撞击给地球带来了月球，月球起到了稳定地球自转轴的作用，让我们有了春夏秋冬。那次小行星撞击得不偏不倚，就好像早就设计好了一样，正好斜着撞向地球。地球还要感谢木星。在太阳系诞生初期，木星强大的引力拉拽着小行星彗星，为地球源源不断地输送富含金属的小行星。而太阳系稳定后，木星又起到清理周围环境的作用，保护地球免受小行星撞击！

当然，地球上如今的生机勃勃绝不仅仅是因为上述的幸运事件，有太多细节上近乎完美的幸运才造就了如今的美好。

作为如今统治地球的我们来讲，人类是最幸运的，大自然让我们拥有了智慧。而我们的幸运还要感谢小行星撞击，导致了恐龙灭绝。如果恐龙没有灭绝，如今统治地球的恐怕还是它们，就没有人类什么事了。

一切看似偶然，但冥冥之中偶然中又透露着必然，背后好像有一只无形的"手"在操控着一切。

宇宙中最幸运的"一粒尘埃"——地球，究竟有多幸运才能孕育生命？

虽说归根结底，我们和猫猫狗狗一样，都是动物，但是人类却多了一丝灵性，我们懂得求知、懂得探索，懂得如何利用科技来强大自己。

如今的人类早已在探索未知事物上越走越远，从万里高空到悠悠深海，人类的脚步从不停止；甚至面对浩瀚无垠的宇宙太空我们都不曾怕过，甚至我们的卫星、飞船和天文望远镜都已经跨越了太阳系，探索着宇宙最深处的秘密。有了对比，才知道我们有多么渺小。曾经我们觉得地球就是全世界，但是后来我们才发现，在宇宙之中，地球不过是"一粒尘埃"罢了。但是随着探索的不断深入，大家是否想过这样一个问题：为何宇宙这么大，行星这么多，却只有地球能孕育生命呢？追根寻源，大概率原因不外乎以下三点：

一是日地距离完美，温度适中。

众所周知，太阳系有八大行星，它们分别是水星、金星、地球、火星、木星、土星、天王星、海王星。除去地球之外的七颗行星都不具备孕育生命的条件，这是因为他们和太阳的距离不太合适。太阳的热度穿越了漫长的宇宙来到地球，已经是几万分之一了，而恰好就是这几万分之一才是生命最合适的温度。倘若地球靠近太阳一些，那地表温度可能就是上百摄氏度，根本没有什么生物可以活下来。但如果是再远一些，或许整个地球都会被冰雪覆盖，别说人类了，就连北极熊都会被活活冻死。

二是地球引力合适，有大气层保护。

任何一颗星球都有着自己的引力，但是如果地球的质量再小一些，那它的引力就会和月亮一样，人类轻轻松松就可以跳起来；但是如果地球质量过大，那人类就会承受着非常大的压力，甚至因此而死亡。并且最棒的是，地球和其他行星不同的地方是，它穿着一层"天生的盔甲"，它就是大气层。大气层保护着地球上的水分被蒸发之后可以重新冷却变成雨水回到地球，不至于变成一片荒漠。而且很多零碎的小行星在穿过大气层的时候就会被融化，不会造成非常大的破坏。最后就是大气层可以隔绝一些宇宙中的有毒物质进入地球，这样一来，人类的生存环境就非常优秀了。

三是地球有一个"骑士"叫月亮。

我们生活中最重要的就是阳光、空气和水。但是阳光永远照射不到地球的另一面。这就需要月亮的帮忙。虽说目亮并不是恒星，本身不能发光，但是它可以折射太阳的光芒照射地球，这也让在地球背对着太阳的时候，我们不至于进入"伸手不见五指"的黑暗。

以上几个就是宇宙中只有地球能孕育生命的原因，人类的诞生可以说是非常幸运的。

武曲星下凡的周龙腾博士与似仙女下凡的女神叶淑贞就诞生于

此漂亮美丽的星球——地球，并都来自有 5000 多年历史的古老国度——中国。王子与女神美丽邂逅，擦出爱情火花，在古老国度、世界天空闪亮，演绎出一段动人心的红尘故事，一幕可歌可泣、穿越时空的戏剧，一部雄浑悲壮、流传千古的史诗！

第八章　璀璨星空

璀璨星空

为什么要去其他星球？

因为我们是那些灵长类动物的后代，而它们选择俯瞰下一座山。

因为我们不能在这里无限期地生存下去。

因为星星在那里，新的地平线在召唤。

——詹姆斯和格雷戈里·本福德

中国天佑科技集团公司总裁周龙腾博士在世界互联网发出三大倡议：一是组建联合国"人类发展中心"；二是筹集"移民外星发展基金 100 万亿美元"；三是建立"宇宙太空军"，防御外来小行星撞击地球，消灭怀有恶意外星文明入侵地球，护送"新新人类"移民外星（月球和火星），为科学家宇宙探索保驾护航。详情如下：

告世界公民书

尊敬的世界公民：

中国唐朝名臣魏征上书《谏太宗十思疏》劝谏唐太宗李世民

"居安思危"换来"贞观之治";中国武圣孙武在《孙子兵法》中指出:"国虽大,忘战必危!"吴王相信此理,重用孙武治军,遂成春秋五霸之一。以上史实雄辩证明:未雨绸缪、枕戈待旦、居安思危是人类生存法则。

人类的目光,深情地投向了茫茫宇宙,璀璨星空!

生于忧患,死于安乐。作为世界公民,在解决好自身生存条件后,还要想到国家、想到民族、想到世界、想到宇宙!本人不揣冒昧,代表天佑科技集团公司、英才学院,特发如下倡议:

主题:100 年 100 万亿美元移民外星宇宙太空探索寻找外星文明。

内容:

一、建立联合国"人类发展中心"。汇集世界最顶尖的学家,凝聚科学家集体智慧,集思广益,探索浩瀚无垠宇宙,实施三步走战略:

第一步建造宇宙飞船,在月球创立永久基地,建设可居 100 万人口的月球"太空城"——"广寒宫",移民 100 万人口定居月球。

第二步在火星建立永久基地,建设可居 100 万人口的火星"太空城"——"天上人间";移民 100 万人口入住火星。

第三步 100 万科学家参与宇宙太空探索,寻找外星文明寻觅外星人。

二、成立"移民外星发展基金 100 万亿美元",筹集对象:世界公民、世界企业、世界各国。本人仅代表企业(公司、学院)率先认捐 1 万亿美元,以求抛砖引玉。富甲一方的世界公民、世界企业、世界强国踊跃捐款。世界公民,抛开政治、宗教、种族等成见,万众一心、团结一致、劲往一处使、心往一处想,凝心聚力,破茧成蝶、凤舞九天、任我高翔！中国民谚：众人拾柴火焰高。人心齐，泰山移。

三、组建"宇宙太空军"，联合国主管，指挥中心设在联合国"人类发展中心"。主要职能是防御不明天体或者说外来小行星撞击地球，消灭不友好、怀恶意外星文明入侵地球，护送"新新人类"移民外星（月球、火星）。为科学家宇宙探索保驾护航。招之即来，来之能战，战之能胜！知彼知己，百战百胜！

100年100万亿美元移民外星寻找外星文明宇宙探索，打造人类史诗级文明！

一万年太久，只争朝夕！

以上倡议，并非杞人忧天。盼望颇具家国情怀、世界视野、宇宙意识的你鼎力相助！

致崇高敬礼！

倡议者、世界公民：周龙腾博士

公元2122年2月2日

一石激起千重浪。万物互联，"倡议书"一经在互联网发表，石破天惊，似一湖平静湖水投下惊天巨石，震撼世界、震撼网民！周博士一夜成为网红，"倡议书"一夜"洛阳纸贵"。网民争相传阅甚至打印，点击率超千上万，网民热呼周博士为"天选之子""世界王子"。一项项高帽铺天盖地向周博士袭来。人贵有自知之明。周博士深感自己并非振臂一呼应者云集的英雄！只不过是区区一介书生、一介武夫、一介平民、一介草根草民而已。只不过身为下贱，心比天高。仿效中国诗人陆游"位卑未敢忘忧国"。只不过脚踏实地又仰望星空！高调做事，低调做人！

无巧不成书。歪打正着。历史的发展与周龙腾博士的预言似乎惊人一致。

宇宙航母

外星基地、移民外星、星际旅行，离不开翱翔天宇的航天器。汇集世界一流的顶尖科学家集体智慧而飞翔太空的"宇宙航母"横空出世、应运而生。超级"宇宙航母"集宇宙飞船和航空母舰的优点于一身，是一种运送航天员、移民外星人员、星际旅行人员、宇宙探索科学家、货物往返太空的航天器。由轨道舱、指令舱和设备舱三大部分组成。轨道舱（又叫工作舱）是载人宇宙航母的核心，采用无翼的大钝头旋转体，有的是球形，有的是钟形，采用这种简单外形具有结构简单、工程上易于实现等特点。座舱一般均有视野开阔的舷窗，以便航天员观察发射前的准备活动，在轨交会对接情况、返回点火时的姿态和再入着陆的地面情况等。设备舱又叫服务舱、推进舱或仪器舱，呈圆柱形，它一般紧接在座舱后面。安装推进系统、电源、气瓶、遥测通信、能源温控和水箱等设备，起保障和服务作用，为宇宙航母提供动力，为航天员提供氧气和水。

轨道舱也称工作舱，它位于座舱前面，是为了增加航天员的活动空间。一般是航天员在轨工作场所，里面装有多种试验设备和实验仪器。

气闸舱是航天员在出舱时，保证宇宙航母舱内气体不致全部漏到宇宙空间的设备，即供航天员进入太空或由太空返回用的气密性装置。在 2 舱式宇宙航母中它是座舱的一部分，在 3 舱式飞船中它是轨道舱的一部分。

对接舱也叫对接机构，它与座舱或轨道舱相连，用于与其他宇宙航母或空间站对接和锁紧。

载人宇宙航母的应急救生装置，用于保障在紧急情况下使航天员安全返回地面，或转移到其他载人航器上。有弹射座椅、救生塔

（逃逸塔、返回舱）、分离座舱和载人机动装置几种。为了保证航天员能够进入太空和安全地返回地面，载人宇宙航母设有结构分系统、生命保障分系统、热控制分系统、姿态控制与轨道控制分系统、推进系统、无线电通信与测控分系统、电源系统、仪表与照明分系统和返回着陆系统等多个分系统。其中生命保障分系统、应急救生分系统、仪表与照明分系统等为载人航天器特有。

指令舱呈钟形。宇宙航母在返回大气层之前，将轨道舱和设备舱抛掉，指令舱装载着航天员返回地面。

宇宙航母就是翱翔天空的巨"鸟"，御我九天任高翔。未来的宇宙航母将朝三个方向发展：有多种功能的用途；返回落点的控制精度提高到百米级的范围以内；返回地面的座舱经适当修理后重复使用。

宇宙航母，可作为往返于地面和空间站之间或地面和月球以及地面和火星（行星）之间星际旅行、宇宙探索的"渡船"，还能与空间站或其他航天器对接后进行联合飞行。

天佑科技集团公司总部灯火辉煌，在总裁办公室，周龙腾博士一字不漏地认真浏览联合国"人类发展中心"长官发给他的有关"月球基地"和"火星基地"信息：

月球基地

1969 年 7 月 20 日，美国航天员阿姆斯特朗成为首位登上月球的人。月球的神秘面纱自此缓缓揭开。

月球，是地球唯一的一颗天然卫星，直径约 3476 公里，大约是地球直径的 3/11。作为距离地球最近的卫星，月球探测被称为深空探测的起点。自古以来，人们便对月亮充满探索的欲望，嫦娥奔月、吴刚伐桂等神话故事寄托古人对探索外太空的憧憬。

　　中国在 2004 年正式开展命名为"嫦娥工程"的无人探月工程。于 2020 年 12 月 17 日，探月工程三期嫦娥五号任务采集 1731 克月球样品返回地球，完成"绕、落、回"三步走战略，实现了中华民族"上九天揽月"的千年梦想，推动人类月球样品研究进入"嫦娥时代"。从嫦娥一号到嫦娥五号，中国无人探月工程书写了世界航天发展的惊鸿之笔。（见 2022 年 7 月 20 日《南方日报》"嫦娥奔月"的过去与未来）

　　人们常说月球是深空探测宇宙探索的起点。在月球上所用的相应技术，未来也可推广扩大到其他星球如火星等。

　　同时，月球作为地球最近的邻居，具有参照对此的价值，对月球的研究也能让人类更好地了解自己所生活的地球，更好地爱护我们的家园。

　　月球基地是人类在月球上建立的生活与工作区域。在月球上建立基地，主要有以下目的：更好地开展天文观测等科学活动；在月球上建立空间发电站供地月两球使用；开发月球各种矿物资源；为人类向更远的目标宇宙深空探索提供一个落脚点；为飞向更远的行星的飞船提供建造材料甚至提供推进剂；为人类向月球移民打前站；开办月球企业，发展太空工业。

　　2014 年 11 月，欧洲航天局披露首个月球基地方案；2014 年 12 月，俄罗斯"LIN Industriai"公司宣布于十年内在月球建基地；美国计划 90 年代起，分两步走建造月球基地。第一步用 20 年时间建立月球前哨站，第二步再用 10 年时间将前哨站升级，使之成为永久住人的月球基地。美国已决定耗资 1000 亿美元建立可以容纳千人的月球太空城，各种类型的生产、生活、娱乐设施完备，物资自给自足，还可以"出口"地球。

　　美国的这一月球基地蓝图占地 8000 平方米，是一座圆形三层建筑。能够防宇宙射线、太阳风以及陨石的撞击。另外建筑物中间还有一个圆形防空洞，一旦建筑物受损，大气外泄，人可以身躲入其中避难。另外，美国休斯敦航天中心负责人门德尔计划耗资1000亿美元，用100年时间建设月球基地。

与此同时，日本由未来工程学研究所牵头，召集能代表日本水平的大学，研究所以及二十多家企业的技术专家成立了"月球基地与月球资源开发研究会"，也提出了一份月球基地的建设蓝图。2007年9月，日本绕月探测卫星"月亮女神"描绘出世界首幅高精确月球地形图。

印度空间研究组织发布消息说，印度正在研究在月球寻找一块约15平方公里的土地，以建立该国第一个月球基地，为进行载人登月等空间活动做准备。2008年10月，印度月球探测器"月船1号"绘制高精度的三维月球图。

中国在2004年开展命名为"嫦娥工程"的无人探月工程。于2020年12月，"嫦娥五号"采集1731克月球样品返回地球。中国凭一国之力在太空建立空间站，计划在月球上建基地，开掘月球矿藏，为人类服务。

中国探月计划首席科学家欧阳自远院士首次披露中国进军外太空的蓝图。

中国的太空计划分三步：实现载人航天；建立空间实验室；建立空间站，实现与国际空间站对接。作为更长远的登陆外星球工程，专家们计划首先遥探月球环境，为将来建设月球基地选址。2022年10月，中国宣布载人登月和在月球建设科学研究基地计划。

据路透社当地时间2022年8月28日报道，美国国家航空航天局准备于8月29日在佛罗里达州肯尼迪航天中心发射新一代登月火箭"太空发射系统"，以执行"阿尔忒弥斯1号"无人绕月飞行测试任务。

当地天气预报称，从美国东部夏令时间上午 8 点 33 分（北京时间晚上 8 点 33 分）开始，有两小时的发射窗口。如果错过这个窗口，发射将推迟至 9 月 2 日或 5 日。尽管肯尼迪航天中心发射场的避雷针在 27 日的暴风雨中曾被雷电击中，但美国宇航局表示，航天器及发射设施没有损坏，发射计划仍将如期进行。

此次航天任务没有宇航员，但会搭载人体模型，以提供机组成员未来在飞行中可能遭遇的振动和冲击等数据。

按照计划，新一代大推力运载火箭"太空发射系统"将把"猎户座"无人飞船送到月球轨道，之后飞船将绕月球飞行六周，然后返回。这次发射主要是为了测试火箭和飞船的性能，为 2024 年进行载人绕月飞行做准备。

美国国家航空航天局此前表示，如果以上两项发射任务都成功，美国最早在 2025 年将宇航员送到月球表面，其中包括一名女性宇航员。但是许多专家都认为这个时间表过于乐观。

而"阿尔忒弥斯"计划的最终目标是建立一个长期的月球基地，为将来宇航员进行火星航行做准备。但美国航天局官员表示，这一目标至少要到 2040 年之前才能实现。

成功进行首次载人登月的火箭"土星五号"和美国新一代运载火箭"太空发射系统"对比。

"阿尔忒弥斯"是希腊神话中太阳神阿波罗的孪生姐妹。美国国家航空航天局以此命名，也是为了纪念之前将人类送上月球的"阿波罗"计划。

此前由于项目超出预算数十亿美元，"阿尔忒弥斯 1 号"的发射已被推迟了数年之久。

又讯，当地时间 8 月 29 日，美国国家航空航天局（NASA）巨型探月火箭"太空发射系统"被固定在佛罗里达州肯尼迪航天中心的发射架上。当日，"太空发射系统"因故障推迟发射。

我们已经进入 21 世纪，在新世纪的入口，我们将有幸看到：月球基地的建设和月球资源的开发，序幕已经徐徐拉开。

火星基地

火星，戈壁地貌、红色岩体，生存环境极其恶劣。征服火星，谈何容易！不管怎样，火星是人类探索宇宙绕不开的话题。

星际旅游、探索宇宙深空，火星地位举足轻重，无可替代！

建设火星基地、移民火星，是人类的千年梦想！

火星基地是人类太空计划的重要组成部分，总投资约 100 万亿美元，核心项目：太空总署、生存基地、太空探索营、时空走廊、火星登陆区、星际舰队、银河穿越、生活服务区等。

在火星基地，人类可以进行太空科学相关研究、实验和训练，又可以开展以寻找外星文明为主题的太空探索性活动和天文、航天科普教育活动。

移民外星是人类千年梦想。月球定居点，中国太极图形布局，分生活片区和综合片区这两大片区，两者水乳交融又条分缕析，宜人宜居。火星定居点按中国"北斗七星"说法布局，窟洞式建筑，山水城市，天枢星是指挥中心片区；天璇星是住宅片区；天玑星是服务片区；天权星是综合片区；玉衡星是星际旅游片区；开阳星是火星着陆起飞片区；摇光星是宇宙探索片区。

移民外星，是乌托邦式社会，人人平等，实行"各尽所能，按需分配"原则，幼儿园至大学实行义务教育，公有制，主张共产主义，以人为本，婚姻自由，大家穿统一的工作服，在公共餐厅就餐，官吏由公共选举产生。倡导自由、平等、博爱。社区整齐、清洁、安定，具有高度物质文明和精神文明。社会美好，没有压迫、没有剥削，是幼有所教、劳有所得、病有所医、老有所养、住有所居、穿有所衣、饭有所食、行有所舆，人人有饭吃、个个有衣穿的大同社会。就像中国东晋大诗人陶渊明笔下的世外桃源，乌托邦式的爱情也是美好至极的。

月球、火星生活的新新人类，为地球人类文明发展书写浓墨重彩的一笔！保留人类文明珍贵的火种，是功在当代、利在后世的千秋伟业！

那时，100 年之后，人类文明包括物质文明和精神文明高度发展，无论居住地球、月球或火星，都能够分享科技发展带来的快乐！"三星"人类人人居住的都是智能家居，享受超级智能机器人的贴身服务，衣食住行，帝王式生活，王子公主般高贵待遇。无人机、无人驾驶汽车、量子计算机、量子通讯、量子手机、量子手提电脑、线上学习、线上工作等全面普及，人们足不出户，可以分享天下美食，知晓天下大事，阅尽天下之书，写尽天下之字，赚遍天下之财，网友遍天下。医学博士线上问诊，人们无须挤医院"排长龙"，弄得焦头烂额、灰头土脸、鼻青脸肿，吃力不讨好，能身心健康，颐养天年。或饮"青春泉"，或吃"不老药"，或人脑与机器对接，实现人类意义上的永生！

科学发展。日新月异，可以说一日千里。科技发展改变世界。时不我待。周博士看完二则科技信息，心潮澎湃，他下定决心，向世界一流大学名教授发出邀请，请他们在英才学院科学圣殿举行科学大讲座活动。目的是向学院在校大学生们普及科学知识，未来担当大任，勇攀科学高峰，成为国家栋梁、世界精英。

第九章　科学讲座

中国英才学院院长、天佑科技集团公司总裁周龙腾博士征得中国科学院同意，向世界一流大学一流教授发出热情邀请，前往中国英才学院向在校大学生进行科学讲座，普及最先进科学知识，为世界科学发展培养一流人才。

英才学院面向社会和互联网发出的"海报"详情如下：

海　报

科学，改变人类，改变世界！为了科学发展承前承后，后继有人，培养世界一流科技人才，现特邀世界一流大学一流教授前来我院进行"科学讲座"。

时间：2122 年 3 月 1 日至 28 日

地点：英才学院"科学圣殿"

主讲嘉宾：蔡元才、王大史、威廉姆斯（WILLIAMS）、琼斯（JONES）、戴维斯（Davis）、米勒（Miller，大卫的儿子，含义是"心爱的人"）、加西亚（Garcia）、罗德里格斯（Rodriguez）、史密斯（Smith）

主讲大学：中国清华大学、北京大学、中国科技大学；美国哈佛大学、斯坦福大学、麻省理工学院、约翰斯霍普金斯大学、哥伦比亚大学；英国剑桥大学、牛津大学。

主讲内容："量子纠缠""元宇宙""超光速"、虫洞、黑洞、弯曲时空、未来预言、量子力学和量子信息科学、费米悖论。

宗旨：人类的终极浪漫——仰望星空；人类的终极理想——日月同辉；人类的终极梦幻——天地并存！

向学院在校大学生们普及科学知识、传播科学精神、提高科学素质和了解人文历史等，了解人文历史，承前启后，继往开来；了解科学的发展，知晓科学的巨大作用：科学改变世界，科学推动人类社会的进步，科学刷新人类对宇宙的认知，科学开创人类美好的未来！

青年一代是民族的希望、是国家的未来、是世界的未来，既仰望星空，又脚踏实地，志存高远，做有理想、有本领、有担当、有情怀的时代新人，为实现伟大的中国梦、伟大的世界梦、伟大的宇宙梦而贡献青春和力量！

作为大学生，作为人生的一员，在解决好自身生存条件后，还要想到国家、民族、世界、宇宙，为人类做出力所能及的贡献。

英才学院院长　周龙腾博士

2122年1月18日

"海报"一经公告，轰动整个大学校园，互联网"炸锅"，网民纷纷点赞，强烈要求旁听。在校大学生热血沸腾，奔走相告，青春奔涌。讲座那几天，英才学院"科学圣殿"座无虚席、场场爆满。大学生们采用录音、速记实录大学教授所讲的内容。现一字不误，实录如下：

第一讲　量子纠缠
主讲嘉宾　清华大学蔡元才博士

20 世纪 80 年代的中国青年，最喜欢唱《你是风儿我是沙》："你是风儿，我是沙，缠缠绵绵走天涯……"如此缠绵悱恻、生死相依、忠贞不渝的爱情，谁不向往？谁不喜欢？谁不倾倒？豆蔻年华、情窦初开的少男少女更是向往之至！

在物理学量子力学里有一个奇特现象，两个量子纠缠粒子像极热恋中的青年男女，缠绵悱恻、生死相依似的纠缠在一起，谁也离不开谁，十指紧扣，梦绕魂牵，今生今世、永生永世在一起。这一奇异现象，物理学相应给出一个准确概念：量子纠缠。

量子纠缠，就是在量子力学里，当几个粒子在彼此相互作用后，由于各个粒子所拥有的特性已综合成为整体性质，无法单独描述各个粒子的性质，只能描述整体系统的性质，则称这现象为量子缠结或量子纠缠。量子纠缠是一种纯粹发生于量子系统的现象，在经典力学里找不到类似的现象。

量子纠缠提出者：爱因斯坦、波多尔斯基、罗森；提出时间：1935 年；活用领域：量子力学、物理学、宇宙学、应用学科、量子学。

瑞典皇家科学院在 2022 年 10 月 4 日宣布，将 2022 年诺贝尔物理学奖授予法国科学家阿兰·阿佩斯、美国科学家约翰·克劳泽和奥地利科学家安东·蔡林格，以表彰他们在"纠缠光子实验、验证违反贝尔不等式和开创量子信息科学"方面所做出的贡献。公布说，三位获奖者在量子纠缠实验方面都有重要贡献。量子纠缠是指，在量子力学中处于纠缠态的两个或多个粒子，即便分开很远的距离，有些状态也会表现得像是一个整体。

三位获奖者的实验结果"为基于量子信息的新技术扫清了道路",目前在量子计算、量子网络和量子保密通信方面已有大量相关研究。

公布说,在量子力学的发展历程上有一个著名的贝尔不等式,如果它始终成立,那么量子力学可能被其他理论替代。为此,许多量子科学家一直在寻找违反贝尔不等式的验证,克劳泽提出了一个利用处于纠缠态的光子的实验,其结果可以违反贝尔不等式,阿斯佩进一步填补了克劳泽实验中的重要漏洞。蔡林格也进行了更多试验,并且其团队还利用量子纠缠展示了量子隐形状态,即有关量子态的传输。诺贝尔物理学奖评委托尔斯·汉斯·汉森在现场解读获奖成果时展示了一张含有中国量子卫星的图片,其上显示了中国和欧洲之间的洲际量子通信试验。他告诉新华社记者,中国在量子卫星和量子通信研究方面走在世界前列,"中国量子通信卫星图彰显的物理学的国际合作,也体现了中国在这一研究领域的贡献"。

量子纠缠是一种物理资源,如同时间、能量、动量等,能够萃取与转换。应用量子纠缠的机制于量子信息学,很多平常不可行的事务都可以达成:量子密钥分发能够使通信双方共同拥有一个随机、安全的密钥,来加密和解密信息,从而保证通信安全。在量子密钥分发机制里,给定两个处于量子纠缠的粒子,假设通讯双方各自接受其中一个粒子,由于测量其中任意一个粒子会摧毁这对粒子的量子纠缠,任何窃听动作都会被通讯双方侦测发觉。

在量子计算机体系结构里,量子纠缠扮演了很重要的角色。

量子纠缠,爱因斯坦称其为"幽灵(鬼魅)般的超距作用"。2022年,三位研究量子纠缠而获诺贝尔物理学奖的科学家已经证明,无论距离是10米、1000公里,甚至一亿光年,当两个离子发生"纠缠",都是瞬间发生的,如果一个离子的状态发生变化,另一个也会"瞬时"发生相应变化。这让我们想起《西游记》里的孙悟空，一个筋斗云十万八千里的神话可能要变成现实。这意味着未来人类有可能在瞬间就被传送到火星，甚至另一个星系，这是多么了不起的发现啊！

量子力学有一个著名的贝尔不等式，我们用一个苹果讲清楚。假定有一个苹果，一半是青的，一半是红的；如果碰红的那一部分，那青的那一部必然会同步动作。量子纠缠就是这样的，就是这样一个苹果。爱因斯坦认为，这个苹果它是一整个，它中间是有联系的，红的这一半跟青的那一半是连在一起的，所以才会产生这种现象。大物理学家玻尔认为，红的这一半和青的那一半是没有联系的。贝尔不等式就是用来判断这个苹果是否是一个整体，还是中间被切了一刀，实际上红的一半，青的一半分开，是没有联系的。这个判断方法是很巧妙的，就是用了数学上的概率，不掺杂其他任何前提条件。那现在让我们看看这个实验是怎么做的。我们把这个苹果放在桌子上滚动，然后坐在桌子的一侧观察苹果的颜色。假如这个苹果红的一半和青的一半属于同一个苹果，中间是有联系的。我们看到红的那一半，就一定看不到青的那一半。也就是说，同时看到红苹果和青苹果的概率是0。假如这个苹果它中间被切了一刀，红的一半和青的一半不是连在一起的，那我们让这个苹果在桌子上滚，因为它会分开，有可能同时会看到红苹果和青苹果。所以，这个时候同时看到红苹果和青苹果的概率就大于0，这就是贝尔不等式原理。

量子纠缠是一种奇妙的"超光速"现象，即量子超空间传输（或量子隐形传态）。所谓超空间，就是量子态的传输不是我们通常的空间进行，因此就不会受光速极限的制约，瞬时使量子态从甲地传到乙地（实际上是甲地粒子的量子态信息被提取瞬时在乙地粒子上再现），这种量子信息的传递是不需要时间的，是真正意义的超光速（也可理解为超距作用）。在量子超空间传输的过程中，遵循量子不可克隆定律，通过量子纠缠态使甲乙粒子发生关联，量子态的确定通过量子测量来进行，因此当甲粒子的量子态被探测后，甲乙粒子瞬时塌缩到各自的本征态，这时乙粒子的态就包含了甲粒子的信息。这种信息的传递是"超光速"的。

第二讲　超光速
主讲嘉宾　哈佛大学戴维斯（Davis）博士

超光速，即大于光在真空中传播的速度。超光速会成为一个讨论题目，源自爱因斯坦相对论中于局域物体不可超过真空中光速 C 的推论限制。光速在真空大约为 3 亿米／秒。爱因斯坦在相对论中提出"超光速会形成黑洞"。

现代物理学认为广义相对论中光速仍然是不变的。

像影子和光斑的"超光速"不是真正意义的超光速，那么，什么是真正意义上的超光速呢？

在相对论中，"世界线"是一个重要概念，我们可以借助"世界线"来给"超光速"下一个明确定义。

什么是"世界线"？我们知道，一切物体都是由粒子构成的，如果我们能够描述粒子在任何时刻的位置，我们就描述了物体的全部"历史"。想象一个由空间的三维加上时间的一维共同构成的四维时空。由于一个粒子在任何时刻只能处于一个特定的位置，它的全部"历史"在这个四维时空中是一条连续的曲线，这就是"世界线"。一个物体的世界线是构成它的所有粒子的世界线的集合。

"超光速"可以通过类空的世界线来定义。

宇宙中四种超光速现象：

一是宇宙大爆炸的瞬间；二是宇宙膨胀速度；三是量子纠缠效应；四是穿越虫洞。

第三讲　虫洞

主讲嘉宾　剑桥大学威廉姆斯（WILLIAMS）博士

虫洞，别名爱因斯坦－罗森桥；是 1916 年奥地利物理学家路德维希·弗莱姆首次提出的概念，1930 年由爱因斯坦及纳森·罗森在研究引力场方程时假设的，认为透过虫洞可以做瞬时的空间转移或者做时间旅行。

虫洞通俗定义：连接两个不同时空的狭窄隧道（或者是：连结两个遥远时空的多维空间隧道）。简单地说，"虫洞"就是连接宇宙遥远区域间的时空细管。暗物质维持着虫洞出口的开启。虫洞可以把平行宇宙和婴儿宇宙连接起来，并提供时间旅行的可能性。虫洞也可能是连接黑洞和白洞的时空隧道，所以也叫"灰道"。

"虫洞"是广义相对论中出现的概念，是指宇宙中一种奇特的天体。

虫洞是一条可以进行时空穿梭的神奇隧道，让星际旅行不再是梦想。在天体物理学中，"虫洞"的意思，按照史蒂芬·霍金在《时间简史》上的通俗解释是这样的：虫洞就是一个时空细管，他能把几乎平坦的相隔遥远的区域连接起来……因此，虫洞正和其他可能的超光速旅行方式一样，允许人们往过去旅行。说得更直白一点，就是从理论上说，虫洞可以让人从一个世界（时空）到达另一个世界。

探索星空是人类一个恒久的梦想。著名的美国科幻电视连续剧《星际旅行》中有这样一句简短却意味无穷的题记："星空，最后的前沿。"

全局超光速旅行的一个著名建议是利用虫洞。虫洞是弯曲时空中连接两个地点的捷径，从 A 地穿过虫洞到 B 地所需要的时间比光线从 A 地沿正常路径传播到 B 地所需要的时间还要短。虫洞是经典广义相对论的推论，但创造一个虫洞需要改变时空的拓扑结构。

研究表明，有的虫洞可以通过，有的不能通过。可通过的虫洞有两类：一类是可长期通过的洛伦兹虫洞，另一类是可瞬时通过的欧几里得虫洞。经过欧几里得虫洞前往其他宇宙的人不需要时间，他会眨眼间从我们面前消失，他感觉自己一瞬间已处在另一个宇宙之中。其他宇宙的来客也是如此，会突然出现在我们面前。真是"来无影，去无踪"。如果一个欧几里得虫洞并不通往其他宇宙，而是与本宇宙相通，例如连通北京和纽约，那么一个经历此虫洞的人会在瞬间从北京消失，突然出现在纽约的大街之上。还有可能突然消失，瞬间到达"古代"或"未来"。把虫洞转化成时间机器（又称时间隧道），这种时间机器一旦存在，就会导致一系列因果疑难。常见的一个质疑是："如果我通过时间隧道回到出生之前，并杀死我娘，那么还有我吗？既然没有我，我又怎能回去杀死我娘？"这可称为弑母悖论。

人类的好奇心是没有边界的。人类探索星空的步履不可谓不迅速。但是，相对于无尽的星空而言，这种步履依然太过缓慢。率先有飞出太阳系的先驱者十号如今正在一片冷寂的空间中滑行着，在满天的繁星中，要经过多少年它才能飞临下一颗恒星呢？答案是两百万年！

那么，有没有什么办法可以让航天器（包括宇宙飞船）以某种方式变相地突破速度上限，从而能够在很短的时间内跨越那些近乎无限的遥远距离呢？科幻小说家们率先展开了想象的翅膀，天马行空，大胆夸张，令人脑洞大开。

1985 年，美国康尔大学的著名行星天文学家卡尔·萨根写了一部科幻小说叫作《接触》。萨根对探索地球以外的智慧生物有着浓厚的兴趣，他客串科幻小说家的目的之一是为寻找外星智慧生物的 SET1 计划筹集资金。萨根在他的小说中叙述了一个动人的故事：一位名叫艾丽（Ellie）的女科学家收到了一串来自外星球智慧生物的电波信号。经过研究，她发现这串信号包含了建造一台特殊设备的方法，那台设备可以让人类与信号的发送者会面。经过努力，艾丽与同事成功地建造起了这台设备，并通过这台设备跨越了遥远的星际空间与外星球智慧生物实现了第一次接触。

但是，艾丽与同事按照外星球智慧生物提供的方法建造出的设备究竟利用什么方式让旅行者跨越遥远的星际空间的呢？这是萨根大胆幻想的地方。他最初的设想是利用黑洞。但是萨根毕竟不是普通的科幻小说家，他的科学背景使他希望自己的科幻小说尽可能不与已知的物理定律相矛盾。于是他给自己的老朋友加州理工大学的索恩教授打了个电话。索恩是研究引力理论的专家，萨根请他为自己的设想做一下技术评估。索恩经过思考及粗略的计算，很快告诉萨根黑洞是无法作为星际旅行的工具的，他建议萨根使用虫洞这个概念。据我所知，这是虫洞这一名词第一次进入科幻小说中。在那之后，各种科幻小说、电影及电视连续剧相继采用了这一名词。虫洞逐渐成为科幻故事中的标准术语。这是科幻小说家与物理学家的一次小小交流结出的果实。

萨根与索恩的交流不仅为科幻小说带来了一个全新的术语，也为物理学开创了一个新的研究领域。

虫洞为什么会被科幻小说家视为星际旅行的工具呢？让我们用两个简单的例子来说明：大家知道，在一个苹果的表面上从一个点到另一个点需要走一条弧线，但如果有一条蛀虫在这两个点之间蛀出了一个虫洞，通过虫洞就可以在这两个点之间走直线，这显然要比原先的弧线近。把这个类比从二维的苹果表面推广到三维的物理空间，就是物理学家所说的虫洞。而虫洞可以在两点之间形成快捷路径的特点正是科幻小说家们喜爱虫洞的原因。

　　另一个例子就是，在"9·11"恐怖袭击之前，原来美国纽约的世界贸易中心大厦是两座高楼，这是一个 U 型空间。我们如果从一座楼的第 90 层到另一座楼的第 90 层，就必须先下楼走进另一座楼，然后再上楼。现在我们可以想象在这两座楼的第 90 层处空间结构破裂，生成孔洞，孔洞还能生长"触角"，两边"触角"相连，在两栋大楼之间义形成一个新的空间区域，我们就可以通过这个空间区域，从一座楼的第 90 层直接走到另一座楼的 90 层，而不必走 U 型路径，这就是人们所说的"虫洞"。

　　英国物理学家、《时间简史》作者霍金还把虫洞与黑洞联系起来。虫洞是连接时间、空间不同区域的特殊管道。黑洞可以成为虫洞。

第四讲　黑洞
主讲嘉宾　牛津大学琼斯（JONES）博士

　　黑洞是现代广义相对论中存在于宇宙空间中的一种天体。黑洞的引力极其强大，使得视界内的逃逸速度大于光速。故而"黑洞是时空曲率大到光都无法从其事件视界逃脱的天体"。

　　茫茫宇宙中的黑洞不是黑夜中的黑点，而是周围发生着激烈效应的星体。拉普拉斯等人把黑洞看作光无法逃离的暗星。广义相对论采用的也是这一看法。把黑洞定义为信号不能跑出去的时光区域。黑洞和视界最主要的特征有两点：（1）作为黑洞边界的事件视界是零曲面，是保有时空内禀对称性的零曲面。（2）黑洞产生量子热辐射（霍金—安鲁效应），因而具有温度。因此我们认为，可以依据以上两点对黑洞和视界给出一个新定义：保有时空内禀对称性且产生量子热效应的零超曲面，称为局域事件视界；此边界所包围的热辐射来源方向的时空区称为黑洞。黑洞是爱因斯坦广义相对论预言的天体。

中国北京时间 2019 年 4 月 10 日 21 时，人类首张黑洞照片面世，该黑洞位于室女座一个巨椭圆星系 M87 的中心，距离地球 5500 万光年，质量约太阳的 65 亿倍。

2020 年瑞典皇家科学院宣布，英国罗杰·彭罗斯、德国莱茵哈德·根泽尔和美国安德里亚·格兹三位科学家获诺贝尔物理学奖，以表彰他们发现了宇宙中最奇特的现象之一——黑洞。公布说，彭罗斯因证明黑洞的形成是广义相对论的直接结果而获奖，根泽尔与格兹因在银河系中央发现超大质量天体而获奖。

北京时间 2022 年 5 月 12 日 21 时，事件视界望远镜合作组织正式发布了银河系中心黑洞人马座的首张照片。

黑洞演化过程：吸积、蒸发、毁灭。

黑洞拉伸、撕裂并吞噬恒星。黑洞通常是因为它们聚拢周围的气体产生辐射而被发现的，这一过程被称为吸积。

英国物理学家霍金证明，每个黑洞都有一定的温度，而且温度的高低与黑洞的质量成反比。也就是说，大黑洞温度低，蒸发也微弱；小黑洞的温度高，蒸发也强烈，类似剧烈的爆发。相当于一个太阳质量的黑洞，大约要 1×10^{66} 年才能蒸发殆尽；相当于一颗小行星质量的黑洞会在 1×10^{-21} 秒内蒸发得干干净净。

黑洞体积会缩小，甚至会爆炸，会喷射物体，发出耀眼的光芒。

科学家认为，黑洞引擎是由磁场驱动的，天文学家在我们银河系中心超大黑洞事件视界的外侧探测到了磁场。发现靠近黑洞的某些区域是混乱的，有着杂乱的磁圈和涡旋，就像搅在一起的意大利面。宇宙飞船不小心就会绕着所形成的黑洞旋转，航天员不小心会被引力的差拉成意大利面条那样，甚至将被撕裂！

根据广义相对论，黑洞必然存在无限大密度和空间——时间曲率的奇点（上帝憎恶裸奇点）。广义相对论方程存在一些解，这些解使得航天员可能看到裸奇点，避免撞到奇点上去，而穿过一个"虫洞"来到宇宙的另一个区域。否则不幸落到黑洞里却是爱莫能助。

事件视界，也就是空间——时间中不可逃逸区域的边界，正如同围绕着黑洞的单向膜：物体，譬如不谨慎的航天员能通过事件视界落到黑洞里去，但是没有任何东西可以通过事件视界而逃离黑洞。（事件视界是企图逃离黑洞的光的空间——时间轨道，没有任何东西可以比光运动得更快。）人们可以将诗人但丁在《神曲》中针对地狱入口所说的话恰到好处地用于事件视界："从这儿进去的人必须抛弃一切希望。"任何东西或任何人一旦进入事件视界，就会很快地到达无限致密的区域和时间的终点。

黑洞是宇宙空间内存在的一种密度无限大、体积无限小的天体，所有的物理定理遇到黑洞都会失效；它是由质量足够大的恒星在核聚变反应的燃料耗尽而"死亡"后，发生引力坍缩产生的。

黑洞的重力很大，会吸附一切物质。进入黑洞后，任何东西都不可能从黑洞的边界之内逃逸出来。

2005年3月，美国布朗大学物理教授霍拉蒂·纳斯塔西在地球上制造出了第一个"人造黑洞"。

人造黑洞的设想最初是加拿大不列颠哥伦比亚大学的威廉·昂鲁教授在20世纪80年代提出，他认为声波在流体中的表现与光在黑洞中的表现非常相似，如果使流体的速度超过声速，那么事实上就已经在该流体中建立了一个人造黑洞。俄罗斯《真理报》披露俄罗斯科学家的预言：黑洞不仅可以在实验室中制造出来，而且50年之后，具有巨大能量的"黑洞炸弹"将使如今人类谈虎色变的原子弹也相形见绌。

能吞噬万物的真正宇宙黑洞能吞下周围所有的东西。一个原子核大小的黑洞，它的能量将超过一家核工厂。一颗黑洞炸弹爆炸后产生的能量，将相当于数颗原子弹同时爆炸，它至少可以造成10亿人死亡。

黑洞并不是实实在在的星球，而是一个几乎空空如也的天区。黑洞中物质集中在天区中心，这个中心具有很强的引力，任何物体只能在这个中心外围游弋；一旦不慎越过边界，就会被强大的引力拽向中心，最终化为粉末，落到黑洞中心。因此，黑洞是一个名副其实的太空魔王。

时间倒流。黑洞可能是一个时间静止的状态。黑洞变成"时光隧道"可以使时间倒流。

英国物理学家霍金认为黑洞可以成为虫洞。可能有多重的平行的宇宙，虫洞可以把平行的宇宙连接起来，这就使时间旅行（星际旅行）成为可能。他说："虫洞，如果它们存在的话，将会是空间中解决速度极限问题的办法：正如相对论要求的，空间飞船必须以低于光速的速度旅行，这样要穿越星系就需要几万年。但是你可以在一餐饭的工夫通过虫洞到达星系的另一边并且返回。然而，人们能够证明，如果虫洞存在，你还可以利用它们在你出发之前即已返回。这样，你会以为能做一些事，譬如首先炸毁发射台上的火箭，以阻止你的出发。这是祖父佯谬的变种：如果回到过去在你父亲被怀胎之前将你的祖父杀死，将会发生什么？"我们还可以从狭义相对论的角度来理解这种"时间圈环"。我们还可以想象虫洞的一个洞口在地球上，而在另一端出口搭乘宇宙飞船旅行。当飞船返回时，它所包含的虫洞口流逝的时间比留在地上的洞穴流逝得少。那么，如果宇宙人员12时从地球上的虫洞口进入，飞船在太空中绕了一大圈返回地球，他却可以在10时从飞船上的虫洞洞口出来，这样，时间岂不倒流？人的历史岂不可以重写？

天文学家们估计宇宙的年龄约为138.2亿年。一个来自以色列特拉维夫大学的天文学家小组发现，宇宙中最大质量黑洞的首次快速成长期出现于宇宙年龄约为 12 亿年。据报道，所有银河系的恒星都围绕银心部位可能存在的一个超大质量黑洞公转。

与别的天体相比，黑洞十分特殊。人们无法直接观察到它，科学家也只能对它内部结构提出各种猜想。而使得黑洞把自己隐藏起来的原因即是弯曲的时空。根据广义相对论，时空会在引力场作用下弯曲。这时候，光虽然仍沿任意两点的最短光程传播，但相对而言它已弯曲。在经过大密度的天体时，时空会弯曲，光也就偏离了原来的方向。

存在一个事件的集合或时空区域，光或任何东西都不可能从该区域逃逸到远处的观察者，这样的区域称作黑洞。

综上所述，有关黑洞的几条惊人事实：

宇宙中大部分的黑洞都是由大质量的恒星在最后一段时间由于氢燃料的耗尽，活跃度下降以后而形成的。在表面的活跃度下降以后，大质量的恒星会不断地向内部收缩坍塌，并且在这个时候产生爆炸，把外壳的物质全部都炸出去。当所有的物质被压缩为中子的时候，这个时候的黑洞就不会再继续收缩，这时也就形成了我们经常提到的黑洞。

黑洞并不是黑的，在我们传统的认知中，如果按照字面意思来理解的话，黑洞就是黑色的洞。其实现实并不是这样的。

同时，有很少的物质会直接掉入黑洞里，被黑洞吸收。在它周围的所有物质一旦稍微发生偏差，那么将会绕着黑洞发生旋转，形成一个巨大的吸积盘。在这个吸积盘的内部，每一种物质的转速都是不同的。由于转速的不同，物体与物体之间会产生一定的摩擦，摩擦之后就会升温发热，这个时候也就形成了我们科学家拍摄到的耀眼发亮具有辐射的黑洞样貌。因此连光线都无法逃脱的黑洞通过吞噬它周围的一些物质，最后可以变成宇宙中最亮的一颗天体。

黑洞是会进化的。两个或者两个以上的黑洞如果发生相撞，那么会形成一个更大的黑洞。同样的道理，它会不断地吞噬它周围的物质，也会使它的质量慢慢地增加，最后形成一个超大质量的黑洞。我们银河系中的半人马座 a 星就是一个超大质量黑洞，它的质量大约相当于太阳质量的 400 万倍。

黑洞是会旋转的。当恒星的核心逐渐地收缩坍塌，变得越小的时候，那么它转动的速度也会越快。如果一个恒星在收缩的时候，但它核心的质量不足以形成一个黑洞，那么它就会形成一个直径约几千米的中子星。据天文学家观测，目前所有发现的中子星中有的中子星的旋转速度可以达到每秒钟 100 圈左右。但是这种状态对于黑洞我们是无法观测到的，因为它只发生在黑洞的视界内部。

黑洞会吸收物质，同样也会蒸发。这条理论是霍金提出的，所以也被称作是霍金辐射。霍金认为，根据量子力学特性，黑洞会喷发大量的粒子，慢慢地使黑洞的质量减少。正是由于这种特性，也会让宇宙中普遍存在的黑洞慢慢地衰变，直到它们死亡消失为止。

概而言之，黑洞是由质量足够大的恒星在核聚变反应的燃料耗尽后，发生引力坍缩而形成。黑洞的质量是如此之大，它产生的引力场是如此之强，以至于任何物质和辐射都无法逃逸，就连传播速度最快的光（电磁波）也逃逸不出来。由于类似热力学上完全不反射光线的黑体，故名黑洞。在黑洞的周围是一个无法侦测的事件视界，标志着无法返回的临界点。

当星体发生超新星爆炸时，中子之间强烈的互相排斥力量无法抵挡外界推挤力量，将中子星挤压成更高密度状态；同时在没有其他力量足以抵挡如此强大压力的情况下，整个星球会不断缩小，最终形成黑洞。直至目前为止，质量最小的黑洞大约有 3.8 倍太阳质量。

黑洞无法直接观测，但可以借由间接方式得知其存在与质量，并且观测到它对其他事物的影响。借由物体被吸入之前的因高热而放出紫外线和X射线的"边缘讯息",可以获取黑洞存在的讯息。推测出黑洞的存在也可借由间接观测恒星或星际云气团绕行黑洞轨迹,来取得位置以及质量。

第五讲　弯曲时空
主讲嘉宾　美国斯坦复大学米勒(Miller)博士

青年朋友们,在讲述"弯曲时空"之前,很有必要也必须弄清楚相对论的概念。在此,鄙人首先卖个关子,什么是相对论?什么是狭义相对论?什么是广义相对论?能用三言两语深入浅出、通俗易懂地把高深的科学知识简单表述清楚呢?

弯曲时空是指在爱因斯坦的广义相对论中,由于有物质的存在,空间和时间(时空)会发生弯曲,时空弯曲是质量(能量)造成的结果,万有引力是时空弯曲的表现。爱因斯坦用太阳所产生的空间弯曲的理论,很好地解释了水星近日点进动中一直无法解释的43秒,以及遥远恒星的光线经过太阳时所产生的偏折。

时空是弯曲的,这个奇怪而又迷人的陈述究竟是什么意思呢?狭义相对论中时空的刚性结构如何使空间和时间由于观测者的运动而各自改变(收缩或延缓)。广义相对论则完全变革了我们的宇宙观,它断言引力场(物质)会使整个时空变形,物体的大小、长短、距离在光速状态下会统统消失。如果在一个给定点上直接的引力效应已被消除(引入局部惯性参考系),我们仍能测量相邻两点之间的微分效应。

时空弯曲的深刻含义是指由等效原理所造的引力场与几何之间的联系。物体不是在引力迫使下在"平直"时空中运动,而是沿着弯曲时空的恒直线自由地行进。

弯曲空间的数学理论在19世纪主要由本哈·黎曼发展出来的。

一架不停顿地由巴黎飞往东京的飞机，最省时间的路线是先朝北飞，经过西伯利亚，再朝南飞，这才是最短程路线。

广义相对论的四维几何中，时空是弯曲的，而不仅是空间。黎曼曾试图以弯曲空间来使电磁学和引力相和谐，他之所以未成功，是因为没有扭住时间的"脖子"。设想用速度为30万公里/秒的光线来射靶子，这时的轨道弯曲变得难以觉察，几乎成了一条直线。

我们的宇宙实际上是被物质弄弯曲了。狭义相对论中时空的刚性结构也像牛顿空间一样被引力的冲击完全破坏了。时空连续体变得柔软了，被它所包含的物质扭曲了，而物质又按照它的弯曲而运动。

广义相对论指出，时空曲率将产生引力。当光线经过一些大质量的天体时，它的路线是弯曲的，这源于它沿着大质量物体所形成的时空曲率。

广义相对论的另一预言是引力红移，即在强引力场中光谱向红端移动。20世纪20年代，天文学家在天文观测中证实了这一点。

那时，第一次世界大战刚刚结束。整个世界噩梦初醒、疲惫不堪，而又在寻求着新的理想。爱因斯坦理论以其关于弯曲空间的稀奇思想抓住了公众的想象，尽管一般人连其中的一个字都不懂。无数的科普文章出现在通俗的和专业的期刊上，人们都被迷住了，相对论成了时髦的话题。爱因斯坦成了世界上最负盛名的思想家，最伟大物理学家之一，无论是什么方面的问题，都有人去问他的观点。

通俗而言，假如没有引力，整个世界便是一盘散沙，引力促进恒星诞生，发生核聚变反应，一步步制造出更重的元素；恒星逝世会喷发出很多的物质，新出现的恒星会携带这些重元素构成新的恒星系，类地行星会在这样的星系中诞生。引力也给生命带来了一个稳定安全的生存环境，可见的物质世界是建立在引力的基础上才出现的稳定性。

物体的体积越小，质量越大，发生的引力就越强，那么引力是否会存在一个"上限"呢？爱因斯坦在他的相对论中重新定义了引力的概念，爱因斯坦认为引力并不是一种力，而是"时空曲折"，咱们能够把整个世界空间视为一个有弹力的薄膜，物体的质量会把这个薄膜给压得发生必定曲折，这便是为什么密度越高引力就越高。

"引力的实质是时空曲率"这个概念其实是颠覆认知的，咱们很难幻想世界空间为什么会发生"曲折"，可是现在科学家现已发现了一些相关依据，爱因斯坦的观念或许是正确的。

也许有一种"限度"，如果我们认为引力是时空的一种弯曲，那么这个极限就是我们的世界空间的极限，事实上，这个极限就是世界中的"黑洞"。黑洞内部的奇点是一个时空曲率无穷大的点，而当这种奇点出现时，重力能使光不能离开引力而逃出引力，人的物理定律在奇点面前现已失效。

此外，黑洞还具有质量差异，并且黑洞也会因霍金的辐射而丧失其自身的质量，而世界上巨大的引力来源被认为是某些超大型黑洞，这些黑洞内部强健的时空曲率，可能会形成虫洞这种时空通道，理论上已经突破了空间极限。

强壮的引力不仅能够让空间曲折，时间也会相对地因为引力发生变化，现在科学家已证明引力越强壮的区域时间会相对于正常区域更慢一些，而且还在中子星附近发现了曲折时空存在的依据，这些依据都间接地证明了爱因斯坦的观念和预言是正确的，引力的实质是时空曲折。

时空曲折真的存在，时间和空间都会因为物体的质量或者能量发生变化。不得不感叹，爱因斯坦对引力的解说和预言，预言了黑洞的存在，也预言了引力的实质，直到今日科学家都没办法彻底合理地解说引力的存在，爱因斯坦却能在 20 世纪提出这样的观念，让人感叹他的智慧！

广义相对论预测了时空的存在，且与天体质量有关，质量越大，那么对周围空间扭曲的影响也越大。由此，在大质量天体周围会形成引力透镜，将背景天体的光线进行扭曲，改变了背景天体光线的路径，最终呈现在我们面前的是一个环形图像，这就是爱因斯坦环、相对论环。

爱因斯坦的相对论，人类智慧最伟大的成就，是人类历史上最辉煌的智力业绩之一。

第六讲　元宇宙
主讲嘉宾　北京大学王大史博士

元宇宙利用科技手段进行链接与创造的现实世界映射与交互的虚拟世界，具备新型社会体系的数字生活空间。

元宇宙本质上是对现实世界的虚拟化、数字化过程，需要对内容生产、经济系统、用户体验以及实体世界内容等进行大量改造。但元宇宙的发展是循序渐进的，是在共享的基础设施、标准及协议的支撑下，由众多工具、平台不断融合、进化而最终成。它基于扩展现实技术提供沉浸式体验，基于数学恋生技术生成现实世界的镜像，基于区块链技术搭建经济体系，将虚拟世界与现实世界在经济系统、社交系绕、身份系统上密切融合，并且允许每个用户进行内容生产和世界编辑。

元宇宙一词诞生于 1929 年的科幻小说《雪崩》，小说描绘了一个庞大的虚拟现实世界，在这里，人们用数字化身来控制，并相互竞争以提高自己的地位，到现在看来，描述的还是超前的未来世界。关于元宇宙，比较认可的思想源头是美国数学家和计算机专家弗诺·文奇教授，在其 1981 年出版的小说《真名实姓》中，创造性地构思了一个通过脑机接口进入并获得感官体验的虚拟世界。

我们可以从时空性、真实性、独立性、连接性四个方面去交叉定义元宇宙。

从时空性来看，元宇宙是一个空间维度上虚拟而时间维度上真实的数字世界；从真实性来看，元宇宙中既有现实世界的数字化复制物，也有虚拟世界的创造物；从独立性来看，元宇宙是一个与外部真实世界既紧密相连，又高度独立的平行空间；从连接性来看，元宇宙是一个把网络、硬件终端和用户囊括进来的一个永续的、广覆盖的虚拟现实系统。

准确地说，元宇宙不是一个新的概念，它更像是一个经典概念的重生，是在扩展现实、区块链、云计算，数字孪生等新技术下的概念具化。

在科幻小说原著中，元宇宙（Metaverse）是由 Meta 和 verse 两个单词组成。Mera 表示超越，Verse 代表宇宙（universe），合起来即为"超越宇宙"的概念；一个平行于现实世界运行的人造空间，是互联网的下一个阶段由 AR、VR、3D 等技术支持的虚拟现实的网络世界。

元宇宙发展历史：元宇宙始于 1992 年国外科幻作品《雪崩》里提到的"metaverse（元宇宙）""Avapar（化身）"这两个概念。人们在"Metaverse"里可以拥有自己的虚拟替身，这个虚拟的世界就叫作"元宇宙"。

20 世纪 70 年代到 90 年代中期出现了大量的开放性多人游戏，也就是说游戏本身的开放世界形成了元宇宙的早期基础。后来，2003 年有一款游戏叫《SecondLife》发布，它在理念上给我们部分解放了现实世界所面临的窘境，这句话怎么理解？就是我们在现实世界中最痛苦的一件事是不能快速调整自己的身份，而在虚拟世界当中，我们可以通过拥有自己的分身来实现，所以《SecondLife》给了我们过一种新生活的可能性。

2020 年人类社会到达虚拟化的临界点，疫情加速了新技术的发展，加速了非接触式文化的形成。

数字时代，万物互联，虚实结合。

第七讲　未来预言
爱因斯坦的三个预言和霍金十大预言
主讲嘉宾　美国麻省理工学院加西亚（Garcia）博士

爱因斯坦的三个预言

爱因斯坦是一位伟大的科学家，他的研究和理论让人类进入了一个全新的时代，相对论给物理学带来了一次革命，也促使宇宙学等多个领域的高速发展。很多人认为，爱因斯坦可以和伽利略、牛顿的成就相提并论，是一个不折不扣的"世纪伟人"。

说到世界上最聪明的人和最伟大的科学家，相信很多人都会第一时间想起爱因斯坦的名字，可以说，爱因斯坦在科学领域的成就深入人心，是许多人心中甚至是许多科学家心目中最伟大的科学家。

爱因斯坦的思想超越当时的人们一个时代，他敢于打破陈规提出"光速不变原理"，指出了牛顿的错误。当时已经有科学家发现了这个问题，但是在当时所有人的心中，牛顿的经典力学就是绝对的真理，即使有了新的发现也不敢直接指出。爱因斯坦解释了光电效应，随后提出了狭义相对论和广义相对论，重新定义了引力和高速状态下的宇宙。

像爱因斯坦这样的伟大科学家往往会受到科技水平的限制，比如他提出了一个和黑洞有关的猜测，我们却无法去证实这个猜测，因为以人类现在的科技手段无法探索黑洞，这就造成了很多科学家的理论不能被证实，一些科学家也喜欢针对未来的理论发展做出自己的"预言"，今天我们就来聊一聊爱因斯坦生前留下的三个预言。

宇宙学常数

宇宙学常数是爱因斯坦提出的一个预言，为了证明宇宙是"稳恒态"的静止宇宙，爱因斯坦在方程中加入了一个不存在的"宇宙学常数"，用来抵消引力的存在；曾经牛顿也提出过相似的"以太理论"，但是在随后的研究中，哈勃证实了哈勃定律的正确性，爱因斯坦承认宇宙学常数是他一生中最大的错误。

宇宙学常数是爱因斯坦对宇宙本质的一个预言。在宇宙膨胀被证实之前，爱因斯坦一直是静止宇宙的坚定支持者，这也是当时众多科学家共同的观点，只有少部分科学家支持宇宙大爆炸理论。

随着科学的发展，宇宙学常数逐渐被人们遗忘，爱因斯坦的这个预言似乎成了物理学发展中的一个小插曲。但是，在最近的研究中，科学家惊讶地发现，爱因斯坦的宇宙学常数可能真的存在，那就是宇宙中的"暗能量"，宇宙中真的存在一种看不见也摸不着的力，并且这种力可以和引力进行抵消。

爱因斯坦的预言在经过了漫长时间后再次复苏，或许爱因斯坦本人也想不到，这个被他称为一生中最大错误的宇宙学常数在宇宙中以暗能量的形式再次出现，可是人类对暗能量的研究并不够深入，或许在未来爱因斯坦的这个预言才可以被证实。

穿越时空的虫洞

相对论表明，一个人如果高速运动着，时间对他来说就会变慢；如果他的速度趋近于光速，时间对他来说就会趋于停滞——以光速运转就可以永生。那么再进一步，如果运动的速度超过光速（尽管相对论假定这是不可能的）会发生什么情况？推理表明，时间就会倒转，人就能回到过去——这就有点像威尔斯（Wells）的时间机器了，Wells 的科幻小说《时间机器》想象用"时间机器"在未来世界（公元 802701 年）旅行的经历。这种时间旅行既可以前往，未来也可以回到过去。把虫洞转化成时间机器，通过虫洞前往过去或未来世界。

我们都知道宇宙中存在着大量的黑洞，这些黑洞依靠着强大的引力不停地吸收物质和能量，那么这些物质去了哪里？爱因斯坦认为，宇宙中应该存在着黑洞的对立面——白洞，而虫洞就是白洞和黑洞之间的时空通道，在中间起到了传送物质的作用。

虫洞理论基于爱因斯坦对引力的理论，既然引力的本质是时空弯曲，那么我们的时空就不是绝对平坦的。黑洞和虫洞的理论出现改变了我们的宇宙观，目前黑洞已经被科学家证实存在，或许在遥远的未来，爱因斯坦预言的虫洞也会被科学家证实存在。

第四次世界大战

质能方程促使了核能的诞生，也促使了原子弹的诞生，爱因斯坦本人却是反对战争的，他反对使用核武器，并且说出过这样的预言：

"我不知道第三次世界大战用什么武器，但我知道第四次世界大战用的武器是木棍和石头。"

爱因斯坦留下的三个预言，最后一个预示人类的未来，让人感到害怕。

　　最后一个预言说出了人类的未来，随着我们科技的进步，武器的威力越来越大，如果战争再次出现，很可能会导致地球文明重启，整个人类文明毁于一旦。严重后果：人类文明终结。

　　爱因斯坦的担心并不是空穴来风。人类的高速发展给我们带来了良好的生活条件，但是任何事情都存在两面性，科技也促使了武器的威力更加巨大，人类可能会因为自己创造的武器灭亡。

　　爱因斯坦的三个预言，前两个和宇宙有关，最后一个预示着人类的未来，也是爱因斯坦对我们的忠告，你认为爱因斯坦最后一个预言可能实现吗？

霍金十大预言

　　预言一，地球将在 200 年内毁灭。霍金表示，人类如果想一直延续下去，就必须移民火星或其他的星球，而地球将在 200 年内毁灭。人类要想长期生存，唯一的机会就是离开地球，适应新星球上的生活，如果两个世纪内人类没有搬离地球，人类将永远从世界上消失。

　　预言二，人类 40 年内殖民火星。霍金认为地球迟早会毁灭，建议人类移民到火星等，不要与外星人联系。他还表示，过去曾出现过多次人类的生存危机，这种情况的频率还会增加，我们需要十分谨慎地避免这类危机，但如果人类在未来 200 年间能成功向外太空扩张，那么人类就能避免灾难。

　　预言三，外星人入侵地球。他表示，人类在努力与外太空其他生命形式建立联系时应当谨慎小心，因为人类无法确定外星生物是否会对人类表示友好，如果人类是这个星系中唯一的智能生命体，就应该确保自己得以生存和延续。

　　预言四，基因科技将改良人种。霍金大胆预言，人类不但会于未来 100 年内在其他星球建立新的生存基地，而且还会在此后的一百年内或更早些利用基因科技改良现有人种；同时表示，不管人类喜欢与否，未来必定会有人在某处设计出改良品种的人类；预言人类在未来数百年内，将会在子宫以外的地方培育胚胎。

预言五，地球将变成"火球"。霍金一直强调，地球上的生命很可能因某种灾难而灭绝，预言到了公元 2600 年，地球将会面临人无立足之地的处境，而电力的消耗也会让整个地球变得"火热"；表示地球的温度将会逐年上升，人类再不控制二氧化碳等温室气体的排放就会使地球毁灭。

预言六，人类会被外星人消灭。霍金一直持"外星人威胁论"的观点，他认为先进的外星物种不会任由比其低级的人类在地球上自由自在地生活而不想着侵占人类的地盘。也有专家持相反意见，认为如果外星人能来到地球，说明他们的文明程度远远超过人类，高智慧生命体会理智决定他们必须有分寸地对待其他智慧生命体。

预言七，人类未来的选择。霍金表示面对地球的有限资源和呈指数形式增长的人口数量，人类长期生存的唯一机会并不是留在地球，而是向外太空寻找出路。因此，霍金大力支持载人航天飞行研究，同时指出，人类有望驾驶宇宙飞船做时光旅行，霍金乐观地认为以目前人类的科学发展水平，在 200 百年内找到适合移居外太空的方法或类地星球是可能的。

预言八，对于外星生物的构想。霍金认为如果其他恒星系早已有生命发展，人类在现阶段并没有机会去发现这些生命，不过人类迟早可能会发现和人类不同的原始生命；但他同时认为，其他星球不太可能已有比人类更先进的生命形式，就算有，这些生命还无法探索银河系，没发现地球。

预言九，人工智能将会代替人类。霍金曾多次声称，人工智能系统非常危险，可能会颠覆人类甚至取代人类，如今人工智能的发展趋势还并不稳定，人类对人工智能也不能完全掌控，很多科学家表示人类不能太过深入地发展人工智能，一旦人工智能获得自主意识就会适得其反。

预言十，将来会出现一种新的人种。霍金表示，地球人类的DNA将会以极快速度变得更加复杂，地球人研发改良人种将会造成许多问题，人类掌握了基因编辑技术之后，就会设计出一种与现有人类特征高度相仿的物种，会在各领域取代人类，帮助人类完成日常生产和工作，同时表示新人种的诞生可能是人类文明消亡的开始……

第八讲　量子力学与量子信息科学
主讲嘉宾　美国约翰斯霍普金斯大学罗德里格斯
（Rodriguez）博士

量子力学和相对论是20世纪的两大科学革命，对人类的世界观产生了强烈的震撼。但论公众中的知名度，量子力学似乎比相对论低得多。原因可能在于相对论是由爱因斯坦一个人创立的，孤胆英雄的形象易于记忆和传播，而量子力学的主要贡献者有好几位，没有一个独一无二的代言人。爱因斯坦和相对论称得上妇孺皆知，而听说过量子力学中的"薛定谔的猫""海森堡测不准原理"这些词的人，已经算是科学发烧友了。

"薛定谔的猫"是由奥地利物理学家薛定谔做的一个有关量子理论的经典理想实验：设想一个可怜的猫被关在一个与外界隔绝的笼子里，笼中装有一个毒药瓶，瓶子的开关用一个放射性原子控制。当原子处于激发态 $1 \uparrow >$ 时，毒药瓶未被打开，猫是活着的。但原子有一定的概率跃迁到基态，当原子跃迁到基态 $1 \downarrow >$ 时，将发射出一个光子，从而启动毒药瓶口，毒药就释放出来，猫就会被毒死，此即薛定谔的猫态。当猫被关在笼子里的时候，人们并不知道它究竟是活还是死，即猫处于既是活也是死的状态（或者说处于不死不活的状态）。这与我们日常生活的经验是格格不入的，是反直觉的。在宏观现实世界中，猫要不是活就是死，两者必居其一，即"非活非死"，或"不死不活"的状态。"薛定谔的猫"被拿来比喻微观世界中粒子的状态。这只猫在箱子里存在生和死两种可能性，按照常理来说，生和死肯定是已经确定好了的，因为客观现象不以人的意志为转移。但是在量子力学领域，这只猫同时存在着生和死的叠加状态，我们的意识没有参与这个体系之前，客观现象都是以人的意志为转移的。此实验试图从宏观尺度阐述微观尺度的量子叠加原理的问题，这一经典实验巧妙地把微观物质在观测后是粒子还是波的存在形式和宏观的猫联系起来，以此求证观测介入时量子的存在形式。"薛定谔的猫"很好地阐述了 20 世纪量子力学这个科学成就的突破性和争议性的现状，还延伸出了平行宇宙等物理问题和哲学争议。

描述微观世界必须用量子力学，宏观物质的性质又是由其微观结构决定的。因此，不仅研究原子、分子、激光这些微观对象时必须用量子力学，而且研究宏观物质的导电性、导热性、硬度、晶体结构、相变等性质时也必须用量子力学。

许多最基本的问题，是量子力学出现后才能回答的。例如：

为什么原子能保持稳定，例如氢原子中的电子不落到原子核上？（因为氢原子中电子的能量是量子化的，最低只能取 -13.6eV，如果落到原子核上就变成负无穷，低于这个值了。）

现代社会硕果累累的技术成就几乎全都与量子力学有关。你打开一个电器，导电性是由量子力学解释的，电源、芯片、存储器、显示器的工作原理是基于量子力学的。走进一个房间，钢铁、水泥、玻璃、塑料、纤维、橡胶的性质是由量子力学决定的。登上飞

机、轮船、汽车，燃料的燃烧过程是由量子力学决定的。研制新的
化学工艺、新材料、新药都离不开量子力学。

量子力学是研究物质世界微观粒子运动规律的物理学分支，主
要研究原子、分子、凝聚态物质，以及原子核和基本粒子的结构、
性质的基础理论。

它与相对论一起构成现代物理学的理论基础。量子力学不仅是
现代物理学的基础理论之一，而且在化学等学科和许多近代技术中
得到广泛应用。

19世纪末，人们发现旧有的经典理论无法解释微观系统，于
是经由物理学家的努力，在20世纪初创立量子力学，解释了这些
现象。量子力学从根本上改变人类对物质结构及其相互作用的理
解。除了广义相对论描写的引力以外，迄今所有基本相互作用均可
以在量子力学的框架内描述（量子场论）。

量子力学基本原理

量子力学的基本原理就是量子论，即微观世界物理量（运动，
能量等）的不连续性。还有普朗克常量、玻尔原子模型、互补原
理，或波粒二象性，不确定性理论、概率论，不相容原理等。

量子论的起源于一个大家熟悉的现象，这一现象并不属于原子
物理学的核心部分。任何一块物质在被加热时都会发光，并在高温
度下达到红热和白热，发光的亮度与材料的表面关系不大，而对于
黑体，只与温度有关。因此，黑体在高温下发出的辐射作为物理学
研究的适当对象，被认为应该可以根据已知的辐射和热学定律找到
一个简单的解释。但是物理学家瑞利和金斯在19世纪末的努力却
以失败告终，揭示了黑体辐射问题的严重性。

难以置信的是这个公式已经触动了我们描述自然的基础，我感
到，我可能已经完成了一个第一流的发现，或许只有牛顿的发现才

能和它相比。——普朗克。

普朗克大胆舍弃了"能量均分定理"，代之以"量子假设"——能量只能以分立的能量子的形式发射或吸收，这在概念上是一次革命性的突破，以至于它不再适合物理学的传统框架。

频率为 v 的电磁波和原子、分子等物质发生能量转换时候，能量不能连续变化，只能一份一份地跳变，且每份"能量子"为：e=hv=nw，其中约化普朗克常数 $\hbar$=h/（2π）。

量子技术是量子物理和信息技术相结合发展起来的一门新学科，主要包括量子通信和量子计算。量子通信主要研究量子密码、量子隐形状态、远程量子通信技术等。量子计算主要研究量子计算机和适合量子计算机的量子算法。

量子是一个数学概念，即离散变化的最小单元。简单地说，量子是一种统称，是电子、光子等亚原子粒子的统称（物质和能量等效），可以将电子视为一个能量包（即一个能量子，简称量子）。例如，水果是桃子、石榴或苹果的总称。

深度应用量子效应。目前流行的量子通信、量子计算和量子计量都属于这一类。两者比较而言，前者是基础，相关工作全面展开，后者是前者价值的又一直接体现，已经开始，并可能对信息技术产生破坏性影响。

近年来，能看到越来越多与"量子"有关的科技新闻。2016年8月16日，中国发射世界上第一颗量子科学实验卫星"墨子号"更是全球轰动。但如果想了解量子科学，在网络上看到的又大多是各种玄而又玄、莫名其妙的说法，什么"没有人懂得量子力学"，"超时空的瞬间作用"，"上帝不掷骰子"，越看越糊涂。你或许会认为这么高深的东西本来就超出了我们的理解范围。

实际上，量子科技并非无法言传，它是完全可以理解的。

一、"量子"是什么？

量子科学之所以显得神秘，首先这个名字就是一大原因。

看到"量子"这个词，许多人在"不明觉厉"之余，第一反应就是把它理解成某种粒子。但是只要是上过中学的人都知道我们日常见到的物质是由原子组成，原子又是由原子核与电子组成的，原子核是由质子和中子组成的。那么量子究竟是个什么？难道是比原子、电子更小的粒子吗？

其实不是。量子跟原子、电子根本不能比较大小，因为它的本意是一个数学概念。正如"5"是一个数字，"3个苹果"是一个实物，你问"5"和"3个苹果"哪个大，这让人怎么回答？正确的回答只能是：它们不是同一范畴的概念，无法比较。

量子这个数学概念的意思究竟是什么呢？就是"离散变化的最小单元"。

什么叫"离散变化"？我们统计人数时，可以有一个人、两个人，但不可能有半个人、1/3个人。我们上台阶时，只能上一个台阶、两个台阶，而不能上半个台阶、1/3个台阶。这些就是"离散变化"。对于统计人数来说，一个人就是一个量子。对于上台阶来说，一个台阶就是一个量子。如果某个东西只能离散变化，我们就说它是"量子化"的。

二、量子信息——量子力学与信息科学的交叉学科

既然量子力学出现已经超过了一个世纪，为什么最近才在媒体上变得如此火热？回答是：量子力学与信息科学的交叉学科——量子信息。

而量子信息跟经典信息相比有很大的优势。

首先是一个显而易见的优势。前面比喻过：经典比特是"开

关"，只有开和关两个状态，而量子比特是"旋钮"，有无穷多个状态。旋钮的信息量显然比开关大得多。

还有一个稍微复杂一点的优势。一个包含 n 个经典比特的体系，总共有 2n 个状态。想知道一个函数在这个 n 比特体系上的效果，需要对这 2n 个状态都计算一遍，总共要 2n 次操作。当 n 很大的时候，2n 是一个巨大的数字。指数增长是一种极快的增长，比 n 的任何多项式都快。比如说，2n 比 n 的一万次方增长得还要快。

三、量子信息的应用

量子信息的研究内容包括量子通信和量子计算。从这两个名字我们立刻可以发现，量子信息还没有进入生活，因为大家都还在用经典的电脑和手机。具体地说，量子通信已经有了一些实际应用，量子卫星就是做相关实验的。而量子计算的发展程度要低得多，还处于演示阶段，尚未造出有实用价值的量子计算机。

量子信息究竟能用来干什么呢？下面我们来介绍量子信息的四项应用。在量子计算方面，有量子因数分解（破解最常用的密码体系）和量子搜索（用途最广泛的量子算法）。在量子通信方面，有量子隐形传态（"传送术"，最富有科幻色彩的应用）和量子密码术。在所有这些应用中，量子密码术是目前唯一接近实用的，但这一个就非常重要，足以表现量子信息的价值了。

顺便提一下，有些人迷惑光量子计算机跟量子计算机是什么关系，甚至还有人说光量子计算机不是量子计算机。实际上，量子计算机总需要用某种物理体系来实现，好比电子计算机可以用电子管实现，也可以用晶体管实现，甚至可以像刘慈欣《三体》中设想的那样用几千万人来实现。光量子计算机就是用光子作为量子比特的量子计算机。除了光子之外，量子计算机常用的物理体系还包括光学共振腔、离子阱、核磁共振等。

四、中国在量子信息科学领域的国际地位

量子信息科学领域的国际竞争，大图景如下。在量子通信方面，中国领先，欧洲和美国也投入了很多努力，在跟随中国发展。在量子计算方面，欧美领先，中国也不断做出重要的成果，最近已经并驾齐驱。如果这两个领域相比较，整体而言量子计算的重要性高于量子通信，但离实用也更远。

对于中国来说，量子密码术简直是上天送来的礼物，应该以最高的优先级发展。如《孙子兵法》所言："先为不可胜，以待敌之可胜。不可胜在己，可胜在敌。"好比在冷战时期，美苏追求的是全球霸权，而中国追求的首先是保住自己，所以美苏的上万件核武器都不能达到目标，而中国的有限核威慑就足以达到目标。

墨子号量子卫星的发射和量子通信京沪干线的建设，标志着中国的量子通信接近了产业化。自从人类进入近代社会以来，这是第一次由中国创造一个新的产业。我们在许多产业做到了世界第一，例如高铁、电信、超算，固然都很了不起，但这些产业都是别人开创的，我们是在别人的框架里后来居上。只有量子通信在国际上是没有先例的。这个中国首创的产业是一座里程碑，历史意义十分重大。

同时，我们要认识到，创新不只是科技人员的事，全社会民众都应该参与进来，建立推崇创新、奋发有为的文化。

发展量子科技，对促进高质量发展、保障国家安全具有非常重要的作用。近年来，中国的墨子号、九章、祖冲之号等一批重大成果集中涌现，中国量子科技实现从跟跑、并跑到部分领跑的历史飞跃，量子科技发展的体系化能力正在稳步建立。

中国量子科技发展迈入了快车道。2016 年，全球首颗量子科

学实验卫星"墨子号"成功发射，此后率先在国际上实现星地量子通信。2017 年，量子保密通信骨干网络"京沪干线"正式开通，并与"墨子号"连接，实现世界首次洲际量子通信。在量子计算领域，"九章"光量子计算原型机、"祖冲之二号"超导量子计算原型机先后实现量子计算优越性里程碑，使中国成为目前唯一在两种物理体系都实现这一关键技术突破的国家。

据估计，基于量子力学发展起来的高科技产业（例如激光、半导体芯片、计算机、电视、电子通信、电子显微镜、核磁共振成像、核能发电等），其产值目前在发达国家国民生产总值中已超过30%，可以说，没有量子力学和相对论的建立，就没有人类的现代物质文明。相对论与量子力学是 20 世纪物理学的两个主要进展。从对现代物理学和人类物质文明的影响来说，后者甚至超过前者。

21 世纪注定是量子的时代，量子计算机、量子通信彻底颠覆信息时代的科技。借助于量子计算机的超强运算能力，半个小时内便可用基因程序克隆出完整的生命体，电磁波植入记忆与基因程序植入记忆是两种不同的记忆植入方法。量子纠缠的应用让星际旅行成为现实，为防止怀有恶意的外星人入侵，迫使人们努力寻找进入平行宇宙和镜像宇宙、掌握暗物质科技的方法，以拯救这个星球……

第九讲　费米悖论
主讲嘉宾　美国哥伦比亚大学史密斯（Smith）博士

费米悖论是一个有关外星人、星际旅行的科学悖论，阐述的是对地外文明存在性的过高估计和缺少相关证据之间的矛盾，很多相关的问题已经得到重视，内容包括天文学、生物学、生态学和哲学。

费米悖论的第一点，即尺度问题，是一个数量级估计：银河系大约有 2500 亿颗恒星，可观测宇宙内则有 7×1022 颗。即使智慧生命以很小的概率出现在围绕这些恒星的行星中，那么仅仅在银河系内就应该有相当大数量的文明存在。这也符合平庸原理的观点，即地球不是特殊的，仅仅是一个典型的行星，具有和其他星体相同的规律和现象。有人用德雷克公式来支持这个论点，尽管这个式子的基础正在受到质疑。

费米悖论的第二点是对尺度观点的答复：考虑到智慧生命克服资源稀少性的能力和对外扩张的倾向性，任何高等文明都很可能会寻找新的资源和开拓他们所在的恒星系统，然后是涉足邻近的星系。因为在宇宙诞生 137 亿年之后，我们没有在地球或可观测宇宙的其他地方，找到其他智慧生命存在的切实可靠的证据；可以认为智慧生命是很稀少的，或者说我们对智慧生命的一般行为的理解是有误的。

解决方法：

在物理学家史蒂芬·韦伯于 2002 出版的《地外文明在哪儿？》一书中，列举了费米佯谬的 50 种解决方案，主要可以归纳为三个方面：宇宙中不存在别的文明，即外星文明不存在；外星文明是存在的（或曾经存在过），但它们迄今为止还无法和我们接触；外星文明已经来到地球，只是我们不知道，无法发现或不愿承认。

主要形式：

费米悖论可以表述成两种形式。一种是"为什么没有发现外星人或者外星物品？"如果星际旅行是可行的，即使是用人类造的飞船这样缓慢地旅行，也只需要 500 万到 5000 万年去征服星系。就算不考虑宇宙尺度，在地质学尺度上这也是一个相当短的时间。因为有很多年龄比太阳更大的恒星，或者因为智慧生命可能进化得更早，这个问题就变成为什么星系还没有被殖民。即使殖民对所有外星文明来说是不合实际或者是不想去做的，大规模的星际探索也应该是有可能（探索的方式和理论上的探测器会在下文具体讨论）。然而没有任何关于殖民和探索的证据得到承认。星际旅行的次数问题就足以解释为什么地球上缺少外星生物的证据。但是第二种形式就变成"为什么我们看不到智慧生命的迹象？"，因为足够高等的文明应该能在可观测宇宙的较大范围内被看见。即使这些文明是很稀少的，尺度问题的讨论暗示他们可能在宇宙历史中的某一段存在过。因为他们在相当长的一段时间内能够被观测到，我们视野范围内应该能找到很多他们起源地的迹象。然而没有任何确切的地外文明观测证据。

相同的以尺度和概率的角度与视野来观察，地球属于适居带的行星，拥有且满足一切生物物种维持生命、生存和演化的所有条件，然而事实上从地球历史中的显生宙开始至今，在这长达五亿多年的岁月和数百万的生物物种中，只有一个物种成功的演化成为高等智慧生命——人类，而非多种多元的高等智慧生物并存于地球上，这显示了在"相同条件"下，高等智慧生命并非如此轻易出现和存在。同地球殊异假说一般，这或许为费米悖论提供了一个答案。

悖论影响：

费米悖论自成，在天文学界就有着相当的影响，因为它是基于科学探知的事实：古老的银河系已有100多亿年的年龄，而银河系的空间直径却只有大约10万光年。就是说，即使外星人仅以光速的千分之一翱翔太空，他们也不过只需1亿年左右的时间就可以横穿银河系——这个时间远远短于银河系的年龄。而且仅从数学概率上分析，在浩瀚的宇宙里，应该有着众多的类似地球的适合于生命存在的星体。并且这其中有些星体的年龄要远远大于地球，因此，它们上面的生命进化也要远远早于地球上的人类。

费米悖论生成几十年来，人类对太空的探索已有长足的进展。宇宙飞船已经参观或探测了太阳系中绝大部分的行星及其主要卫星，天文学家还追踪了成千上万颗星球发出的微波信号。但是，这些搜寻行动一无所获，人类并没有发现能够证明外星人存在的生命信号。费米悖论的实质就是否定外星文明的存在：既然我们至今还未发现外星人的蛛丝马迹，为什么还要相信它呢？

"费米悖论"在天文学界广有市场，许多著名的科学家对此持赞成的态度。

中国作家刘慈欣的科幻小说《三体Ⅱ黑暗森林》以"黑暗森林"法则对费米悖论进行了一种可能的解释。其大意是：宇宙中诞生的文明，由于相互之间距离极其遥远，使得文明之间的沟通非常困难；且各星球上诞生的文明，其思维方式、价值观，甚至基本逻辑思维方式和基本生命构成都有着巨大的差距。正是由于各文明之间距离上的遥远性、互相所构成的猜疑链以及各自在技术水平上发展的不均衡性，一旦被外星文明获知自己的存在，就很可能给自身的生存带来威胁。其结果必然导致：具有一定成熟度和技术水平的文明，都意识到宇宙的黑暗森林法则，各文明不会主动暴露自身的存在。"宇宙形如黑暗森林，各个文明形如黑暗森林中带枪的猎人。"依此解释了费米悖论"外星人在哪里？"的问题。按照"黑暗森林"理论，成熟的文明都拥有"藏好自己，做好清理"的本能，所以他们不会贸然出现，更不会暴露自己的位置。

宇宙就是一片弱肉强食的黑暗森林。外星文明有可能是满怀恶意的。在《三体Ⅱ》结尾处，作者刘慈欣借主人公罗辑之口明确说出了他对费米悖论的具体解释："宇宙就是一座黑暗森林，每个文明都是带枪的猎人，像幽灵般潜行于林间……他必须小心，因为林中到处都有与他一样潜行的猎人。如果他发现了别的生命……能做的只是一件事：开枪消灭它。在这片森林中，他人就是地狱，就是永恒的威胁，任何暴露自己存在的生命都将很快被消灭。这就是宇宙文明的图景，这就是对费米佯谬的解释。"而人类主动向外太空发送自己的信息，就成为黑暗森林中点了篝火还大叫"我在这儿"的傻孩子。

不过应该提及的是，无论是从萨伯哈根小说中衍生出的"狂暴战士"理论，还是刘慈欣的"黑暗森林法则"，作为费米悖论的解决方案都存在局限。因为，人类从自己的行为模式所定义出的善、恶等思维方式，是否可套用于所有地外文明，这是一个很有异议的问题。

实验验证：

解决费米悖论最显而易见的方法就是找到地外文明存在的证据。自 1960 年来人们就有各种各样的尝试，并且很多项目仍在进行之中。因为人类没有星际旅行的能力，这种探索只能远距离进行，而且要求对细小的线索做仔细的分析。

这种限制导致我们只能去探索那些对环境造成显著影响的文明，或者是该文明产生了能接收远距离探测的信号技术，比如射电辐射。对于没达到相应技术水平的文明，在不远的未来不太可能被地球探测得到。

寻找地外文明要注意避免过于以人类为中心去看待线索。我们总是习惯地以为，探测到的现象会相似于人类活动能够产生的现象，或者会和人类获得先进科技之后能产生的现象一样。然而，智慧外星生物的行为可能不符合我们的预测，或者以对人类来说完全新颖的方式表现出来。

未解之谜：

费米悖论无论是对于天文学界还是科幻界来说，都是一个开放式问题。每个人都可以提出自己的答案，在真正正式接触到外星人之前，没有人知道这个问题的正确答案。不过从数学概率及逻辑上分析，在浩瀚的宇宙里，应该有着众多的类似地球的适合于生命存在的星球。

讨论外星高等文明是否可能存在，数量上可能有多少，可以用到"德雷克公式"：

银河系中的高等文明数＝恒星总数×恒星拥有行星系统的概率×行星系统中产生生命的概率×生命中产生智慧生命的概率×智慧生命进入技术时代的概率×技术时代的概率×技术时代的平均持续时间÷银河系年龄

这个公式由射电天文学家德雷克与卡尔·萨根提出，在1961年美国科学院空间科学委员会请德雷克主持组织的第一次搜寻地外生命的学术会议上，被作为主题来讨论。

值得注意的问题是，公式中的"生命"仅限于地球上的生命模式，而事实上谁能排除生命还有其他模式（比如说不需要阳光、空气和水）的可能性？而在幻想电影中，生命的不同模式早已经司空见惯，比如影片《病毒》（Virus，中译名有作《异行总动员》）中的病毒，就是一种高智慧的外星生命，但是它们根本就没有形体。

美国天文学家、科普作家卡尔萨根估计，依据德雷克公式，存在地外智慧生命的星球数量应该约为100万颗；美国科幻作家阿西莫夫则认为，这样的星球应有67万颗；而法兰克·德雷克本人较为保守的估计为10万颗。

英国天体生物学家沃森曾参照地球智慧生命的演化过程建立过一个数学模型，分析结果显示：在其他行星上找到智慧生命的可能性非常低。他认为，任何一颗行星都不会为生命的演化提供无限长的时间，像地球这样的行星，其适合生命生存的时期受太阳亮度的影响，超过一定的时间后，适合生命生存的时期将随之结束。其结论是：如果假定生命演化的时间为40亿年，那么在一颗类地行星上出现智慧生命的可能性不超过 0.01%。

现代天文学确证：地球人的出现是宇宙演变的结果；由于自然法则在宇宙中具有普遍性，导致地球人诞生的因素也会出现在苍茫宇宙的某处。因此不少科学家坚信：宇宙中是存在外星人的。

美国卡内基科学研究所的迈克尔王博士（Dr Michael Wong）和加州理工学院的斯图尔特巴特利特博士（Dr Stuart Bartlett）最近提出了试图解答费米悖论的新假说。

两人认为，费米悖论的答案在于，文明为了避免资源耗尽导致崩溃，可能将优先考虑平衡状态，这使得宇宙扩张不再是一个目标。如此一来，外星人就难以被远程探测到。

不过两位博士强调，他们的研究仅仅是一个假设，需要进一步研究来证明他们的理论。

第十章　人类未来

　　茫茫宇宙，浩瀚星空，自古至今吸引了很多人思考着宇宙的终极问题。

　　宇宙诞生生命的过程：

　　138 亿年前宇宙大爆炸，原本宇宙一片空旷，没有任何物质。从一个奇点爆发出来以后，这些物质形成了各式各样的星球。

　　一颗颗恒星在崩溃之后把原本自身的物质散落到各处，形成了大量的分子和原子。分子和原子不断地汇集，形成了一颗又一颗的行星。行星在不断的撞击之下不断演变，最后诞生出了各种各样适合生命生存的环境。最后经过几十亿年的不断繁衍，形成了各式各样的生命，最后又形成了在这个宇宙中独一无二的自己。

　　可想而知这种概率小到几乎为零。这就是为什么现在的科学家用水和氨基酸以及氧气作为标准来寻找其他星球的外星生命。

　　人类原本是宇宙的产物，人类不可能比宇宙更具有创造力。人类同样也不能完美地预测出宇宙会以什么样的生命条件创造出来生命。因为人类的想象力根本达不到这样的境界，唯一能做的就是按照地球现有的标准去寻找外星生命，去寻找和人类类似的外星生命体。

　　在地球形成的几十亿年间，似乎宇宙在不断地为地球产生生命而创造条件。条件都是巧合的。如果在这几十亿年间宇宙中的任何一种条件稍微发生变动，人类都无法想象现在的地球生命会是什么样子的。

人类在地球还可以存活多久？科学家给出以下预言：

自从 5.4 亿年前寒武纪生物大爆发以后，地球上所有的生物在进化的过程中一直都面临着各种各样的灾难。回顾地球生物的进化史，到现在为止，地球上的生物一共经历过五次生物大灭绝。每一次生物大灭绝，都将地球上近 80% 的生物全部消灭。而人类正是在距今约 6500 万年前的第五次生物大灭绝以后，才有幸登上地球进化史的舞台。这一次大灭绝将地球上的恐龙消灭。下一个统治地球的群体就是人类。到现在为止，人类在地球上进化的时间近百万年以上。

但是回顾近百年来的科技发展速度，人类的科技似乎是呈指数爆炸的形式增长。百年以来的科技发展成果就相当于几千年以前的科技发展总和。所以人类也在试图运用自己的科技和大自然做斗争，同时也在提前反思人类在未来有没有可能面临着前几次生物大灭绝类似的灾难。当然我们回顾宇宙，其实在宇宙中任何一个群体都会随着时间的流逝慢慢消亡，就连恒星都不能逃脱死亡的命运。因此科学家按照人类现在的科技发展以及面对大自然的种种因素，给出几种在未来有可能造成人类灭绝的灾难。

大家都知道在太阳系中有许多小行星，而据天文学家观测，光是在木星和火星之间的小行星数量就可以达到近 50 万左右。如此庞大的一个小行星数量群体，如果有一颗小星星因为撞击而发生了轨道偏离，并且朝地球飞奔过来，那么迎接地球生命体的将会是一次重大的灾难。距今约 6500 万年前，白垩纪时期，就是因为直径长达 10km 的小行星撞击地球才造成的生物大灭绝。所以小行星撞击地球，一直以来都是科学界比较关注的一个话题，也是造成人类灭亡的一个重大威胁。

在太阳的表面及其内部，时时刻刻都在不停地发生着热核反应，正是这些热核反应才让太阳释放大量的热量，之后地球才可以繁衍生息。但是千万不要以为太阳释放的能量永远都会这样稳定。给人类造成威胁，让人类感觉到恐惧的并不是它的能量在慢慢地衰退，而是会发生加剧反应。因为在太阳的内部有大量的氢元素正在转化为氦，这也就意味着太阳内部的密度和压力会慢慢地升高。这种压力和密度的急剧变化也就会导致太阳光变效应的发生。据天文学家观测，太阳每十亿年光照强度就会增加 10% 左右，这 10% 的能量足以让地球的水分全部被蒸发。试想一下，一颗没有水源的星球适合人类居住吗？完全是一颗荒凉的星球，和现在的火星类似。所以太阳的变化也一直被科学家认定为造成地球生物大灭绝的重要因素之一。

自从人类进入工业革命以后，虽然科技得到快速发展，但是大自然却在背后付出沉痛的代价。大气环境随着工业革命的发展逐步遭到破坏。据相关数据统计，地球每年排放的可以造成温室效应的气体高达上百亿吨左右。所以这也就造成了现在地球的平均温度升高了 0.6℃，其中最明显的一个变化就是地球两极冰川的融化。如果在未来的某一天人类不控制温室气体的排放，那么很有可能会进一步加剧两极冰川融化，使得地球的海平面上升近百米以上。到那个时候可想而知，地球上大部分的陆地将会被海水吞没，有什么地方还适合人类生存？

除了以上几点外部因素之外，可以造成人类灭绝的内部因素同样也不能排除。人类同样可以发展到让自己灭绝的地步，其中威胁最大的一个因素就是核战争的爆发。自从美国的曼哈顿计划成功实施以后，人类就开始意识到了核武器的威胁。

核武器是由核裂变和核聚变之后释放的巨大能量。毫不夸张地说，一颗原子弹足够毁灭一座城市，在二战中，美国释放的原子弹爆炸之后造成多达 20 万的生命消失。并且在爆炸过后的核辐射同样不能忽略，这些放射性的元素会让皮肤溃烂，甚至发生癌变，即使存活下来的人也会在慢慢的折磨中痛苦地死去。所以核武器绝对是人类未来文明走向的一个重大威胁因素之一。

爱因斯坦非常自责自己对核武器的贡献，他曾经说过："我虽然不知道第三次世界大战是什么样子的，但是我一定知道第四次世界大战人类一定是在用木棍或者石器打仗。"很显然，从他这句话中的意思我们就可以明白，第三次世界大战中使用的武器足以造成人类灭亡，并且使人类的文明倒退一大截。

人类未来、人类发展希望在哪里？科学家做出一些预测。

展望未来人类社会未来之路发展情景：

乌托邦式（The Utopian Scenario）

有理由相信，一个世纪后，我们的子孙将比我们现在过得好得多。到那个时候，许多只存在于科幻作品中的技术将会成为现实。

为什么我们可以期待未来还会继续更好？这与人类的特性有关。人类区别于其他动物的一点是，他们有能力在他人知识的基础上进行扩展，并且是指数级的扩展。这是一个良性循环：事物越发展，人类可依靠的技术和工具就越多，更多的进步就越容易发生。

全球合作

全球合作是大势所趋，这也是另一个将加速人类进步的因素之一。将精力放在把蛋糕做大上，而不是试图偷走别人的蛋糕。

我们会不断创新，让生活变得更简单、更安全和更欢乐，朝着更接近乌托邦的方向发展。

1. 永生

人类想要实现永生的障碍很多。首先，目前人类的生物学寿命是有上限的，大约是 150 年。其次，还有众多的次生后果：当一个人有了几百年的寿命时，人的意识会变成什么样子？社会能否承载大量人口？经济会受到怎样的影响？

2. 幸福

超级幸福，人们过着乌托邦般的生活。也许到 2123 年，世界还不是最完美的乌托邦，但比现在好得多——趋势是朝着指数级的改善发展的。

从某种程度上讲，这个目标似乎比永生更难实现。幸福很难定义，因为它涉及很多不同的层面。在这里，暂且用"幸福"指代这个从纯粹的享乐主义到实现人生追求的多个维度的期望。

有几种方式可以让我们借助更先进的技术变得幸福，比如通过技术可以简单地控制我们大脑内的生物化学反应，从而让我们一直感觉幸福。或许你并不是一个单纯的享乐主义者，你更渴望有意义和成就感，但是试想一下，如果有一天，技术发展到能让你在模拟现实中实现对意义的追求呢？你是否会接受它们？

3. 超凡

任何足够先进的技术都与魔法无异。除了探索更大的世界外，我们还可以扩展我们大脑的能力。比如提高智商，像蝙蝠一样听到超声波，借助嗅觉识别颜色，甚至获得隔空取物的能力。

塑造我们未来的 20 个"元趋势"：这些元趋势包括人类寿命延长、智能经济蓬勃发展、人工智能与人类协作、城市化蜂窝农业和高带宽脑机接口……可能会彻底改变整个行业，重新定义未来一代的企业和当代挑战，并自下而上地改变我们的生活。

1. 全球富裕度持续增加。中等收入人口持续增加，极端贫困人口持续下降。这一元趋势是由以下因素的融合驱动的：高带宽和低成本的通信、云上无处不在的人工智能、越来越多的人工智能辅助教育和人工智能驱动的医疗保健。

2. 全球高速网络通信能够连接所有人和任何地方。这一元趋势是由以下方面的融合驱动的：低成本太空发射、硬件进步、5G网络、人工智能、材料科学和不断增长的计算能力。

3. 人类平均健康寿命将增加10年以上。这一元趋势是由以下方面的融合驱动的：基因组测序、CRISPR技术、人工智能、量子计算和细胞医学。

4. 资本充裕的时代将见证加速创新。这一元趋势是由以下方面的融合驱动的：全球连通性、非物质化、非货币化。

5. 增强现实和空间网络将实现无处不在的部署，消费者将在一个全新的智能、虚拟重叠的世界中全天玩耍、学习和购物。这一元趋势是由以下方面的融合驱动的：硬件进步、5G网络、人工智能、材料科学和不断增长的计算能力。

6. 万物智能，内嵌智能。这一元趋势是由以下方面的融合驱动的：人工智能、5G网络和更先进的传感器。

7. AI将实现人类大脑水平的智能。这一元趋势是由以下方面的融合驱动的：全球高带宽连接、神经网络和云计算。

8. AIaaS（AI即服务）崛起。在某些领域，与人工智能的合作甚至将成为一种要求。例如未来，在没有咨询AI的情况下做出某些诊断可能会被视为渎职。这一元趋势是由以下方面的融合驱动的：日益智能化的人工智能、全球高带宽连接、神经网络和云计算。

9. 智能硬件成为你的"软件外壳"或"认知假肢"。帮你管理电子邮件、监测健康状况、了解你的偏好、预测你的需求和行为、为你购物等。这一元趋势是由以下方面的融合驱动的：日益智能化的人工智能、神经网络和云计算。

10. 可再生能源成为能源消耗的主流。这一元趋势是由以下方面的融合驱动的：材料科学、硬件进步、人工智能、算法和改进的电池技术。

11. 保险业从"风险后的恢复"向"风险的预防"转变。这一元趋势是由以下方面的融合驱动的：机器学习、无处不在的传感器、低成本的基因组测序和机器人技术，可在产生任何成本之前检测风险、预防灾难和保证安全。

12. 自动驾驶汽车和飞行汽车将重新定义人类出行，很快将变得更快、更便宜，交通成本将下降3—4倍，改变房地产、金融、保险、材料经济和城市规划。生活和工作的地方，以及时间的度过，都将被人类旅行的未来从根本上重塑。这一元趋势是由以下方面的融合驱动的：机器学习、传感器、材料科学、电池存储改进和无处不在的千兆连接。

13. 按需生产和按需交付将催生"即时物联网经济"。这一元趋势是由以下方面的融合驱动的：网络、3D打印、机器人技术和人工智能。

14. 随时随地感知和了解任何事物的能力。人类正在迅速接近一个传感器的时代，全球成像卫星、无人机、自动驾驶汽车激光雷达和AR头戴盔都是全球传感器矩阵的一部分。在这样的未来里，重要的不是"你知道什么"，而是"你提出问题的质量"。这一元趋势是由以下方面的融合驱动的：地面、大气和太空传感器，庞大的数据网络，5G通信网络，下一代Wi-Fi和机器学习。

15. AI改变消费。人类开始信任并依赖AI来做出大部分购买决定，因此，通常会争夺您的注意力（无论是在超级碗还是通过搜索引擎）的广告行业将很难影响你的AI。这一元趋势是由以下方面的融合驱动的：机器学习、传感器、增强现实和5G网络。

16. 细胞农业从实验室进入生活。将能在任何地方按需生产牛肉、鸡肉和鱼。这一元趋势是由以下方面的融合驱动的：生物技术、材料科学、机器学习和农业技术。

17. 高带宽脑机接口（BCI）将上线供公众使用。这一元趋势是由以下方面的融合驱动的：材料科学、人工智能、机器学习和机器人技术。

18. 虚拟现实技术改变零售业以及教育的未来。这一元趋势是由以下方面的融合驱动的：VR、机器学习和高带宽网络。

19. 更加关注可持续性和环境。这一元趋势是由以下方面的融合驱动的：材料科学、人工智能、CRISPR、数字生物学和宽带网络。

20.CRISPR 和基因疗法将有助于治愈疾病。这一元趋势是由以下方面的融合驱动的：各种生物技术（CRISPR、基因治疗）、基因组测序和人工智能。

看到扎克伯格的"元宇宙"，有人大胆预测人类未来的三个走向：

1. 在物理和化学方面取得突破，发明高速飞船，走向外太空。这是一种最好的途径，人类最终走向宇宙，在星辰大海之间探索未知，取得进步。

2. 在生物学方面取得突破，人类生命大大延长，最终走向长生不老。这个途径算是次好，人类逐步变成了一个老化的种族，逐步失去创新和活力，最终随着太阳系的灭亡、银河系的灭亡而走向死亡。

3. 在信息科学方面取得突破，发明自主人工智能（机器人），最终走向毁灭。这个是最差的途径，人类最终毁灭了自己。

如果我们仔细查看一下过去的一些未来学家、科幻作家和科学家，我们可以找到不少他们对于未来生活的预测。其中有许多都已经实现了，例如互联网、视频通话、扫地机器人等。那么，如果我们从现在的角度能够预测未来的世界会是什么样子的呢？随着科技的进一步发展，未来我们的生活可能发生的 10 个变化：

1. 用植物的力量为你的手机充电。

巴塞罗那有一家企业研发了一款可以为手机充电的植物盆栽。据说一个 5V 的 USB 充电口每天可以为手机充电多达三次。平时只需每天对其进行浇水就可以使其昼夜发电了。未来这样的技术或许可能成为一种常态。

2. 每个人都会有一个虚拟双胞胎。

虚拟技术和人工智能技术的成熟发展，可能会在未来让每个人都诞生一个虚拟双胞胎，他们可能拥有我们所有的特征，甚至还拥有类似的性格。以至于一个虚拟双胞胎可以帮助我们做一些工作。

3. 透过浴室镜子可以了解健康。

事实上，如今已经有一些科技公司发明了智能镜子，通过它可以快速了解当他的天气情况、新闻等信息。有一些甚至还有诸如识别皮肤状况的功能。当然，这些镜子还不是非常普及的产品。一些科学家预测，在未来智能镜子将会普及，功能将强大到可以诊断疾病，并且帮助我们联系医生。

4. 地球会像土星一样拥有光环。

科学技术的发展的确可以带来诸多不错的变化，但它同样也会带来某些不好的变化。由于人类对太空的探索，地球周围的太空垃圾正在不断增加。因此，有人预测未来地球的周围会因为出现了过多的太空垃圾而出现类似于土星的光环。

5. 由大脑控制的仿生肢体。

这个世界上有不少残疾人，肢体的缺失让他们无法获得正常人的生活。随着科技的发展，如今已经出现了一些比较先进的仿生肢体，可让人们通过思想对其进行控制。当然，这些技术还不够成熟。但我们可以预见，未来这些成熟的产品将为无数残疾人带来帮助。

6. 未来的医生可能不再是人类。

人工智能技术一直都在不断地发展，一些智能设备如今已被用到医疗工作中。有人预测，到了2050年，人类大部分医生将会失业，而他们的工作将被人工智能产物下的机器人医生替代。

7. 人们将通过思想交流。

如今已经有企业和科学家正在研究脑机接口技术。因此，可以预见未来的人们可能无须拨通电话就能进行远程交流，而且是直接通过思想来远程交流。

8. 消防员不再需要用水灭火。

如今的消防员主要依赖水灭火，但已经有研发团队研发了一种用声波灭火的方式。如果这项技术能够进一步发展，毫无疑问会为消防员带来巨大的改变。

9. 冰箱会自行补货。

如今的购物方式已经非常方便，通过电脑或手机网络下单后，商品就被送到我们的家中。这也包括一些生鲜食物。那么未来我们的生活是否会变得更加方便呢？有人预测，未来高度智能化的家电会替我们完成下单的工作。例如，一个智能冰箱在检测到缺少多少商品之后，就开始直接下单，让快递准时送货。

10. 手动驾驶汽车将被视为不安全。

如今，虽然有一些电动汽车厂商声称他们的汽车拥有自动驾驶功能，但这些功能并不完善，没有多少人敢真的完全将驾驶权交给汽车系统。但是，自动驾驶汽车毫无疑问是一大趋势，随着技术的不断进步，可以预见在不久的将来，自动驾驶反而会成为最安全的交通出行方式，而手动驾驶反而会被视为不安全的驾驶方式。

自古以来人们生活的进步都离不开科技发展，从远古时期的木棒到石器，再到铁器铜器和火药，科学的进步改变着我们社会的发展。在这个日新月异的时代，科技更是飞速发展，与时俱进。而科技的飞速发展也使得科学家们大胆预测未来。

首先，人工智能遍及我们的生产生活。其次，用意识操控电脑。再者，实现人体器官再造技术。还有，智能家庭医生或会出现。最后，交通工具或将摆脱轮子。也就是说，在不远的未来，交通工具不再像汽车、轮船、飞机等需要轮子来提供动力，反重力技术的深入研究也许会使得交通工具摆脱重力，可自由悬浮。这样一来可以大大减少阻力，提高速度。

未来人类科技发展：

1. 读心机的研究。

可以读取人类思想的机器听起来像是遥远的科幻幻想中的事物，但是如果科学家们按照计划的时间表进行，人类应该会在接下来的几年内开始看到首批宣布推出的心灵感应机器。

2. 无人驾驶汽车开始批量生产。

无人驾驶汽车已经开始进入市场，2021 年看到无人驾驶车队出现在中国的城市！

3. 太阳能全电动商业客机问世。

预计在 2022 年，Eviation Aircraft 公司计划发布世界上第一架全电动商业客机。

4. 全球经济崩溃。

我们正处于疫情的困难时期，这场席卷全球的疫情给世界各国的经济带来了沉重的打击。如果全球商业政策委员会（Global Business Policy Council）是正确的，那么最艰难的日子将在 2023 年袭来。他们已经预测，全球的经济增长将会放缓甚至衰退，并且将一直持续到 2023 年之后。中国、印度、越南、菲律宾等国家随着西方国家的衰退而蓬勃发展。

5. 首次载人火星飞行任务。

如果没有意外的话，2024 年将是我们在火星上登陆的一年。今年，埃隆·马斯克（Elon Musk）的 Space X 计划将其第一批火箭发射到火星。2024 年，地球和火星的轨道将以允许最简单的行星际航行的方式对齐，因此任何对火星有所了解的人都将抓住这个机会。但是，预计火星上的第一艘船将由一家私人公司拥有。

6. 科学家首次获得了修复人脑的能力。

在 2013 年，美国政府宣布了"大脑计划"：该计划预计在 2025 年之前绘制并理解人脑内部的活动。随着我们对技术的理解达到新的水平，这项研究很有可能会开辟一个全新的技术时代，人脑的修复！

7. 心脏病医生研究出的如何延缓人类心脏的衰老的方法。

哈佛干细胞研究所希望临床尝试，以扭转人类心脏的衰老。如果他们成功了，我们也许能够治愈人类永生不朽的最大障碍之一。未来主义者 Ray Kurzweil 甚至预测，到 2029 年，医疗技术的进步将使我们的预期寿命每年增加一年。如果这项研究行之有效，他可能会被证明是正确的，科技的进步将会给人类带来更长的寿命！

8. 科学家开始复活灭绝物种。

科学家们相信，到 2028 年，他们将能够恢复灭绝的物种。不要怀疑，科技的强大超乎您的想象！两百年前的人类会相信有一天他们可以飞上天空吗？

人类的未来究竟是什么样？文明是否还能继续发展下去？

一个困扰人类数千年的疑问，人类的未来究竟是什么？文明的发展向前走或是倒退？近些年相信无论科学杂志还是网络上满屏的流言蜚语，都是在预测地球的未来！

来自欧洲某学术杂志论坛一篇名为"人类未来"的文章中提到，经多位学者研究发现，我们已经成功地预测到了人类未来1000万年100万年和100亿年将发生什么！想必这里已经让人感到了十分震撼。

语言的变迁。让我们一起与学者们共同旅行到未来，在1000万年内，由于语言的快速发展人类将不再有语言区分。这一点我个人是十分赞同的，现如今大家会慢慢发现自己讲的方言越来越像普通话了，世界各地的语言都在进行着大整合，不久的未来全球各地方言将成为一种历史烙印！某些国家的原始小众语言也会被大众语言所取代。

全球气候变化与地质变迁。在未来2000年内冰盖将完全融化，全球温度增加8摄氏度，格陵兰岛的冰将完全融化，海平面上升6米。时间其实不用推到千年后，目前人类最棘手的问题就是全球气候，因海平面的上升部分小岛国已经开始消失在世人眼前。

曾经的图瓦卢虽是南太平洋上一个很小的岛国，总面积只有26平方千米左右。该国的陆地并不是一座整块岛屿，而是数个大小不一的环形珊瑚岛群构成。由于土地面积稀少，该国被公认为最落后国家，属于全球最不发达的地区之一；整个岛内现在住着大约一万多的居民，现在他们已经被全球变暖这个难题给难倒了，家园快没了，只有迁居。目前岛屿上剩下的很多居民都生活在水中，曾经的农田、道路、码头等都淹没在海水之中，极像未来水世界。

若人类能够幸存至20万年内，尼亚加拉大瀑布将不存在。尼亚加拉瀑布由两大一小三个瀑布组成，位于加拿大安大略省和美国纽约州交界处，与南美洲伊瓜苏大瀑布、非洲维多利亚瀑布并称为世界三大跨国瀑布，属于世界大型瀑布前十位。尼亚加拉主瀑布位于加拿大境内，是瀑布的最佳观赏地。全球温度增加9摄氏度，学者称10万年内一颗超级行星可能会对地球造成威胁。具体是哪一个星系的超级行星，会对地球产生何种威胁文章中并未提到，作为探索作者怎么可能够忍受不了了之的结果。

目前对地球威胁最大的可能只有小行星和部分彗星、陨石等，其实在地球轨道附近确实存在着直径超过 50 米的陨石碎块，其数量多达 10 万块。如果其中一个巨型天体直接撞击地球，巨大的冲击力足以毁灭伦敦或者纽约这样一座大城市。而直径超过百米的有 2 万块，如此巨大的天体足以毁灭一个小国家。如果这些星际碎块撞击进大海，将引发全球性大海啸。太阳系周围存在着数千颗星际陨石碎块，直径已经超过 1 公里，如果其中一个撞击地球，对地球表面的生物将带来毁灭性灾害。

50 万年内如今正在使用的核燃料将摆脱危险，就像很多科幻影视剧中所用到的小型核能电池，人类将摆脱传统电池耗电快不耐用，包括充电这样烦琐的过程。一颗小小的电池可以支撑普通家用电器数十年的用电需求，可能那时家电坏了电池电量还剩 70%，或许那时的科技家用电器根本就不会坏。可以大胆地想象一下，无论是手机、电动汽车，包括大型机器都不存在淘汰，环境或许会更加美好一些。

Y 染色体可能会死亡。学者暗示在 500 万年内 Y 染色体可能会死亡，使男人灭绝！弄清楚这一点我们先了解 Y 染色体是什么。人类拥有 23 对染色体，其中一对染色体决定了人类的性别，分别是 XX 和 XY，女性的性染色体是 XX，男性的则是 XY，剩余的 22 对染色体被称为常染色体。XX 和 XY 在进行基因重组的时候，女性的 X 染色体和男性的 X、Y 染色体都可以重组，Y 染色是决定男女宝宝的。

学者称未来女性诞下的男宝宝会存在一个天生的缺陷，每个细胞都会有 2 个染色体，但是 Y 染色体只能存储一份基因。这就意味着 Y 染色体之间不能进行基因重组，只能和 X 染色体配对。随着时间推移 Y 染色体都可能会丢失部分基因，Y 染色体携带的基因会越来越少。因为 Y 染色体携带着主开关基因 SRY，它决定了胚胎是否会发育成男宝宝。近年确实发现 Y 染色体正在逐渐退化，可能在不到 500 万年就会彻底消失！

地球的轨道变得不稳。6000 万年内地球轨道将变得极其不稳定，大家都知道地球并不是一个完全孤立的系统，也不是卫星唯一的引力来源。太阳、月球和地球附近所有其他天体都会产生一种扰动引力，会导致地球轨道移动或者出现不稳定因素，整个星系行星轨道会出现坍塌的可能。人类的未来是否就此终结，或是通过文明发展突破时空的约束，找到多个适合人类发展下去的宜居家园？

人类未来世界六大趋势：

我从不想未来，它来得太快。——爱因斯坦

1. 未来虚拟世界将变成人类更加重要的世界。

人类在未来将生活在两个世界：经典真实世界＋虚拟网络世界，而且人类在虚拟网络世界花费的时间将超过真实世界。毕竟在虚拟的世界里一切皆有可能，虚拟世界拥有更大的自由度和趣味。

2. 未来超级巨型公司将出现在太空殖民领域和虚拟世界。

因为虚拟世界具有无限的可能性，而开拓太空也具有无限的可能性，想象着将火星变为另外一个地球，这将创造许多财富。

3. 未来可能会出现一个全球帝国。

当下世界一切皆在流动，地球已经变成了一个地球村。而流动的数据将催生技术超体，世界上所有的手机、电脑都是互联的，全部连在一起之后就形成一个巨大的平台、巨大的机器，它会变成一个技术超体，会成为这个社会最重要的环节。这个超级机器对人类来说意味着什么将不得而知。

4. 未来绝大部分人类将不再需要工作，AI 智能机器将取代绝大部分人类的工作。

绝大部分人类将在休闲跟娱乐中度过余生，智能时代的到来可以创造巨量的财富，拿出一部分财富养活绝大部分人类将是很容易的事情。AI智能机器人和一部分人类将把人类智慧文明推向整个银河系。

5.AI智能技术将加剧人类的不平等，一部分人将获得更长的生命甚至获得永生。

当然，相比较而言，整个人类文明得到了大幅度提高，但是不平等将加剧。

6. 对于个人来说现在是最好的时代，因为这是你能把握的时代。

互联网之父凯文·凯利曾经说过，那些颠覆性的变化即将来临。换句话说，现在是有史以来最好的时代，我们处在一个开创不可置信的未来的前夜。未来是值得期望和难以置信的。

人类究竟会走向何方？人类的未来将会怎样？当科学家们通过探究人类的昨天，把从猿到人的进化史拼图归于原貌时，新的疑问又开始了：人类的未来将会怎样？对于大多数严谨的进化论学者来说，这是一个他们更希望能回避的推测。但人类作为一个自然物种，进化的脚步不会停止，追寻演进的足迹，我们能否看到自己的未来？在未来的演进过程中，人类也会像过去一样重现进化历程。

人类究竟会走向何方，科学家和学者们做出了五种大胆的猜测：

单一人——世界大同，人种融合。

幸存人——浩劫过后，人类分化。

基因人——药理超人，抑或怪物。

天文人——征服太空，适者生存。

半机械人——人工智能，人机合体。

高智慧的机器人会同人类共存，但与过去不同的是他们的地位会高于人类，成为新一代的地球主宰。

100 年后人类的外形会进化成什么样子？100 年是一个很短暂的时期，对于进化而言，人类并不会有外貌变化，主要在于基因频率的变化，可能在某些疾病方面的抗性增强，也可能对癌症的抵抗能力提升，寿命会有很大提升。人类也是一样，进化的内核还是基因的改变，而不是外貌的改变，人类在进化的历程中有了黑、白、黄、棕等肤色人种，可是这种情况是在十来万年中逐渐实现的，而不是一蹴而就的。

如今人类已经屹立于自然界的顶端，人类再也没有野生天敌，只是时不时会出现一些流行病，会在短暂的时期内影响人类的生存，可是流行病活跃的时间段也很短，对人类的自然选择并不是很强。人类要有大幅度的变化之所以需要很漫长的时间，是由于人类基因的复杂性，人类大约 25000 基因。

人类的外貌不会有多大的变化，但是人却还是会发生变化。如今的人生活条件更好，所以因营养不良而短命的人越来越少，且现代人的平均身高、体重都要超过 100 年前。

时间旅行可能会实现。人类科技正在飞速发展，科学家们越来越不局限于只在地球上进行探索，他们相信，未来总有一天人类将进入更加浩瀚的宇宙中，与地外文明真正接触。而对于地球上那些至今还没有开发过的地方，科学家们也有信心在未来数十年内悉数攻克。人类未来十大疯狂科技：

1. 人类登陆月球南极。

尽管月球上的许多地方都等待着人类的探索，但月球南极却是科学家们最向往的地方。

美国航空航天局（NASA）宣布半人马座火箭和 LCROSS 卫星相继撞击了月球南极附近的凯布斯坑，半人马座火箭在撞月后所掀起的尘埃，一部分由蒸气和微尘组成，另一部分由质量更重的物质组成。而初步分析结果表明，上述两部分烟尘中都存在水的踪迹。

而 NASA 此前表示，若能在月球上觅得水源，便可在 2020 年开始在月球上兴建永久基地，作为下一步探索火星的跳板。目前，NASA 已经计划在 2020 年之前再次将人类送往月球。

2. 潜入马里亚纳海沟。

冒险家们成功地征服了世界最高峰珠穆朗玛峰，但至今却没能征服世界最深的海沟——马里亚纳海沟。马里亚纳海沟低于海平面11034 米，位于菲律宾东北、马里亚纳群岛附近的太平洋底。即使是珠穆朗玛峰沉入这里，其峰顶也无法露出水面。

历史上唯一勘探过马里亚纳海沟的人是瑞典工程师雅克·皮卡尔和美国海军中尉唐·沃尔森。两人乘坐"的里雅斯特"号深海潜水器，成功下潜到 10911 米的海底，并在那里逗留了 20 分钟。

其实，人类对于深海世界的好奇绝不亚于对征服高山的渴望。深海是一个高压、漆黑和冰冷的世界，怎样的生物才能在这种环境中生存下来，一直是人类渴望找到的谜底。如果成功探秘海底这一最神秘的地方——马里亚纳海沟，那无疑将帮助人类回答上面的问题。

3. 向火星发射载人飞船。

向这个红色星球发射载人飞船可以说是人类 21 世纪最伟大的冒险。在未来的时间里，如果能成功实现这一壮举，那也可以说是完成了人类几个世纪的梦想。更重要的是，成功登陆火星将大大推动世界各国其他航天项目的发展。

4. 实现与外星人的沟通。

如何寻找外星人并实现与其的沟通，总让人有一种无从着手的感觉。到目前为止，人类也付出了种种努力。例如，美国加州大学伯克利分校专门成立了一个名为"搜寻地外智慧"（简称 SETI）的科研项目。

1999 年，SETI 科学家启动 SETI 项目，号召全世界的电脑联合起来，寻找外星人。目前，全球已有超过 500 万台计算机参与了这个浩大的工程，每一个参加者可以通过下载并运行 SETI 屏幕保护程序的方式，来使自己的计算机参与到检测其他星球信号的活动中，而这些信号则是来自位于波多黎各的全球最大射电望远镜阿雷西沃。

此外，SETI 项目的科学家还在建立一个巨大的天线阵，用来接收外星人的无线电信号。美国科学家称，到 2028 年，SETI 计划将完成对 100 万颗星球的"监听"。

"搜寻外星人"被看作是"最不靠谱"的冒险，但却寄托着人类最大的期待。如果有一天真的实现了与外星人的沟通，那么人类世界恐怕也将发生前所未有的巨大改变。

5. 探秘巴布亚新几内亚。

巴布亚新几内亚位于澳大利亚东北方向大约 160 公里处，被称为地球上最后未被开发的土地之一。除了首都莫尔斯比港外，其他大部分地区都保留了原始风貌。热带雨林、死火山和崎岖的山地，这些地理原貌在巴布亚新几内亚都未遭到破坏。

今年，一个由英国、美国和巴布亚新几内亚科学家组成的探险小组爬进了该国博萨维火山千米深的大坑，探索了这片充满生机的原始丛林栖息地。自 20 万年前火山喷发以来，那里的生物便在与世隔绝的状态下进化。在为期 5 周的探险活动中，科学家共确认了40 多个新物种，其中包括 16 个新蛙类，至少 3 个新鱼种、1 种新蝠类和 1 种巨鼠。对巴布亚新几内亚的科学考察无疑将帮助人类认识更多的全新物种。

6. 深入达连地堑。

如果你曾经梦想过驾驶汽车一路从北美的美国开到南美的智利，很遗憾，你没办法做到！

美洲大陆的泛美公路从美国和墨西哥边界开始，以直线延伸至智利。全长 47515 公里的泛美公路把北美洲和南美洲连接了起来，但却在巴拿马的达连隘口中断了。在这里，丛林阻塞公路约 161 公里。驾驶汽车的人通常将自己的汽车放在船上，航行到委内瑞拉或哥伦比亚后，再开始驶上公路。

达连地堑位于巴拿马达连省东部与哥伦比亚交界处，是南美洲与北美洲之间相互连接的桥梁。该地区保持了热带雨林的原始风貌，也被称为无人区，直到 1501 年才有人到达此地。此外，由于达连位于与哥伦比亚接壤的南部边境，因此充斥着走私犯、哥伦比亚游击队和准军事武装。如果想要在这里畅游，请一定带上当地向导！

7. 勘探南极洲冰盖底部。

其实，我们根本就没到过南极大陆，我们踏过的不过是覆盖在它上面的厚厚冰层。根据卫星图像显示，南极冰盖下深藏着世界上第二大湖泊、整片的湿地以及宽阔的河流。

若成功勘探南极洲冰盖底部，将可以帮助人类揭开生命形成的奥秘，并为科学家预测未来气候变化提供重要依据和帮助。目前，俄罗斯的一个科学家团队正努力钻探南极冰盖，以获得冰盖底部的液态水样。

8. 时间旅行。

尽管这看起来像是异想天开，但世界上一些最顶尖的物理学家们可不这么认为。根据爱因斯坦的理论，时间旅行在逻辑上不是不可能的。简单说，爱因斯坦的观点是，宇宙中每一物体都有其自身的"时间"，并随其运动的不同而不同。物体运动越快，其时间越慢（当然，这是与运动较慢的物体相比而言）。

最极端的假设是，如果一个物体运动达到光速，那么其时间就会完全停止。但无论一个物体或者一个人的时间为何，它只能参照其他物体才能得以体现。换句话说，万物皆相对，时间是可以扭曲的。

现在科学家们正把实现时光旅行视为一个严肃的科学命题，至少在理论上如此。然而，如果这一切成为可能的话，那么肯定会出现令我们非常困惑的逻辑混乱。

9. 向地心进发。

事实上，人类在太空探索步伐越迈越远的今天，对自身居住的地球的了解还不如对月球表面了解得多。美国行星科学教授戴维·史蒂文森曾疾呼："人类对宇宙的探索如今已经到了 60 亿公里之外，可对地球本身的了解却只有 10 公里！"

其实，人类对地球了解得更透彻远比对宇宙探索来得重要，因为成功获得地心信息可以帮助人类更好地预测地震和海啸等自然灾害。若要成功深入地心，就必须研发出可以耐得住地球内部极高温度和巨大重压的探测器，但就人类目前的科技水平而言，要想揭开地球最后的秘密，恐怕还要等上一段时间。或许，现阶段我们只能从法国科幻小说家凡尔纳的《地心游记》中猜想地球内部的世界。

10. 征服格陵兰岛东北部。

即使是从谷歌地球上查找这个地方的卫星图片，它也会无奈地告诉你：十分抱歉，我们没有获得有关该地区的卫星图片。这一神秘的地方就是格陵兰岛东北部。

作为地球上最大的"冰库"之一，格陵兰岛一直是气候变化的重要"指示器"，同时也是气候学家们优先研究的对象。但由于探险费用高昂，格陵兰岛的东北部还有许多地方没有人类的足迹，那里的多座高山无人攀登，一些山峰甚至都没有命名。

500 年后人类科技发展：

如果地球不再发生灾难，再过 500 年，人类科技会发展成什么样？

纵观全球科技发展，20 世纪各国战争频发，因此催生出了很多先进武器装备，一定程度上战争在推进着人类科技发展。此外，地球随着全球气候变暖，导致各地海啸、地震频发，人类饱受折磨，这也促使着人类科技不断发展。如今各项科研技术、载人火箭已经带领人类开辟了全新的科技时代。但如果再过 500 年，科技发展在全球彻底休战、地球不再发生灾难的前提下，未来世界会变成什么样？

人类在地球上已经生活了数百万年，但科技真正的发展史才只有百余年。而如今的一切都要从 19 世纪的热力学、电磁学、化学、原子论生物进化论等重要发现说起，这些重大发现奠定了 20 世纪前 30 年的物理学革命，从而诞生了相对论和量子力学，为往后的科学发展铺好了道路。

就在这短短一百年的时间里，人类科技的进步已经到了匪夷所思的地步。在互联网加快人类科学发展的进程领域的兴盛发展下，让人类步入大数据时代。在这个时代里，移动网络已经开始转向人工智能、大数据元宇宙以及量子计算机。其中量子计算机可以实现复杂的数据处理和计算，综合来讲，量子计算机是融合所有前沿高科技量子力学理论创造出来的。这意味着量子计算机将是未来 500 年科学发展历程中冲在最前面的高科技之一。由于其"恐怖"的计算能力，未来能够在交通、医疗以及人工智能等方面做出重大贡献。

首先在交通管理上，量子计算机能实现为每辆车进行合理规划路线，并能控制每个路口的红绿灯，从而避免时间上的浪费。此外，在医疗方面，量子计算机可以高效模拟药物成分成效，从而大大减少新药物的研发成本和时间，挽救更多的生命。

对于人类来说，由于量子计算机和人工智能的不断发展，人机接口技术未来或将更加成熟，人类的记忆和知识可能被储存到被植入的人体芯片中，每个人都会有取之不尽用之不竭的知识，不用再从头学习基础知识，那时就要考验每个人对现有知识的运用和整理能力了，以此来达到更多的创新。但是很多专家表示，这种高效的科技发展或将泯灭人类的本性和文明。对此，霍金也曾提出，要谨慎人工智能等高科技的发展。

五百年后人类科技会发展到何种程度？四种高科技展现未来之景。

科技的发展给人类生活带来了不可思议的改善，能给人类腾出大量时间去做更有价值的事情，同时，又能在已有的科技基础上进一步促进科技的迅速发展。科技是文明的标志，是衡量文明发展程度的关键，是我们每个人赖以生存的保障。那么，是否思考过未来人类的科技会发展到什么样的程度呢？不如我们就以五百年时间为限，来远瞻一下我们人类未来的科技发展之景。

之一，量子瞬间传输和转移技术或成为可能。

瞬间传输或转移技术指的是人或物从一个地方消失，然后跨越空间般可以瞬间出现于另一个遥远地方的技术。所谓"瞬间"，当然是时间非常短，比如，眨眼间人或物或许已经从地球的南极到达了地球的北极。

那么，这种瞬间传输或转移技术是如何实现的呢？所依的科学原理又是什么呢？不会真的像我们所看影视剧里演的那样，用的什么超自然的什么法什么术吧？答案当然是否定的！即使真的有所谓的什么法什么术，也只限于当时人类的科技水平无法解释才导致的困惑和猜想，一旦科技发展到一定程度，不解之谜也就豁然开朗了。

瞬间传输或转移技术，其原理源于量子力学，主要借助的是量子纠缠原理。通过量子纠缠原理，将一个地方待传送的物体或人的全部量子信息进行读取，然后传输给另一个目的地的信息接收处。目的地的信息处理处将接收到的所有量子态信息进行快速的读取处理，之后通过量子复原技术将原先待传送的人或物进行复制还原，从而实现最终的"瞬间转移"。

不过这里有一点值得我们思考，这种量子瞬间转移技术每转移一次，原先的人或物可能就要被销毁复原一次。也就是说，被还原的人或物最终很可能不再是原版，而是复制品。不过，想想一个人的思维、记忆和精神意识等都被完整地复制了过来，这时候真与假又有什么区别呢。

之二，自由能源有可能被发现。

据传，科学怪才尼古拉·特斯拉在研究电磁场能源时，发现地球的磁场可以被用一种简捷的方法进行能源转化，从而给地球上的人类提供一切所需能源，而彻底淘汰掉人类所依赖的一切有污染"能源"。尼古拉·特斯拉的初步计划是想先实现地球上的无线供电系统，使家家户户可以随时随地无须导线连接就可以自由地使用地球磁场转化而来的电能和热能。后来研究工作进行至一半，由于经费不足等被迫停止。

不过，尼古拉·特斯拉的未竟科学事业，科学研究者们并没有荒废，一直都在继续研究着。未来，科学家们可能会真的寻找到取之不尽、用之不竭的自由能源，从而淘汰掉人类目前所使用的一切污染型能源。

一旦自由能源被开发使用，人类的地球家园不但会变得明净整洁美丽，人类从地球家园迈向银河系家园也将不再是奢望的梦想，甚至会成为遨游宇宙寻找到的第一把金钥匙。

之三，未来高科技或可将人类寿命延长至两千岁。

自古以来，人类生活于地球的最大期望就是能够延长自己的生命。想想一百年对于人类何其短暂，辛辛苦苦累积的知识经验以及一些美好的记忆，在短暂的生命结束的时候，一切都化为乌有，岂不哀哉？人类从几千年前就开始寻找延长生命的妙方，直至今日似乎都不太见效果，难道就一直如此吗？不，我们肯定不愿意相信，更不愿听从命运的摆弄。

其实，科学家已经在做延长人类生命的实验了。奥布里·德格雷博士是专门研究人体生命学的专家。他通过破解生命中的 DNA 衰老密码，预言未来人类可以活到一千岁。不过，延长生命的前提条件必须要先保证身体健康才行，否则，别说千岁了，百岁估计都很难。而这，我们伟大的科学家也正在研究之中，并预言未来医院将被彻底淘汰。

科学家发现，人类之所以会生病，根本机理在于自身的"振动频率"。宇宙万物无论大小，都有各自固有的振动频率，不同的频率仿如一场大型演唱会上各种乐器发出的不同音符，各有特色却又不失和谐。从大的方面而言，人类自身的频率应与地球的频率相和谐一致，地球的频率需与太阳系的频率相和谐一致，而太阳系又循依着银河系，银河系遵循着更大的星系，直至所有的天体循依宇宙的频率和谐运转。从小的方面而言，每个人身体的不同结构亦有自己的特有频率，但都与身体整体完美和谐地匹配着，一旦被打乱，不及时复原，身体的零部件就会出现故障。而身体的每个结构的最小单元又是由分子原子等微小粒子构成，根据"超弦理论"，它们是由"弦的振动"而形成，"弦的振动"强调的就是频率。

如果未来人类像现在拥有手机一样每个人都拥有一部高科技仪器——"频率和谐仪"，我们就可以自己成为自己的大夫，可随时通过"频率和谐仪"检测身体健康状况，从而使人类寿命延长至两千岁也许可以实现。

之四，未来高科技可满足人类一切物质需求。

物质的瞬间合成技术，目前科学家们的研究已经有一定的初步成果。比如 3D 打印技术，当然这需要花费很多时间，不能真正算是"瞬间合成"，不过，却是"物质瞬间合成"的启蒙老师。

该技术所依的主要原理是"分子原子的拆分与重组"，以及量子技术。我们知道物质之所以不同有分别，关键在于组成的分子和原子的不同；而原子的不同，主要取决于原子核内部的质子数。如果能够通过量子高科技将一个原子的质子数以及外围的电子数进行增减重排，也就相当于造出了新的原子，原子构成分子，分子构成物质，从而也就相当于创造出来了一种新的物质。或许，"点石成金"所依的原理就是此吧。

目前人类的科技主要是物质科技，人类的生存也主要依赖于物质——吃穿住行等都离不开物质。如果未来高科技实现了物质瞬间合成技术，那么人类的一切物质需求就都会得到满足。到时候，人类可能会从物质科技开始向精神科技过度，或许物质科技与精神科技并驾齐驱、共同发展。想想我们看的科幻电影，外星生物驾驶的宇宙飞船并不只是物质的，大多数都有自己的思维和意识，能与外星生物的生命融洽地合为一体，外星生物只要通过自己的思想意识就可以将飞船开往任意想到地方，而不是像我们现在驾驶航天飞行器一样——各种的按钮操作。

未来的人类世界一定会超越想象，让我们共同努力，用发展起来的高科技早点帮我们看到未来的美好前景。

科学的理想建立在正确的理论和客观现实基础之上，具有潜在的真实性。人总是生活在希望之中，希望是与人的生命共存的，理想根源于社会存在，又高于社会现实，是对已有社会现实的一种超前性认识和预见，包括生活理想、职业理想、道德理想和社会理想。科学的理想具有社会的制约性，科学的理想具有进取的超越性。理想就是走向未来的指路明灯，人生的理想你不一定能百分之百实现，但只有理想拉着你不断前行，砥砺前行，你就可能走到自己都意想不到的更加遥远的将来。

人类怎么办？正视现实还是逃避现实，我们主张科技救国、实业救国、教育救国。

周博士秉持这一理念是有理论依据、事实支撑的。

科幻小说之父凡尔纳的一些科学预言逐渐变成现实。科学家费米有关"外星人""星际旅行"等论述震撼了世界。宇宙太空探索、寻找外星人、星际旅行等成了人类梦想。

有科学家大胆预测，再过若干亿年人类面临灭顶之灾。一是10亿年左右，太阳寿命将尽；二是37亿年（一说40亿年）后，银河系将与仙女座相碰撞，二合为一。地球将迎来仙女星座天体的毁灭性撞击。

万物生长靠太阳。人类生存离不开阳光、空气和水，没有了太阳，万古长如夜！

人类怎么办？如何保留珍贵的人类文明火种，让其永恒不灭、连绵不绝、代代相传？人类的诺亚方舟在哪里？这不是杞人忧天，而是居安思危。

《展望21世纪》作者英国著名历史学家、诺贝尔奖得主汤恩比博士说过："拯救21世纪人类社会的只有中国的儒家思想（孔孟哲学）和大乘佛法，所以21世纪是中国的世纪。"汤恩比博士还说："如果有来生，我将在中国。"

世界的未来在中国，中国的未来在创新。创新是一个民族生存与发展的灵魂。

周博士受联合国"人类发展中心"邀请，参与"拯救世界"计划，分三步走战略：

第一步：建造超光速纳米宇宙飞船；

第二步：移民月球，这是人类宇宙深空探测的起点；移民火星是人类宇宙深空探测的加油站、中转站；

　　第三步：宇宙探索、星际旅行、寻找外星人。终极目标是建太空城，或在银河系、仙女星系中寻找人类宜居星球，实施人类"蒲公英"式生存计划。人类文明珍贵火种永远燃烧、永远璀璨、永恒不灭！

　　星星之火，可以燎原。人类薪火传承，人类文明永恒，人类文明永生！

第十一章　移民外星

中国是世界四大文明古国之一（其余三大古国是古埃及、古印度、古巴比伦），这是名副其实的，不是口头上吹出来的。古老的中国就有很多与月亮相关的美丽传说：嫦娥奔月、吴刚伐桂、玉兔捣药、蟾宫折桂……

吟咏月亮的古诗歌赋就更多了，著名的有：唐代大诗人李白《静夜思》："床前明光，疑是地上霜，举头望明月，低头思故乡。"唐代名相张九龄《望月怀远》："海上生明月，天涯共此时。""孤篇压倒全唐"的诗人张若虚《春江花月夜》："江畔何年初见月，江月何年初照人；人生代代无穷已，江月年年望相似；不知江月待何人，但见长江送流水。"宋朝豪放派诗人苏轼《水调歌头·明月几时有》："明月几时有，把酒问青天……但愿人长久，千里共婵娟（指嫦娥，代月亮）。"宋朝宰相王安石《泊船瓜洲》："春风又绿江南岸，明月何时照我还？"伦文叙夺冠诗："潜心奋志上天台，睇见嫦娥把桂裁。偶遇广寒宫未闭，就将明月揽回来。"

中国古代读书人十年寒窗，一朝高中状元被称为"蟾宫折桂"。

"乱石穿空、惊涛拍岸，卷起千堆雪"，汹涌澎湃，天下奇景，举世闻名的中国钱塘江大潮与月亮引力（潮汐力）有关。

月儿弯弯照九州，几家欢乐几家愁？

中国人甚至世界各国人民都把月亮想象得无比美好！那里有仙女居住，有桂花树、有玉兔捣药，非常神秘，令人极其向往！

月球真实的样子究竟是怎样的呢？随着超级工程"月球城"蓝图绘就，掀开了"月亮女神"神秘朦胧的面纱。

联合国"人类发展中心"经过全球海选，最终确定"月球城"总工程师由来自中国科学院叶贞静女士担任；并精心挑选一流科学家、航天员、工程技术人员及一万个机器人、一万架无人机，乘坐宇宙飞船由叶女士领队，登上月球，开展人类最伟大的史诗级的工程——"月球城"建设。这是史无前例的伟大壮举，必将永留青史！

登上月球那一刻，惊讶、畏惧、焦虑等情绪萦绕心头，叶贞静总工程师一双慧眼扫描月球：因为遭受来自太空不明天体撞击，月球已是千疮百孔、凹凸不平、满目疮痍，非地球上的人类想象的那么美好。那是一片荒凉的土地，又是一片神奇的土地。叶总与她的助手们深知历史使命，甘做"开荒牛"。

周博士曾经听女朋友叶淑贞说，她姑姑叶贞静这个名字是她爷爷起的。她爷爷分别是从《易经》和诸葛亮《诫子书》"非淡泊无以明志，非宁静无以致远"中各取一个字而成。"贞"语出《易经》乾卦的卦辞"乾，元亨利贞"，元亨利贞是乾卦之四德。"元亨利贞"往往被解释为："元，始也；亨，通也；利，和也；贞，正也。言此卦之德，有纯阳之性，自然能以阳气始生万物，而得元始、亨通，能使物性和谐，各有其利，又能使物坚固贞正得终。"人如其名，叶总志坚贞静、为人正直、正气凛然，在寂静之中蕴藏着移动群山的力量。

叶淑贞又说过，她自己的名字也是她爷爷取的，她爷爷分别从

223

《诗经》中《关雎》"窈窕淑女,君子好逑"和《易经》各取一个字而成。寓意贤良淑德、情操高洁、正大光明,具有东方女性美。叶女神出淤泥而不染,濯清涟而不妖。如清水出芙蓉,天然去雕饰。品质高洁,窈窕身材似芙蓉花开。功成业就,一切的一切,她几乎都做到了。

一天早上,嫦娥带着玉兔离开广寒宫,外出采集仙露,远远看见月宫正前方上空,一大群大黄蜂(无人机)飞来飞去,怪吓人的,似有千军万马,热火朝天地大兴土木建设城堡似的。好奇心驱使,她大胆上前看个究竟。不远处,一个身穿汉服的女子指挥一班人马各自操控一群"小人物"(机器人)井然有序地翻土挖坑、铺路建房,大黄蜂(无人机)在天空飞来飞去。不是马车,不知什么车(工程车,挖掘机)的轰鸣声震天价响。女子一身汉服飘逸出彩,嫦娥察言观色,判断此女子应该来自故乡神州(指中国)。于是她上前搭讪道:"小仙女,请问你们来自何方?在此劳师动众,大兴土木,建造什么呢?"

冷不防冒出一个仙女,叶贞静总工程师不禁大吃一惊。但她是何等人物,自幼听奶奶说过"嫦娥奔月""吴刚伐桂""玉兔捣药"的故事,她马上断定,来者应该是吃了西王母娘娘"不死之药"飞升月球广寒宫居住的嫦娥仙女。于是回应道:"没有猜错的话,来者应该是嫦娥仙姑吧。嫦娥仙姑,我来自您的故乡神州,我的一班助手和航天员、工程技术人员来自神州和其他各大州,那些'小人物'是'机器人'。大黄蜂即无人机。我们从地球乘宇宙飞船到月球在此建设'月球城'。我们中国有句俗语:老乡见老乡,两眼泪汪汪。见到您,我很高兴!"嫦娥激动地说:"小仙女,欢迎不远万里到此做客,作为老乡,有空到寒舍一聚,把酒话桑麻。善哉善哉,阿弥陀佛!"叶总:"恭敬不如从命,我下班后和大伙一定到月宫做客,看看贵府上新奇的东西,解解闷儿。""嗨!就这样一言为定,不见不散。"嫦娥讪讪暂且话别。

　　嫦娥回宫放下仙露,马上一路小跑奔向吴刚伐桂处,迅速把叶仙女带千军万马建"月球城"一事告诉日夜砍伐桂花树的吴刚。吴刚一听,马上放下活儿,与三个儿女抬着两坛桂花酒前往工地,说是慰劳"三军"将士。英雄海量又有点像女汉子的叶贞静总工程师把吴刚递给她的美酒一饮而尽,说是代表"三军"谢谢吴刚一家的美意。吴刚误解叶总一行人来月球的使命,不合时宜地说:"同是天涯沦落人,相逢何必曾相识。"叶总理解吴刚苦衷,不做解释,一笑置之。酒不醉,人自醉。异国他乡,不,是异星他乡,将士们来者不拒。把两坛美酒喝了个精光。对热情好客的吴刚及其儿女的热情款待表示衷心感谢。不久,吴刚带着女儿打道回府了。

　　嫦娥第二次到"月球城"看望叶总工程师,唱主角的是小玉兔。只见它一溜烟小跑到叶总面前,发出"吱吱吱"的叫声。似乎在说:"神仙姐姐,我们祖训是'狡兔三窟',我在嫦娥姐姐和吴刚叔叔处均有一个'安乐窟',您就大慈大悲,在'月球城'为我建设一个'小皇宫'吧!小女子感激不尽呀!"万物有灵,叶总似乎听懂了小玉兔的语言。她对嫦娥说:"我在'月球城'规划建设一个'动物园',欢迎小玉兔做客啊!"聪明的小玉兔似乎听懂了主客对话。她高兴得欢蹦乱跳,强烈要求叶姐姐抱抱。叶总把玉兔拥入怀中,玉兔在她胸前热情奔达,叶总心头的小鹿也在热烈奔达。她为了科学至今未婚,她始终相信,有一天一位白马王子骑着白马,踏着七彩祥云,从天而降来到她的面前,从此过着幸福美满的生活。

　　常言道:一回生二回熟。很快,嫦娥与叶总成了好朋友,"地球村"上的人叫"闺蜜"。她们无所不谈、无情不诉!嫦娥向叶总坦露心迹:"姑姑非贪恋世间繁华。人在江湖,身不由己。平生最可恨的是神州有个名叫李商隐的诗人口出狂言:'嫦娥应悔偷灵药，碧海青天夜夜心。'那是天大的误解，那是诽谤！我要搭小仙女'顺风车'（宇宙飞船）回故乡，击鼓鸣冤，请'包青天'大人为我平反昭雪，讨回公道，让世界温柔以待。"

中国人误解嫦娥仙姑几千年，是时候替她正名，还其清白了！

叶总是何等人物，是女中豪杰，是天生"路见不平，拔刀相助"侠义心肠的人，助人为乐、为科学而献身是她的性格，是她的崇高品质。她是一位有大格局、大人生、大情怀的科学家。霹雳手段，菩萨心肠。她爽快答应了嫦娥仙姑的正义请求。一幕穿越时空的"官司"即将在地球村上演，一桩累积了几千年的"冤案"有望平反昭雪。

一通天地对话，叶总把嫦娥回国打官司一事告诉了侄女叶淑贞，叫她转告其男朋友英才学院周龙腾院长，筹划嫦娥打官司一事。周院长初听惊讶，再听表示理解，马上通知秘书操办此事。

"月球城"是人类发展史上的一项超级工程，人类的伟大壮举，宇宙奇迹。因工程特别艰巨、特别庞大，故"人类发展中心"委派"太空集团军19军"前往支援建设。太空军的到来，让"月球城"的建设超越了中国的"深圳"速度。可以想象，一座高科技现代化超级城市在月球拔地而起，这是怎样的奇景、怎样的奇迹、怎样宏伟的史诗！这是功在当代、流传后世的千秋伟业！这是人类迄今为止最壮丽最伟大的史诗之一！

"月球城"正门立有一块巨大无比的石碑，上面用五种文字（中文、英文、法语、西班牙语、俄语）镌刻有如下字眼：

月球城
人类发展中心
太空集团军19军

2122年2月2日立

人类的理想生活。民间悄悄流传这样的说法：拿美国工人工资，开德国小车，住英国式小房子（高雅、舒适），穿意大利时装，喷巴黎香水，饮法国红酒，吃中国美食（菜单：北京烤鸭、乌宗鹅、西湖东坡肉、洲心烧肉、北江边鱼、峡口河虾、连州腊味、连州菜心……）戴瑞士名表，拥俄罗斯情人（风情万种），配苹果电脑，握华为或苹果手机。

"月球城"美丽蓝图参照中国太极图形设计，现代化建筑线条流畅，七色彩虹映照，美至极致。超级城市划分两大片区：生活片区和综合片区。生活片区由陈得胜军长率领 19 路军一万将士建设，配置一万个机器人、一万架无人机、一万台工程车和一万台挖掘推土机等；综合片区由叶贞静总工程师担任总指挥，管辖 100 名工程技术人员，技术人员操控一万个机器人、一万架无人机、一万台无人驾驶工程车和一万台无人驾驶挖掘推土车，正在如火如荼、井然有序地开展工作。一条条笔直马路纵横交错，一座座高楼拔地而起！

联合国"人类发展中心"长官在"月球城"即将竣工之际，在世界互联网上推出"海选"100 万名青年移民月球公告：

亲爱的青年朋友：

青年兴，世界兴！青年强，世界强！

青年有理想、有本领、有责任、有担当、有情怀、有朝气，世界就有前途，民族就有希望！

中国伟大人物说过：世界是你们的，也是我们的，但归根结底是你们的。你们青年人朝气蓬勃，像早晨八、九点钟太阳一样，希望寄托在你们身上！

人类超级工程"月球城"即将竣工，现特向有志于宇宙探索，寻找外星人，为人类科学事业而献身的青年发出热情邀请，盼望你们踊跃报名移民外星，接受机遇与挑战，接受世界挑选，体验不一样的生活、不一样的人生！

"月球城"是乌托邦式社会，实行共产主义制度，执行"各尽所能、按需分配"原则。高工资、高待遇、高质量生活。美中不足：高风险。

中国有句俗语：好男儿志在四方！我们说：好青年志存高远，目标是星辰大海！征服世界，征战宇宙！

冀望青年朋友站在人类历史发展的高度，大胆应战，同筑世界梦，共建宇宙梦，为人类文明薪火传承贡献青春和力量！

附表各国青年名额分配人数（供参考）：

国别	男青年	女青年	男女青年合共人数
中国	10万	5万	15万
美国	5万	5万	10万
俄罗斯	5万	10万	15万
日本	5万	10万	15万
英国	5万	5万	10万

……

联合国"人类发展中心"

2122年12月2日

海选100万名青年移民外星公告在互联网推出，全球炸锅！中国女生第一个站出来表示强烈反对！理由：男女青年比例的严重不当、不协调，有失公允！如中国、俄罗斯、日本等国家。网名为"中国女生天团"的人隆重推出一篇战斗性极强的"檄文"震撼世界网民，惊动了联合国秘书长。该文融汇集体智慧、集体方案、集体精神，慷慨激昂、言辞犀利，如匕首投枪。青出于蓝，比中国唐朝杜牧声讨武则天的战斗"檄文"感情烈度强一万倍！

火药味极浓的"檄文"是这样写的：

尊敬的联合国"人类发展中心"长官：

惊闻100万名青年移民外星全球海选，初心甚美，结果是我们不愿看到的！"海选"公告中男女青年分配有些国家的比例非常不协调，有失公允，强烈要求更改！否则，这是重男轻女，是强盗逻辑，扰乱中国等国社会生态，令我们中国女孩子或某些国家的男孩子（如俄罗斯、日本等）情何以堪！

这是赤裸裸的反人类行为！逆潮流而动，开历史倒车！

青山遮不住，毕竟东流去！历史车轮始终滚滚向前，无法阻挡！

天下大势，顺之者昌，逆之者亡！公平正义比阳光还要珍贵！

识时务者为俊杰！劝君认清天下大势，勿螳臂当车！望君悬崖勒马，放下屠刀，立地成佛。亡羊补牢，未为晚也！

试看今日之域中，竟是谁家之天下？！

专此布达

即颂康安！

中国女生天团

2122年12月12日

联合国秘书长看了"檄文"之后立即做出批示，要求"人类发展中心"负责人做出整改。风波就此平息。

事隔多年，"人类发展中心"在互联网发出"海选100万名献身科学青年移民火星公告"却得到全世界青年的热烈响应。公告中有些耐人寻味的语句，特摘录如下：

温馨告示，此为科学而献身的有志青年提供特别的舞台，此是人类至今风险级别最高的行为，也许明天回来，也许永远不回来了！

套用黄埔军校大门的对联："升官发财请走别路，贪生怕死莫入此门。"

青年朋友们，请慎重选择！

公告中这些故作高深莫测的措辞，中国青年都懂。在中学时代，他们已阅读过沈从文小说《边城》。文学大师沈从文在小说结尾处这样写："这个人也许明天回来，也许永远不回来了！"

你看，公告的措辞口吻与文学大师沈从文《边城》结句如出一辙，高度吻合！

你说，中国青年能不懂吗？

中国当代青年，有本领、有担当，志在四方，世界有目共睹。结果没有什么悬念，勇敢接受挑战、应聘人数最多的是中国青年！

"人类发展中心"分配给中国青年10万名（包男女青年）指标，最后报名人数"爆表"，中国青年（包男女青年）报名移民火星的人数超过了30万人。

这令"发展中心"负责人激动不已、感慨颇多！在联合国，碰见中国籍官员，马上竖起大拇指，连声说道：中国青年，很棒！很棒！

第十二章　穿越时空

世界之大，无奇不有。

花开两朵，各表一枝。

东方王子周龙腾博士接到女朋友叶淑贞转告她姑姑"月球城"总工程师叶贞静的电话，说是帮助"嫦娥仙女"打官司一事，周博士不敢怠慢，马上嘱咐英才学院办公室主任操办此事。一是起草一份倡议书在中国互联网上发表；二是协助周龙腾博士女朋友叶淑贞联系大导演庄毅牟合作。叶淑贞动用大学同学和亲戚朋友等所有人脉，千方百计，克服千难万难才联系到世界级大导演庄毅牟老爷子，协商操办此事的程序计划。

倡议书由英才学院办公室主任起草，周博士修改，全文如下：

尊敬的国民：

惊闻嫦娥仙女乘坐联合国"月球城"宇宙飞船回国，万众瞩目、万众期待、万众欢欣。

嫦娥仙女说她此行目的不仅是回乡看看，而且还有一桩心愿：打官司。

天上一日，下界已千年。嫦娥仙女说国人的对她误解误读数千年，是时候正本清源、还其清白、沉冤昭雪了。

231

中国自古有路见不平、拔刀相助的侠义行为，还有"救人一命，胜造七级浮屠"之说。现在帮助仙女打官司，这是大仁大义大侠行为，不知胜造 N 级浮屠！何乐而不为！

请大家伸出热情之手，慷慨解囊，踊跃捐款，了却仙女一大心愿！

众人拾柴火焰高，涓涓之水汇成江河！

这是积德纳福、大慈大悲的行为！

倡议人：英才学院　周龙腾院长

2122年12月22日

倡议书一经发出，应者云集。马上筹得善款一亿多元人民币。

世界级大导演庄毅牟老爷子召集精英团队草拟出"嫦娥打官司"总体规划：

1. 总投资：一亿元人民币

2. 筹建项目：中国电影城建古村庄（嫦娥故乡）、古城、县衙门与公堂。

3. 总导演：庄毅牟

4. 人物角色：

嫦娥父母、丈夫、公婆、兄弟姐妹；嫦娥父老乡亲（故乡村民）

主审：包拯（包青天）

陪审：县令和师爷及衙役（差人）

被告：李商隐（唐代诗人）

市民、群众演员一批（旁听者）

5. 情节：嫦娥控告被告李商隐污蔑她"偷灵药"，令她沉冤数千载，现在请包青天大人秉持正义主持公道为其平反昭雪。讨回公道的嫦娥在众人簇拥下走出县衙，怀着依依不舍的心情，满含泪光地与丈夫、父母、公婆、兄弟姐妹、父老乡亲洒泪话别，乘着七彩祥云，朝着月宫方向飘然而去……

6. 环境：

古村庄、四合院、古城、县衙门、公堂。

万事俱备。一场穿越时空的"官司"拉开了帷幕！

雄鸣破晓。古老村庄，简陋四合院，嫦娥与家人缓缓走出大门，然后，一群村民簇拥着嫦娥来到古城县衙。嫦娥击鼓鸣冤，递呈诉状给师爷。县衙差役大喊："升堂！升堂！升堂！"嫦娥与村民鱼贯而入县衙公堂。包青天威严地坐在公堂主审位置，目光炯炯、不怒而威。县令和师爷坐在陪审席上。两旁站着衙役，手执大棒，凶神恶煞。被告李商隐面向主审跪着丝毫不敢有所动。嫦娥大胆走上前，包青天打破沉寂的气氛平静地说："民女嫦娥，为何击鼓鸣冤，有何冤情，请一一道来！"

嫦娥："包大人，县官大人，师爷，你们好！民女是一介良民，被别有用心之人污蔑'偷吃灵药'，说什么'嫦娥应悔偷灵药，碧海青天夜夜心'。这是天大的冤枉！令小女子蒙冤数千年，实际情形是那天有小偷逢蒙光顾寒舍，想窃取西王母娘娘赠送给我夫君后羿的'不死之药'。当时我夫君不在家，情况万分危急，万分不得已之下，小女子宁愿把'不死之药'吃了，也不能让小偷逢蒙盗走。历史的真相是如此，望包大人、县官大人、师爷你们明察，还小女子一个清白，让小女子讨回公道！"

嫦娥此言一出，公堂上众人哗声一片，村民、市民们交头接耳、议论纷纷，场面有些失控。

县令一拍惊堂木，大声说："大家安静！安静！安静！听包大人怎样说！"

衙役大声齐喊："肃静！肃静！肃静！"

包青天："被告李生，你写诗诋毁别人，说'嫦娥应悔偷灵药，碧海青天夜夜心'误导国民，口口声声说嫦娥偷吃西王母娘娘不死之药，有真凭实据吗？"

李商隐："包大人，小的歪诗是道听途说，看了别人写的传说，听街谈巷议，信以为真，想当然而胡乱搓成。小的没有证据。"

包青天："既然如此，你可知罪？想当然是不负责任的行为。道听途说，三人成虎，害人不浅！如此糊涂之辈，如此糊涂书生，你可知罪（构成诽谤罪）？"

县令（插话）："大胆刁民！无中生有，该当何罪！严惩不贷！"

师爷（插话）："捕风捉影，冤枉好人，图一己之快，你把读书人的脸给丢尽了！"

嫦娥："中国有位伟人说过：没有调查就没有发言权。被告既然没有真凭实据，就是诬告、就是诽谤、就是人身攻击！如此妄下断语是不负责任行为，令人气愤至极！反复强调，那天是我万分不得已而为之。这就是历史的真相。"

包青天："师爷，你把'后羿射日'和'嫦娥奔月'两个有正能量、官方正版的，不是野史的是正史的传说，再说给市民们听一听。大家好判断是非曲直，弄清来龙去脉。以正视听。"

师爷："'后羿射日''嫦娥奔月'正史的传说分别是这样的。"

后羿射日，原称"羿射九日"。根据《括地志》《史记正义》等古文献记载，羿被帝尧封于商丘（今河南省商丘市）。远古的时候，大地出现严重的旱灾，太阳烤焦了森林、烘干了大地、晒干了禾苗草木。原来，帝俊与羲和生了10个孩子都是太阳，他们住在东方海外，海水中有棵大树叫扶桑。10个太阳睡在枝条的底下，轮流跑出来在天空执勤，照耀大地。但有时他们一齐出来给人类带来了灾难。为了拯救人类，羿张弓搭箭，向那9个太阳射去。只见天空出现爆裂的火球，坠下一只只三足鸟。最后，天上只留下一个太阳，人民因此将后羿誉为英雄。

相传在远古的时候，天上突然出现十个太阳，晒得大地直冒烟，老百姓实在无法生活下去了。

有一个力大无比的英雄名叫后羿，他决心为老百姓解除这个苦难。后羿登上昆仑山顶，运足气力，拉满神弓，一口气射下九个太阳。他对天上最后一个太阳说："从今以后，你每天必须按时升起，按时落下，为民造福。"

后羿为老百姓除了害，大伙儿都很敬重他。很多人拜他为师，跟他学习武艺。有个叫逢蒙的人，为人奸诈贪婪，也随着众人拜在后羿的门下。

后羿的妻子嫦娥（原名：姮娥），是个美丽善良的女子。她经常接济生活贫苦的乡亲，乡亲们都非常喜欢她。一天，昆仑山上的西王母送给后羿一丸仙药。据说，人吃了这种药不但能长生不老，还可以升天成仙。可是，后羿不愿意离开嫦娥，就让她将仙药藏在百宝匣里。

这件事不知怎么被逢蒙知道了，他一心想把后羿的仙药弄到手。八月十五这天清晨，后羿要带弟子出门去，逢蒙假装生病，留了下来。到了晚上，逢蒙手提宝剑，迫不及待地闯进后羿家里，威逼嫦娥把仙药交出来。嫦娥心想让这样的人吃了长生不老药，不是要害更多的人吗。于是，她便机智地与逢蒙周旋。逢蒙见嫦娥不肯交出仙药，就翻箱倒柜，四处搜寻。眼看就要搜到百宝匣了，嫦娥疾步向前，取出仙药，一口吞了下去。

嫦娥吃了仙药，突然飘飘悠悠地飞了起来。她飞出了窗子，飞过了洒满银辉的郊野，越飞越高。碧蓝碧蓝的夜空挂着一轮明月，嫦娥一直朝着月亮飞去。

后羿外出回来，不见了妻子嫦娥。他焦急地冲出门外，只见皓月当空，圆圆的月亮上树影婆娑，一只玉兔在树下跳来跳去。啊，妻子正站在一棵桂树旁深情地凝望着自己呢。"嫦娥，嫦娥！"后羿连声呼唤，不顾一切地朝着月亮追去。可是他向前追三步，月亮就向后退三步，怎么也追不上。

乡亲们很想念好心的嫦娥，在院子里摆上嫦娥平日爱吃的食品，遥遥地为她祝福。从此以后，每年八月十五就成了人们企盼团圆的中秋佳节。

县令："真相只有一个，公道自在人心！被告李生，大胆刁民，你还有何言，快快道来！"

李商隐："小的知罪，并知罪孽深重。为此对民女嫦娥构成严重伤害，表示最诚挚的道歉！"

嫦娥："民女不接受此迂腐文人的任何道歉！被国人误解蒙冤数千年，怎一个'歉'字了得！'仗义每多屠狗辈，负心多是读书人'，百无一用是书生。读书人不是把精力放在读圣贤书上，满腔热血，救国之倒悬、救民于水火、扶大厦之将倾，而是喜欢八卦新闻，挑弄是非、说人短长，这是害人害己的行为。"

包青天："被告李生，一介书生，见识不及民妇，令人汗颜！读书人不该'两耳不闻窗外事，一心只读圣贤书！'读书人崇高理想是'先天下之忧而忧，后天下之乐而乐！'作为人生的一员，在解决好自身生存条件后，还要想到国家、想到民族，做出力所能及的贡献。而你颠倒是非、混淆黑白，胸无大志，喜欢八卦新闻，道听途说，以讹传讹，给民女嫦娥造成精神创伤，蒙冤千载，玷污读书人的名声，该当何罪？"

李商隐："包大人说的是。小的罪该万死，枉读圣贤书。"

县令："读书人的本分是：正心、修身、齐家、治国、平天下！"

师爷："自古学而优则仕。不读万卷书，焉能侍君王？学成文武艺，货与帝王家！这是读书人应该懂得的。如此鼠辈，卖弄文字，说人东家长西家短，无事生非，罪责难逃！"

李商隐："县令大人说得是。师爷说得是。小的知罪认罪！今后痛改前非，重新做人！"

包青天："各位父老乡亲，原告被告，本案来龙去脉、是非曲直已十分清楚，本官郑重宣布，'嫦娥沉冤'一案的判决如下：

一是民女嫦娥贤良淑德、品德高尚、心清如水，没有偷吃西王母娘娘赐给夫君的灵药。是万分不得已而为之。属于正当行为。因此特此为嫦娥平反昭雪，为其讨回公道，还其清白！从前所有书籍不实记载，均以此判决为准！从此以后，任何人不得以讹传讹、冤枉好人，否则，从重处罚！绝不姑息！绝不手软！

二是被告李商隐身为读书人，不好好研读圣贤书，心怀家国、忧国忧民，而是道听途说、街谈巷议，说人是非，构成诽谤罪，罪名成立。死罪可免，活罪难逃！重责八十大板，充军发配天涯海角（海南岛），从此以后，朝廷永不录用！判决即日生效，依此执行，不得有误！"

包青天声如洪钟，宣读完判决书，群众欢声雷动，无不拍手称快！沉冤昭雪，一桩心愿了结，嫦娥在村民簇拥下走出县衙，怀着依依不舍的心情和各位父老乡亲洒泪话别，乘着七彩祥云朝着月宫方向飘然而去……